에세이ESSAY 모음

배울 學

진기환 지음

明文堂

○ 배울 學 - 뜻을 세우기

공자(孔子)가 회고한 자신의 생애는 군자가 연령에 따라 어떻게 수양했는가를 알 수 있어 유명한 말이 되었고, 지금도 그대로 통용되고 있습니다.

공자의 일생은, 곧 지학(志學, 15세) - 이립(而立, 30세) - 불혹(不惑, 40세) - 지명(知命, 50세) - 이순(耳順, 60세)과 종심(從心, 70세)으로 이어지는데, 공자 일생의 출발과 그 바탕은 바로 배움(學)이었습니다. 15세 지학(志學)은 곧 고등학교에 들어갈 나이에, 앞날을 위해 배워야 한다는 확실한 뜻을 세웠다고 볼 수 있습니다.

우리나라에서 중·고등학생을 둔 모든 부모는 자식이 공부에 열심이기를 간절히 염원하고 있습니다. 공부 잘하기 - 곧 성공적인 배움은 인생에서 아주 중요한 과정이며, 그 결과에 따라 자식의 미래 모습이 그려질 것입니다. 따라서 부모나 자식의 공통적인 생각은 '배울 學'으로 집약됩니다.

○ 배울 學 - 물 거슬러 올라가기

그런데 《배울 學》은 꼭 학문(學問)만을 의미하지는 않습니다. 살아가는 방편으로서, 곧 직업과 관련한 기술을 배워야 하고, 바른 생각과 세상을 살아가는 자세도 배워 체득(體得)해야 합니다.

여하튼 모든 배움은 부지런해야 성공합니다. 부지런하지 않으면 뱃속이 빈 것과 같으며, 하루라도 불학(不學)하면 언덕을 굴러 떨어지는 기분이고, 이틀을 불학하면 살 길이 막막할 것입니다.

모든 배울 學은 부지런히 순서대로 점차 나아가야 합니다.

학습이란 배로(舟) 물을 거슬러 올라가는 것이니〔逆水行舟(역수행주)〕, 전진하지 못하면 제자리가 아니라, 바로 뒷걸음질입니다. 서울 시내에서 바라보는 남산에 길이 보이던가요? 그러나 산 아래로 들어가면 많은 길이 보이지만, 산에 올라갈 뜻이 없다면 길을 찾지 않을 것입니다. 우리가 뜻을 세우면 새로운 변화 속에서, 없던 길이 보이게 됩니다.

사람이 결심했다면, 넘지 못할 고개가 없고, 건너지 못할 강도 없으니, 그렇다면 배울 學은 의지(意志)의 실천입니다.

○ 배울 學 - 신세계를 찾아가기

산에 산, 물에 물이라 길도 없는 것 같더니,

〔山重水複疑無路(산중수복의무로)〕

버들 우거지고 꽃 핀 곳에, 또 마을이 있네.

〔柳暗花明又一村(유암화명우일촌)〕

이는 남송(南宋)의 시인 육유(陸游)의 〈游山西村(유산서촌)〉의 구절입니다.

이 시인은 변화를 추구했고, 새로운 세계를 찾아내었습니다.

길을 찾다보면, 분명 새 길이 보입니다. 가로막힌 산에는 돌아가는 길이 있고, 물을 만나면 쉬면서 건너갈 배를 기다리면 됩니다. 고개 숙였을 때 없던 길도 머리를 들면 보이게 됩니다.

○ 배울 學 – 서산(書山)과 학해(學海)

산이 높아도 사람 다닐 길이 있고,

〔山高自有客行路(산고자유객행로)〕

물이 깊어도 배로 건널 사람 있다.

〔水深自有渡船人(수심자유도선인)〕

그렇지만,

서산(書山)엔 길이 없으니, 근면만이 빠른 길이고,

〔書山無路勤爲徑(서산무로근위경)〕

학해(學海)는 가이 없나니, 고생만이 건널 배이다.

〔學海無涯苦是舟(학해무애고시주)〕

○ 배울 學 – 모든 부모가 읽어야!

필자는 한평생을 학교에서만 보냈기에, 필자의 머릿속에는 '배울 學'과 가르침에 대한 생각뿐입니다.

그리고 자식이 공부 잘하길 바라는 부모의 마음은 모두 같을 것이라 생각합니다. 부모는 자녀에게 '왜 공부해야 하는가?'를 설득해야 하고, 부모의 경험이나 생각에 따라 나름대로 '배울 學'에 대한 확실한 신념을 가져야 합니다.

평생을 배우고 가르치며, 늘 '배울 學'을 염두에 두고 살았습니다. 그러하기에 나의 글에 다른 사람도 공감하길 바랄 뿐입니다.

2025년 1월

도연(陶硯) 진기환(陳起煥)

1. 본 《배울 學》은 《논어(論語)》와 그 밖의 중국의 여러 고전에서 자료를 선택하였습니다.

   《논어》는 처세(處世)만을 위한 책이 아닙니다. 《논어》는 사상이나 논리가 정연하고 확실합니다. 공자(孔子)는 영원한 스승의 표상, 곧 만세사표(萬世師表)로 추앙을 받는 분입니다. 공자는 찾아오는 제자를 진정으로 아끼며, 바른길을 바르게 걷도록 가르쳤습니다. 공자의 가르침(敎)과 배움(學)은 하나이고, 그 제자들 역시 그러했으며, 그 모두는 《논어》에 들어있습니다.

   필자는 배움의 길을 걸어야 하는 우리 젊은이들이 《논어》와 제자백가(諸子百家)의 여러 책을 읽으면서 배움에 대한 뜻을 확실하게 세우길 바랍니다.

2. 필자의 기본 뜻은 온고지신(溫故知新)에 있으며, 부단하고 성실한 호학(好學)만이 서산(書山)에 오르고 학해(學海)를 건널 수 있다고 확신합니다.

   여러 인문 고전에 대한 충분한 지식이 축적되지 않으면 바른 논리를 전개할 수 없기에, 필자는 이 책에서 '고전에 바탕을 둔 올바른 현실 인식'을 강조하였습니다.

3. 중국 고전의 원문을 쉬운 말로 서술하여 이해를 도왔습니다.

   고등학생이나 한문을 전공하지 않은 대학생이 《논어》 원문을 독해하기는 쉽지 않습니다. 필자가 인용한 근거가 무엇이며, 필자는 원문을 이렇게 해석했다는 의미로 원문을 주(註)에 수록하였습니다. 이는 본서의 내용이 필자의 자의(恣意)에 의한 글이 아니라는 뜻입니다. 지금은 원문 독해를 못하지만, 원문에 대한 관심을 가질 많은 독자들의 뒷날을 배려하였습니다. 그리고 필요한 내용에도 주를 달아 보충설명을 하였습니다.

4. 필요한 한자(漢字)를 병기하였습니다.

요즈음 대학에서 출판되는 교재에도 한자를 거의 쓰지 않습니다. 그러하다 보니 한글만으로는 정확한 의미를 이해하는데 어려움이 많습니다. 예를 들어, 성인(聖人)과 성인(成人), 성인(成因), 그리고 진(秦, qín)과 진(陳, chén), 그리고 진(晋, jìn)나라가 같은 시대에 존속했는데 한자가 병기되지 않는다면 어떻게 이해되겠습니까?

한자가 없어도 국명이나 인명, 개념어나 서술어를 전후 문맥을 통해 이해할 수 있다고 말하지만, 한자어를 병기하면 이해가 훨씬 빠르고 정확합니다.

정확한 용어의 바른 선택은 배울 學의 기본입니다. 한자가 병기된 글을 읽으면서 자연스레 깨우치는 한자이고 한문입니다.

5. 전체적으로 학문과 배움에 대한 글입니다. 중국의 다른 고전이나 속언 등을 인용하여 재미있고 교훈적인 이야기를 수록했습니다. 이 책을 읽는 다양한 계층의 여러 눈높이에 맞추는 일이 결코 쉬운 일이 아니지만, 부족한 부분은 앞으로 계속 보완할 것입니다.

| 제목 차례 |

삶 – 배움의 연속

제1장 삶 - 배움의 연속

살다보면 늙고(活到老), 배우다 보니 늙는다(學到老). 그러나 그렇게 늙었더라도 배움은 끝나지 않는다(活到老 學不了, 了는 마칠 료).

한 사람이 일하면서 늙었다면, 그 사람은 배우면서 늙은 것이다. 평생을 일하면서 새 기술을 익히고 숙련했더라도, 또 사람이 아무리 오래 학문을 연마했더라도, 배울수록 기술과 지식이 부족하다는 사실을 깨닫게 된다.

사실, 배우며 늙으면 늙는 줄도 모른다. ─이런 지경이면 곱게 늙었다고 말할 수 있을 것이다.

젊어서 부지런히 배워야 한다는 사실을 일찍 깨닫지 못했다면, 백발이 되어서야 공부가 늦었고, 또 부족하다는 사실을 후회하게 된다.

1. 배울 學의 주체
  * 인간의 여러 모습   * 인(仁)의 바탕을 가진 존재
  * 능력의 차이와 변화   * 무겁지 않은 배울 學
2. 바른 교제
  * 바른 생활 본받기   * 묵비사염(墨悲絲染)
  * 이문회우(以文會友)   * 옆집 노인 공씨(孔氏)
3. 깨달음
  * 불학무식(不學無識)   * 부진즉퇴(不進卽退)
  * 정중지와(井中之蛙)   * 식자우환(識字憂患)
4. 삶의 단면
  * 사람의 한평생   * 기회(機會)
  * 세태(世態)   * 학식(學識)
5. 권학문(勸學文)
  * 송(宋) 진종(眞宗)의 권학(勸學)   * 독서의 목적─과거 합격

1. 배울 學의 주체

어떤 안목으로 사물을 보느냐는 사물의 가치를 결정하는 중요한 요소라 할 수 있다. 마찬가지로 인간을 보는 관점에 따라 철학의 바탕이나 사회생활의 태도가 크게 달라질 것이다.

같은 유가(儒家) 계열의 인간관이지만 맹자(孟子)의 성선설(性善說)이나 순자(荀子)의 성악설(性惡說)은 크게 다르다.

본 에세이의 테마는 배움이다. 배움은 가르침이나 스스로의 노력이 있어야 이뤄진다. 가르침과 배움의 주체는 모두 인간이다.

동물의 성장과 본능에 따른 습성(習性)의 형성에도 어미의 가르침과 숙련을 위한 시범적 행동이 있겠지만, 동물의 그런 활동과 인간의 배움과 가르침은 본질적으로 다르다.

아무리 영특한 치타일시라도 그 새끼에게 풀을 뜯어 먹는 것을 교육하지는 않는다. 또 지도자 코끼리의 지혜가 뛰어나더라도, 코끼리의 본성을 벗어난 치타를 밟아 죽여 고기로 영양을 보충하라고 가르치지는 않는다.

* 인간의 여러 모습

부모와 자식은 농사짓기와 장사방법을 일러주고 거기에 맞춰 그렇게 생존하는 방법을 교육하고 배운다. 그러니 인간의 생활과 생존의 모습은 백인백색(百人百色)이다.

그 백인백색에 따라 교육의 목표나 방법이 모두 다를 것이다. 이런 상황에서는 이런 교육 방법이 가장 옳다는 주장은 있을 수 없다.

둘이 맞서 싸운 학생에게 똑같은 선도 방법이나 상벌을 적용하는 것이 평등이고 평등교육은 아니다. 같은 시간에 똑같은 말로 교육을 했어도 가르침의 수용이나 효과가 모두 다르다. 그러니 개성(個性)이다.

공자(孔子)[1]는 예악(禮樂)이나 문물에 대한 언급은 많이 했지만, 인간의 본성이나 천도(天道)에 대한 이야기는 거의 하지 않았다.[2]

---

1 《논어(論語)》에는 제자들이 보통 스승 공자를 '子'라고 통칭했다. 이때 子는 성인 남자에 대한 통칭이었지만 점차 스승이나 유덕한 사람을 지칭했다. 부자(夫子)는 본래 大夫에 대한 경칭인데, 나중에는 공자의 제자들이 스승 공자를 지칭하는 말이 되었다. 孔子를 영어로 Confucius라고 번역하는데, 이는 공부자(孔夫子)의 음역이다. 유가(儒家)사상은 Confucianism이라 한다.

2 《논어 公冶長(공야장)》 子貢曰, 夫子之文章 可得而聞也, 夫子之言性 與天道 不可得而聞也.

이는 공자가 인성이나 천도의 운행 같은 추상적인 문제에 대한 관심보다는 보다 현실적인 문제에 관심이 많았다는 뜻으로 해석할 수 있다. 실제로《논어(論語)》[3]에서 공자가 하늘(天)에 대한 직접적 언급은 "하늘이 무슨 말을 하는가?"라는 말뿐이다.[4]

말하자면, 자연은 자연 그대로의 인식이 중요하며, 자연현상이 인간에게 어떤 의지를 표현하지 않는다는 아주 과학적이며 현실적인 인식이라 할 수 있다. 공자가 보는 하늘의 도(道)란 인간이 실천해야 할 숭고한 의지로 그 본원이 하늘에 있다는 것이지, 하늘이 인간에게 내리는 계시가 자연현상으로 나타난 것이라고 보지는 않았다.

3《논어》는 공자의 직접 저술이 아니며 완벽하게 신뢰할 수 있는 자료도 아니지만 공자의 사상이나 모습 등 공자에 관한 정보를 가장 많이 알려주는 책이다.《논어》가 비록 2, 3대 제자들에 의해 편찬되었다지만, 그래도 공자의 가르침을 직접 받은 제자들이 전한 내용을 많이 수록하고 있다는 점에서 공자의 진면목을 보여주는 최고의 사료라고 평가되고 있다.

《논어》에는 공자의 꾸밈없는 대화가 수록되어 있지만 우상화나 신격화되는 내용은 하나도 들어있지 않다. 이는《논어》가 그만큼 사실적이라는 뜻이다.《논어》는 20편에 492장 총 12,700여 자로 구성되어 있는데, 그 20편이 어떤 체계에 의하여 분류된 것도 아니며 그 순서에 특별한 의미가 있는 것도 아니다. 또한 20편 각각에 뚜렷한 주제가 있는 것도 아니다. 물론 각 편의 길이나 분량 또한 통일된 것이라고는 하나도 없다.

4《논어 陽貨(양화)》~子曰, 天何言哉. 四時行焉 百物生焉 天何言哉.

공자가 생활했던 그 시대에는 자연현상이나 인간 사회는 보이지 않지만, 하늘(天)이나 귀신에 의하여 지배되고 변화한다고 생각하였다. 그러나 공자는 그런 귀신에 대한 두려움이나 숭배가 중요한 것이 아니라 인간이 가장 중요한 존재이며 인간 의지에 따라 변화시킬 수 있다는 신념을 갖고 있었다.

공자는 제자에게 「사람의 할 일을 다하면서 귀신을 멀리하는 것이 바로 지(知)」라고 설명해 주었다.[5] 그리고 귀신을 섬기는 일에 대하여는 「사람의 일도 다 못하면서 어찌 귀신을 섬길 수 있는가?」[6]라고 말했다.

이는 공자가 귀신보다는 인간이 우선이라는, 곧 현실과 인간과 삶을 중시하는 인본주의적 사고(思考)를 했다는 뜻이다.

그리고 공자는 인간의 능력에 대하여 무한한 신뢰를 갖고 있었다. 공자는 「인간이 도를 실천하는 것이지, 도가 사람을 키워주는 것은 아니다.」라고 말했다.[7]

이는 인간이 절대선(絕對善)인 인도(仁道)를 실천하는 것이지, 인도(仁道) 자체가 인간을 인간되게 하지는 않는다는 현실적인 확신이다.

이 말은 신(神)이 있은 다음에 인간이 존재한다거나 신의 의지

---

5 《논어 陽貨》樊遲問知. 子曰, 務民之義 敬鬼神而遠之 可謂知矣. ~.
  樊遲 音은 번지.

6 《논어 先進》季路問事鬼神. 子曰, 未能事人, 焉能事鬼. ~

7 《논어 衛靈公(위령공)》子曰, 人能弘道 非道弘人.

를 인간 사회에서 실현해야 한다는 종교적 믿음과 다르다. 공자는 인간이 바로 인간사를 결정한다는 인본주의(人本主義)에 대한 믿음을 갖고 있었다.

공자의 이러한 관점은 바로 인간에 대한 신뢰이다.

공자는 교육과 자아(自我) 의지, 그리고 실천에 의하여 평범한 인간도 성인(聖人)이 될 수 있다는 신념을 갖고 있었다. 따라서 도덕적 의지를 가진 지식인, 곧 군자(君子)의 노력에 의해 인간 세계의 여러 문제는 해결될 수 있다고 믿었다.

* 인(仁)의 바탕을 가진 존재

공자는 사람의 본성을 본질적으로 어질다(仁)고 보았다. 그리고 공자는 "천성은 서로 비슷하나(性相近성상근), 습성은 서로 많이 다르다(習相遠습상원)."[8]고 본성을 직접 언급하였다.

공자는 선천적인 성(性, 本性)은 태어날 때에는 서로 비슷하다고 말하였지만, 서로 같다(相同)고 말하지는 않았다. 이는 맹자의 성선설(性善說)처럼 분명한 언급이 아니다.

다시 말해, 선(善)을 인성의 본질로 보았다면 '서로 같다(相同)'고 표현해야 하지만 성(性)에는 선과 악이 다 존재하는데, 다

---

8 《논어 陽貨》子曰, 性相近也, 習相遠也. 子曰, 唯上知與下愚不移.

만 그 양(量)이 큰 차이가 나지 않는다고 보았기에 '서로 비슷하다(相近)'라고 했을 것이다. 공자의 이런 표현은 인간이 선이나 인(仁)으로 나갈 수 있는 기본을 갖고 있는 것으로 인식한 것이다.

공자는 후천적인 습성(習性)이나 학습(學習), 곧 교육에 따라 인성의 결과는 크게 차이가 난다고 보았다. 곧 선악의 상반되는 습성은 환경과 교육에 따라 달라진다고 본 것이다.

공자의 '서로 비슷하다'는 말은 본연의 성(本然之性본연지성)으로, 인간이 성장하면서 교육을 받기 이전의 성을 의미한다. 그리고 달라지는 성은 기질에 의한 성(氣質之性기질지성)으로, 학습에 의해 바뀔 수 있다고 보았다.

이는 인간이 어진(仁) 본성을 가지고 있지만 학습에 의해 인을 알아야 하고 실천하여야 한다는 뜻이니, 공자는 교육 – 곧 가름침과 배움 – 에 의한 인간의 변화와 진보를 신뢰했다.

＊능력의 차이와 변화

인간의 지적 능력에 차이가 있다는 점을 전제로 공자는 교육에 의한 진보와 변화 가능성을 언급하였다.

곧 인간의 능력은, 천성으로 뛰어난 최상위의 지적 수준을 가진 상지(上知)와 스스로 배움을 통해 지식을 축적하여 진보하는 학지(學知), 그리고 필요성을 절실하게 느껴 배워 아는 사람(곤학

困學, 困은 힘들 곤)이 있고, 배우려 하지도 않는 하우(下愚, 어리석을 우)가 있다고 구별하였다.[9]

그 당시 실제로 학문을 할 수 있는 계층은 극히 일부분이었지만, 공자의 이러한 구분은 매우 현실적이고 타당성이 있다고 생각한다.

인간 능력의 차이는 분명히 존재하며 능력에 따라 삶의 방식이 달라지고, 또 교육 효과도 다르게 나타난다. 이는 인간에 대한 신분적, 계급적 차별이 아니며, 현실적인 차이를 구분한 것이라 생각한다.

그러면서 공자는 상지와 하우는 거의 변화하지 않는다고 믿었다.[10] 이는 인간의 능력 중 최상과 최하의 수준을 지칭한 것이지 계급적 우대나 천대는 아니다.

그러면서 능력이 보통 이상이라면 언어를 통해 보다 높은 차원의 교육을 실시할 수 있다고 믿었으며, 보통 이하의 사람에게는 언어를 통한 교육은 어렵다고 말했다.[11]

이는 보통 능력 이상의 인간에게는 추상적인 도덕관념이나 철

---

9 《논어 衛靈公(위령공)》 孔子曰, 生而知之者上也 學而知之者次也 困 而學之 又其次也 困而不學 斯爲下矣.

10 《논어 陽貨》 子曰, 唯上知與下愚不移.

11 《논어 雍也(옹야)》 子曰, 中人以上 可以語上也, 中人以下 不可以語 上也.

학적 가치지향적인 교육을 실시할 수 있다고 본 것이다. 동시에 중간 능력 이하의 사람에게는 언어를 통한 교육이 아니라 생산이나 노작(勞作) 활동을 통한 교육을 주장한 것이라 볼 수 있다.

결론적으로, 공자는 사람이 가장 소중한 존재이며 주체가 되어야 한다는 인간 중심적 사고를 갖고 있었다. 인간이 갖고 있는 어진 심성은 생활이나 교육을 통해 바뀔 수 있으며, 교육에 의한 진보와 발달은 인간이 갖고 있는 능력에 따라 달라진다는 인간관을 갖고 있었다.

＊무겁지 않은 배울 學

배울 學 글자는 무겁지 않으나(學字無多重학자무다중), 뜻이 없으면 들어올려도 들리지 않는다(無志挑不動무지도부동).

산이 험악해도 길손은 그치질 않고, 물이 위험해도 나루를 건너는 사람은 있다. 학문의 공적은 날마다 진보하지 않는다면 날마다 퇴보한다.

배움은 중도에 그쳐서는 안 된다(學不可以已학불가이이). 둔한 말이 열흘에라도 목적지에 갈 수 있는 것은(駑馬十駕노마십가), 쉬지 않기 때문이다(功在不舍공재불사)—바탕이 좀 부족해도 부단한 노력이면 목표를 달성할 수 있다.

이상은《순자(荀子) 권학(勸學)》의 구절이다.

배우려면 부지런히, 순서대로 점차 나아가야 한다.

학문은 근면해야 터득할 수 있고, 부자(富者)는 검소한 생활에서 나온다. 학문의 길에서는, 다만 중지하는 것을 걱정하지, 늦는 것을 걱정하지 않는다.

2. 바른 교제

세상살이와 사람 노릇에는 신의가 근본이다(處世爲人처세위인, 信義
爲本신의위본). 사람이 신의가 없다면 쓸만한 데가 없고(人而無信인이
무인, 不知其可부지기가), 사귈 수도 없다. 이름도 없는 봄 풀들은 해마
다 푸르지만(無名春草年年綠무명춘초연년록), 신의가 없는 사내는 대대
로 가난하다(無信男兒世世窮무신남아세세궁).

착한 사람을 따라다니면 착한 사람이 하는 일을 배운다. 수재(秀才)
를 만나면 책에 대한 이야기를 하고, 백정(白丁)을 만나면 돼지에 대한
말을 하게 된다. 그러기에 주사(朱砂)를 가까이 하면 붉어지고, 먹을 가
까이 하면 검어진다(近朱者赤근주자적, 近墨者黑근묵자흑).

군자는 솔직한 태도로 남을 대한다. 군자는 재물로 교제하지 않고,
소인은 전적으로 입(말)으로 교제한다. 군자의 교제는 물처럼 담백하고
(君子之交淡若水군자지교담약수), 소인들의 교제는 단술처럼 달콤하다
(小人之交甛若醴소인지교첨약례, 甛은 달 첨, 醴는 단술 례). 이는 《장자(莊
子) 산목(山木)》 편에 나오는 말이다.

*바른 생활 본받기

옛사람이 말했다.

'천년에 성인이 한 분 나온다지만 아침에서 저녁만큼 짧은 시간이고, 5백 년에 현인이 한 번 나오지만 어깨를 맞댄 듯 이어진다.'

이는 성인과 현인을 만나기가 어렵고, 오랜 세월이 지나야 출현한다는 말이면서, 또 어느 시대이건 성인과 현인이 있다는 뜻이다. 곧 성현은 어느 시대든 존재하지만, 다만 사람들이 모를 뿐이다. 속담에도 '운이 좋으니 인재가 나오고(運動出人才운동출인재), 운이 다하면 군자도 옹졸해진다(運窮君子拙운궁군자졸).' 고 하였다.

만약 불세출(不世出)의 통달한 군자를 만난다면, 어찌 그런 분을 아니 따르거나 우러러보지 않을 수 있겠는가? 사람이 젊었을 때는 정신과 감정이 안정되지 않아 가까이하는 사람에 따라 영향을 받고 물이 들기에 언어나 담소(談笑), 행동거지(行動擧止)에 무심히 배우게 되어 자신도 모르게 영향을 받아 닮아가는데, 하물며 조행(操行, 品行)이나 예능(藝能)처럼 비교적 분명하고 쉽게 배울 수 있는 것이라면 더 말할 것이 있겠는가?

용은 용끼리, 봉황은 봉황끼리 어울리며(龍交龍봉교룡, 鳳交鳳봉교봉), 쥐의 무리는 모두 구멍을 팔 줄 안다.

용왕을 따라다니면 기우제 지낸 음식을 먹고, 늑대를 따라다니면 고기를 먹으며, 개를 따라가면 똥을 먹는다. 그리고 족제비를 따라다니면 닭 훔치는 짓을 배우게 된다.

그러니 좋은 사람을 따라다니면 바른길을 걷고, 똑똑한 사람을 따라다니면 모든 일이 잘 풀린다.

이러하기에 선한 사람과 함께 지내면 마치 향초인 지란(芝蘭)이 있는 방에 들어간 듯 오래 지나도록 저절로 향기로우나, 악인과 함께 한다면 마치 어물전에 들어간 듯 오래 있으면 저절로 비린내가 몸에 배게 된다.

그렇지만 착한 사람이라고 향내가 나지는 않고, 나쁜 사람이라도 악취는 없다고 말한다. 그러나 소인을 벗으로 사귀면 향기는 3일이고, 썩은 냄새는 10년이 지나도록 남아있을 것이다.

＊묵비사염(墨悲絲染)

묵자(墨子, ?前 468 - 376)[12]는 흰 실(白絲)이 여러 색으로 물들여

---

12 묵자(墨子) ─ 子姓, 墨氏, 名은 翟(적). 春秋시대 말기, 戰國시대 초기의 인물. 宋國人(今 河南省 동쪽 끝 商丘市). 一說 魯國人. 묵자의 성명, 국적에 대해서는 여러 異論이 많다. 묵자는 형벌을 받아 손발이 굳었고, 얼굴도 墨刺(묵자)의 형벌로 검었다는 주장이 있다. 비유(非儒), 겸애(兼愛), 非攻, 상현(尙賢), 尙同, 非命, 천지(天志. 天道 人格과 같은 의지의 소유주체). 비악(非樂), 절장(節葬), 절용(節用) 등 유가와 상반되는 주장을 내세웠고, 당시 영향력이 매우 커서

지는 것을 보고 슬퍼하였다. 이를 묵비사염(墨悲絲染, 染은 물들 염)이라 한다.

군자(君子)는 필히 교유(交遊)에 신중해야 한다. 그래서 공자는 "나와 같지 않은 자와는 벗하지 말라(無友不如己者무우불여기자)." [13] 고 말씀하셨다.

하루 이틀의 교제가 아닌 십 년 이상 오래 사귀다 보면 벗의 장단점은 어차피 다 드러나게 되어 있다. 친우 사이에 계량(計量)과 계산이 있다면, 어찌 서로 교제할 수 있겠는가? 여기서 '不如'는 '나보다 못한'의 뜻이 아닌 '나와 같지 않다(不相似불상사)'는 뜻이다. 이는 '도(道)가 같지 않다면 함께 일을 꾀하지 않는다(道不同도부동, 不相爲謀불상위모)'와 같은 뜻이다.

공자(孔子)의 수제자 안연(顔淵, 안회)이나 민자건(閔子騫) 같은 친우를 어느 세월에 만날 수 있겠는가! 다만 나보다 나은 벗이라 생각되면 그냥 존중해야 할 것이다.

어느 사람의 말만 받아들이고 사람을 버리는 것을 옛사람은 부

'유묵(儒墨)'이란 말이 통했다. 《千字文》의 「墨悲絲染(묵비사염)」은 《墨子 所染(소염)》에서 나왔다.

13 《논어 學而》 子曰, "君子不重, 則不威, 學則不固. 主忠信. 無友不如己者. 過則勿憚改." 이 말은 《논어》에 두 번 나온다. 물론 공자가 제자들에게 "잘못이 있다면 빨리 고쳐야 한다."는 뜻을 여러 번, 여러 제자에게 말했을 것이다. 두 곳에 실려 있는 것은 《논어》가 한 사람의 저작이 아니라는 뜻이다.

끄러워했다.

무릇 일언일행(一言一行)일지라도 남에게서 차용했다면 크게 칭송해야 하나니, 남의 장점을 도용하여 자신의 힘이라 할 수 없으며, 비록 경미하고 보잘 것 없더라도 그의 공(功)이라고 인정해야 한다. 남의 재물을 훔쳤다면 형벌을 받아야 하는 것처럼, 남의 좋은 일을 내 것이라고 도용했다면 귀신의 책망이라도 받아야 한다. 단 한 번의 도둑질이라도 평생의 수치이며, 죽을 때까지 도둑이다.

*이문회우(以文會友)

《논어 안연(顔淵)》 편은 안연이 문인(問仁)하는 구절로 시작하여 증자(曾子)의 「군자는 학문으로 벗과 사귀고(以文會友이문회우), 벗을 통하여 자신의 인덕을 배양한다(以友輔仁이우보인).」는 구절로 끝난다. 어쩌면 〈안연〉 편의 결론으로 일부러 맨 마지막에 배치했을 것이다.

여기서 문(文)의 개념은 매우 포괄적이다. 단순한 무(武)의 상대적 개념을 넘어 문화나 사상, 학문과 문예, 문장이나 문헌 등 전부를 망라한다.

사람이 독학하여 벗이 없다면 고루하고 식견이 좁다고 하였다. 예부터 학교는 지식을 가르치고 배우는 단순한 기능만이 아니라, 벗과 사귀는 교제의 장(場)이었다.

산속에서 사부(師傅)한테 무술을 연마하더라도, 어느 수준에 이르면 하산(下山)케 한다. 산속에서 혼자 연마하는 무술에는 한계가 있다. 배움이나 인격도야도 마찬가지이다. 벗을 통해 인덕을 보완해야 한다. 「以友輔仁」의 보(輔, 도울 보)는 수레의 덧방나무라는 본래의 뜻에서 '서로 격려하고 돕는다'는 깊은 뜻을 갖고 있다.

집에 있을 때는 부모에게 의지하고, 밖에 나가서는 친우에게 의지하게 되어 있다. 시를 지으면 시인이 친우이고(詩有詩友), 술을 마시면 술친구가 있다(酒有酒友).

본래 '동성(同聲)은 상응(相應)하고, 동기(同氣)는 상구(相求)하나니' 비슷한 성향이 있어야 벗으로 발전할 수 있다. 이는 끼리끼리 모이려는 인간의 본성이다.

사람에게 벗이 없다면 나무에 뿌리가 없는 것과 비슷하다고 했으며, 엄한 스승은 유익한 친구만 못하다(嚴師不如益友 엄사불여익우)고 하였다. 그 사람을 모르거든 그 사람의 친구를 보라(不知其人觀其友 부지기인관기우)는 말도 있다.

'배울 學'에서 또래나 벗이 매우 중요하기에, 여기서 먼저 언급하였다.

*옆집 노인 공씨(孔氏)

《안씨가훈(顔氏家訓) 면학(勉學)》에서는 사인(士人)의 기본인 학문(學問) — 곧 지식의 습득과 탐구 — 의 본질과 실용을 다루고 있다. 사실, 지식이야말로 사인(士人)에게는 생존의 전제가 된다. 그러면서 혼자 독학했을 경우 자신의 생각만을 옳다고 생각하는 사심자시(師心自是)의 독단에 빠질 수 있음을 경고하였다.

《예기(禮記) 학기(學記)》에서는 「배운 뒤에야 부족함을 안다(學然後知不足학연후지부족).」고 하였다. 학문에는 항심(恒心, 恒은 늘 항)이 있어야 하고, 수도에는 진실을 깨우치는 오진(悟眞, 悟는 깨달을 오)을 귀하게 여긴다.

그리하여 물 깊고 강이 넓으니 큰 배가 다니고(水深河寬行大船수심하관행대선), 학식이 깊고 지혜도 뛰어나니 대업을 이룰 수 있다(學多智廣成大業학다지광성대업).

이처럼 학문에 관하여 우리가 명심해야 할 경구(驚句)는 수없이 많다.

세상 사람들의 일반적 병폐는, 남에게 들은 바는 귀하게 여기고, 자신이 본 것은 소홀히 생각하며, 멀리 있는 것을 소중히 여기나 가까운 것은 경시하는 경향이 있다.

어려서부터 성년에 이르도록 서로 교제하면서, 자신보다 현명한 사람이라도 늘 가까이 함께 할 수 있다 하여 함부로 대하거나 예(禮)를 갖춰 공경하지도 않는다.

그래서 노(魯)나라 사람들은 공자를 '이웃집의 공구(孔丘)'라고 불렀다고 한다(孔子爲東家丘공자위동가구). 이는 성인(聖人) 공자를 알아주지 못하고 그저 이웃 노인으로만 알고 있다는 뜻이다.

외지에서 온 사람은 그 차림새를 보고, 내지인은 그 돈을 보고 인물을 평가한다. '3할은 타고난 인물이고(三分長相삼분장상), 7할은 차림새이다(七分打扮칠분타분)' 라는 말은 '옷이 날개' 이라는 뜻이다. '준수한 외모는 모든 결점을 가려준다' 라는 말도 있지만, 세상에는 '군자다운 외모이나 소인의 마음' 을 가진 사람이 많이 있다.

바다를 본 사람이 작은 물을 가지고 큰 바다를 설명하기가 쉽지 않을 것이다. 물을 제대로 보려면 큰 바다와 그 바다를 때리는 파도를 보아야 할 것이다.

사람을 만나는 것도, 사람을 알아보는 것도 다 그러할 것이다. 사람에게는 그 사람 됨됨이와 그릇의 크기가 있다.

이 역시 '배울 學' 에서 정말 중요한 문제이다.

3. 깨달음

사람이 아무리 눈이 밝다 하여도 나뭇잎 하나가 앞을 가리면, 태산도 보이지 않는다. 이는 잘못된 작은 인식 차이로 큰 오류를 범한다는 뜻이다.

마찬가지로 콩알이 양쪽 귀를 막으면 천둥소리도 안 들린다. 사람이 멀리서 바라보면 산이 작아 보이지만(人在山外覺山小인재산외각산소), 산속에 들어가면 산이 깊은 줄을 안다(人進山中知山深인진산중지산심).

나쁜 것을 배우기는 산이 무너지듯 쉽고, 좋은 것을 배우기는 산에 오르듯 어렵다. 좋은 것을 배우기는 높은 산에 오르기와 같고, 나쁜 짓을 배우기는 마치 물결 따라 떠내려가는 것과 같다.

＊ 불학무식(不學無識)

어려서 배운 것은 천성과 같으니(少成若天性소성약천성, 若은 같을 약), 습관은 저절로 이루어진다(習慣成自然습관성자연).

세살 때의 생각이나 모습은 늙어서 그대로 나타난다. 어린애 세 살에 어른이 되었을 때를 볼 수 있고, 일곱 살에 늙었을 때 모습을 볼 수 있다. -곧 어릴 때 모습이 어른의 모습이라 한다.

예로부터 명왕(明王)이나 존귀한 황제라도 여전히 근학(勤學)하였으니, 하물며 보통 사람이라면 더 말할 나위가 있겠는가!

이런 사례는 경사(經史)의 곳곳에 실려 있어, 다시 언급하지 않아도 충분할 것이다.

옛날 조선시대에 농촌의 웬만한 마을마다 서당(書堂)이 존재했다. 서당은 사립(私立) 학교이며, 문자 습득의 초등단계에서 유학(儒學)의 기초에 이르기까지 다양한 교육과정이 있었다.

1960년대까지 농촌에 서당이 존재했다가 1970년대에 완전히 사라졌지만, 필자의 경험과 견문으로, 그 교육 과정은 대략 아래와 같았다.

곧 《천자문(千字文)》, 《계몽편(啓蒙篇)》, 《명심보감(明心寶鑑)》, 《통감(通鑑) / 통감절요》, 《소학(小學)》, 《효경(孝經)》을 배운 다음에, 《논어(論語)》와 《대학(大學)》, 《맹자(孟子)》, 그리고 《중용(中庸)》까지 배우면 《사서(四書)》를 마친다.

《삼경(三經)》 또는 《오경(五經)》은 그 분량이 방대하여 농촌지역에서는 서적 구입 자체가 어려웠다. 그래도 훈장(訓長)의 능력에 따라 《시경(詩經)》, 《서경(書經)》, 《역경(易經)》까지는 가르치고 배웠다. 《예기(禮記)》, 《춘추(春秋)》를 시골 서당에서 배웠다는 말은 못 들었다. 아마 서당 훈장의 수준 문제도 있었을 것이다.

사람이 한세상 살면서 응당 본업을 지켜나가야 하나니, 농민이라면 경작(耕作)과 가색(稼穡, 농사)을 계획하고, 장사꾼은 물화(物貨, 상품)를 잘 골라야 하며, 공인(工人)이라면 기물을 정교하게 만들고, 재예(才藝)를 가진 자는 고도의 기술을 배우고 익혀야 한다.

우리나라의 옛 양반 사대부들은 농사나 장사에 종사하는 것을 부끄러워하고 기술이나 기예에도 힘쓰지 아니하였다. 활을 쏘면 과녁을 꿰뚫지도 못하고, 붓을 들어도 겨우 이름자나 쓸 줄 알면서, 밥과 술을 배불리 먹고 멍청하니 나날을 보내다가 일생을 마감하는 사람이 대부분이었다.

지금도, 혹 조금의 노력이 있어 어쩌다 공무원 시험에 합격하여 말단 관직이라도 얻으면, 곧 스스로 만족하면서 수학(修學)을 아예 망각해 버린다. 이후 살아가면서 유식한 사람을 만나면 그 면학(勉學)과 학문을 인정하지 못하고 질시나 하니 한심한 일이 아닐 수 없다.

* 부진즉퇴(不進卽退)

흐르는 물은 웅덩이를 다 채우기 전에는 더 나아가지 않는다 (盈科而進 영과이진. 盈은 찰 영. 科는 웅덩이 과, 구멍 과). 이는 어려움을 극복한다는 뜻으로도 해석할 수 있겠지만, 학문과 배움의 단계가 아마 이러하지 않겠는가?

비단을 짤 때 아름다운 무늬는 한 올 한 올이 모여서 이루어지는 것이지, 한꺼번에 만들어지는 것이 아니다. 학문이나 자신의 수양도 그러할 것이다.

배움에 시간과 장소가 따로 있는가? 책을 읽지 못할 곳이 어디 있으며, 배우지 못할 때는 언제인가? 공부는 언제든지 또 어디서든 할 수 있다.

1973년, 필자가 여름방학기간을 이용하여 충남 공주시 마곡사(麻谷寺) 안쪽 산간마을의 옛날 서당에서 《논어》를 배울 때, 그 산골마을에 《중용(中庸)》을 만독(萬讀)했다는 환갑 지난 노인이 계셨다. 필자가 길에서 몇 번 뵈었는데, 지게를 지고 길을 가면서도 입으로는 계속 《논어》, 《중용》 등 《사서(四書)》를 외웠다. 참으로 대단한 노인이라고 생각했다.

배움이란 흐르는 물을 거슬러 올라가는 것과 같다. 그러니 앞으로 나아가지 않는다면, 뒤로 밀리는 것이다(不進卽退부진즉퇴).

*정중지와(井中之蛙)

낙타를 보고 등에 혹이 솟은 말이라 한다면, 견문이 없어 사실을 제대로 알지 못한 것이다. 견문이 없거나 적으면 세상에 괴이한 것이 많다.

우물 안 개구리(井中之蛙정중지와)는 넓고 큰 하늘을 본 적이 없다. 시골 아이가 성내에 들어가면 무엇이든지 신기하다. 그럴 경우 적어도 자신의 견문이 부족하다는 사실을 알 것이다.

사람이 굶주리며 배운 식견과 가난 속에 터득한 총명은 정말 소중한 근본 지식이다.

"만 권의 책을 읽고(讀萬卷書독만권서), 만 리를 여행하라(行萬里路행만리로)."는 말이 있다. 이는 독서를 통한 간접 경험과 여행을 통한 직접 체험을 쌓으라는 말이다. 그러나 사실 세상의 모든 책을 다 읽을 수 없고, 천하의 모든 길을 다 걸어볼 수는 없다.

사람은 제 허물을 알지 못하고(人不知己過인부지기과), 소는 자신의 힘을 알지 못한다(牛不知己力우부지기력). 사람은 자신의 추한 꼴을 모르고(人不知自醜인부지자추), 말은 제 얼굴 긴 것을 모른다(馬不知臉長마부지검장. 臉은 뺨 검).

아는 체를 해서 두각을 드러내기보다는 어리석은 척하며 손해 좀 보는 것이 복일 수도 있다는 말도 있다. 그리고 견문이 적어 실패했다면, 그런 실패는 견식(見識)을 키워준다. 그렇지만 손해를 세 번씩이야 볼 수는 없을 것이다.

＊식자우환(識字憂患)

잘못 간 길은 돌아오면 되지만, 사람을 잘못 보면 고생하게 된다. 사실 쉽지 않은 일이지만, '과오를 알고 고친다면 이보다 더 좋은 선(善)은 없을 것이다(知過能改지과능개, 善莫大焉선막대언). 잘못이나 과오가 있다면 고치고, 없다면 더욱 힘써야 한다(有則改之유즉개지, 無則加勉무즉가면).'

태어나 글자를 배운 것이 우환의 시작이다(人生識字憂患始인생식자우환시). – 이 말은 북송(北宋)의 대 문호 소식(蘇軾, 東坡)[14]의 〈석창서취묵당石蒼舒醉墨堂〉이란 시(詩)의 첫 구절이다.

---

14 소식(蘇軾, 1037 – 1101)의 字는 자첨(子瞻), 號는 동파거사(東坡居士)이다. 미주(眉州) 眉山人(今 四川省 중동부의 眉山市미산시). 이름자의 식(軾)은 수레 앞턱 가로 손잡이다. 수레는 이 식(軾)을 잡고 서서 타며, 마주 오는 사람과 식을 잡고, 몸을 굽혀 인사를 한다. 소식은 北宋의 大文豪로, 詩, 詞, 부(賦), 산문(散文)에서 최고의 경지에 이른 명사이다. 書法과 회화에도 최고의 경지에 도달하였기에 중국 수천 년 역사에서 공인된 문학과 예술의 걸출한 대가이며 천재이고 전재(全才)이다.

소식의 산문은 구양수(歐陽修)와 나란히 '구소(歐蘇)'라 병칭되고, 詩는 황정견(黃庭堅)과 함께 '소황(蘇黃)'으로, 또는 육유(陸游)와 함께 '소륙(蘇陸)'으로 병칭된다. 書法에서는 '蘇(소식), 黃(黃庭堅황정견) 米(米芾미불), 蔡(蔡襄채양)'과 함께 '北宋 四大家'라고 일컬어지고, 소식은 회화에서도 '湖州畫派(호주화파)'의 창시자로 통한다. 소식은 왕안석의 변법(變法)에 반대하여 폄직당했다. 소식의 저술과 글로는 《東坡七集》의 〈前赤壁賦(전적벽부)〉, 〈後赤壁賦〉, 〈平王論〉, 〈留侯論(유후론), 유후는 張良〉, 〈石鐘山記(석종산기)〉 등이 잘 알려졌다.

이어 「이름이나 대충 쓸 줄 알면 그만두어도 괜찮다(姓名粗記可以休성명조기가이휴).」고 하였다. 이는 다분히 반어적(反語的)인 뜻으로 읊은 구절이다.

그러면서 소식은 그의 〈화동전유별(和童傳留別)〉이라는 시에서, 「뱃속에 학식이 들어있으면 인품이 절로 빛난다(腹有詩書氣自華복유시서기자화).」고 말했다.

이는 정말 그러하다. 솔직히 말하여, 소식이 말한 식자우환이 아니라 「사람의 걱정거리는 다른 사람을 가르치려 드는 것이다(人之患인지환, 在好爲人師재호위인사).」라고 말한 《맹자(孟子) 이루(離婁) 上》의 구절이 맞는 말이다.

보통 사람들은 자신이 나이가 많다고 선배 또는 선임이라고 하면서 남을 가르치려 들고 자기 생각만 옳다고 내세우는데, 이는 환난만을 초래할 것이다.

4. 삶의 단면

석양이 아무리 아름다워도, 그저 황혼일 뿐이다. 영화는 풀잎 위의 이슬이고(榮華草上露영화초상로), 부귀란 기와에 내린 서리이다(富貴瓦頭霜부귀와두상).

죽어 백 년간 무덤이 있으란 보장이 없다. 어느 무덤 속의 해골이 욕을 먹어 죽었는가? 사람이 욕먹는다고 죽지는 않는다. 그러나 욕을 먹으면서 살아야 하겠는가?

변방에 사는 노인이 잃어버린 말, 그 화복을 알 수 없다(塞翁失馬새옹실마, 禍福未知화복미지). 화와 복이 드나드는 문이 없어도 사람이 스스로 불러들인다(禍福無門화복무문, 唯人所招유인소초).

＊사람의 한 평생

아내가 현명하면 살림이 좋아진다(妻賢家道興처현가도흥). 아내는 남편을 따라가고, 물은 도랑을 따라 흐른다. 아내가 현량하지 않다면, 백 년 동안 가세(家勢)가 퍼질 못한다. 부자가 되고 싶다면 현명한 아내를 얻어야 한다.

닭다리는 살이 붙지 않고, 머슴살이를 오래 한다고 부자 되지 않는다. 살찐 돼지가 문을 밀고 들어오면 시운(時運)이 왕성하다. 개가 모여들면 부자가 되고, 고양이가 모여들면 전당포를 열 수 있는 큰 부자가 된다.

부부는 서른에는 버릴 수 없고, 마흔에는 헤어질 수 없다. 나이 30에도 아들이 없다면, 40에는 희망이 없다. 여자가 서른 넘어 마흔 전에는, 쌍수로 남자를 불러도 사내는 오지 않는다. 인생 서른다섯이면, 절반은 땅에 묻힌 셈이다.

사람이 마흔을 넘기면 해마다 쇠약해지지만, 인생 마흔다섯이면, 마치 산에서 내려온 호랑이 같다. 나이 30에 벼슬을 못하거나, 40에 부자가 되지 못했다면, 50에는 죽을 길을 찾아야 한다.

사람 나이 50이면 몸이 날마다 달라진다. 나이 50에는 새 집을 짓지 않고, 60에는 나무를 심지 않으며, 나이 60이면 기왓장 위의 서리와 같다. 사람 나이 60이면 먼 곳으로 여행을 떠나지 않는다.

나이 63세, 잉어가 여울물을 뛰어 올라간다. 63세는 인생의 새로운 전기가 될 수 있다. 인생 65세는 산림을 개척하는 도끼이나, 70이면 옷을 새로 짓지 않는다. 인생 70은 예로부터 드물었다(人生七十古來稀인생칠십고래희). 75세는 하산한 호랑이이다.

이상의 여러 구절은 과거의 일이고, 현대의 상황과는 크게 다르다. 그러나 인생살이에는 나이에 따라 성취해야 할 목표나 정도(精度)가 있다는 것이다.

사람의 죽음이란 등불이 꺼지는 것이며, 사람이 죽으면 한 줌의 흙이다! 빈손으로 왔다가 빈손으로 가는 인생, 만금(萬金)의 재산이 있어도 갖고 갈 수 없다! 인생은 아침 이슬과 같으니, 인생 백 년이 지나가는 나그네와 같다.

* 기회(機會)

물이 있을 때 진흙을 반죽하고, 바람 맞춰 돛을 올리며, 바람 불 때 깃발을 올리고, 바람 따라 배를 띄운다. 바람 불 때 불을 피우고, 비탈에서는 공을 굴리며, 달구어졌을 때 쇠를 두드려라.

기회를 놓칠 수 없고, 때는 다시 오지 않는다.

잃은 돈은 쉽게 벌 수 있지만(金失容易得금실용이득), 놓친 기회는 다시 오지 않는다(機失不再來기실부재래).

대장부는 제때에 결단을 내리고(大丈夫當機立斷대장부당기입단), 대장부는 과감하게 실천하며 당당히 책임을 진다(大丈夫敢作敢當대장부감작감당). 응당 취할 것을 취하지 않고서 나중에 후회하지 말라.

꽃이 피니 비바람이 많듯, 인생에는 쓰디쓴 이별이 있다. 인생에서 청춘은 다시 오지 않는다. 청춘 시기에는 붉고 푸른 온갖 생생한 꽃이 핀다. 비록 신선일지라도 젊은이만 못하다.

그대는 모르는가? 황하의 물은 하늘에서 쏟아지듯 내려와(黃河之水天上來황하지수천상래), 세차게 흘러 바다에 이르면 다시 돌아오지 않는다(奔流到海不復回분류도해불부회) — 덧없는 인생이다. 이는 이백(李白)의 시(詩) 〈장진주(將進酒)〉의 첫 머리이다.

장강(長江)은 뒷물이 앞물을 밀어낸다(長江後浪催前浪장강후랑최전랑). 밀려 사라지는 인생이다. 그러면서 사람은 고향으로, 말은 풀이 있는 곳으로 달려간다(人奔家鄕馬奔草인분가향마분초).

하늘이 사람의 길을 막는 일은 없다. 그래서 하늘이 무너져도 솟아날 구멍이 있다고 말한다. 이 세상은 늘 그대로인데, 못난 인간들이 공연한 걱정거리를 만들어낸다.

광풍이 분다 하여 숲속 새들을 없앨 수 없고, 폭우가 쏟아진들 강 위의 배를 어찌하겠는가?

✽ 세태(世態)

냇물은 쉬지 않고 흐른다(川流不息천류불식). 인심은 밤낮으로 변하고, 날씨는 시간마다 변한다. 인정은 본디 차갑다가도 따뜻하고, 덥다가도 서늘하다.

사물은 한 번 변하지만, 사람은 천 번 변한다. 인심이란 본디

같지 않고, 인심은 인심 위에서 자란다. 꽃이 붉다 해도 꽃마다 다르다. 꽃은 해마다 비슷하지만(年年歲歲花相似 연년세세화상사), 사람은 해마다 다르다(歲歲年年人不同 세세년년인부동).

군자는 은혜를 베풀지만 그 보답을 바라지 않는다. 은혜를 입었으면 은혜로 보답하고, 덕을 입었으면 덕으로 갚아야 한다. 보이지 않는 덕행을 베푼 사람에게는 틀림없이 눈에 보이는 보답이 있다.

대장부는 은혜와 원수를 분명히 하는데, 은덕은 은덕으로 갚아야 하니, 절대로 잊어서는 안 된다. 곧 은혜를 입었으면 틀림없이 보답해야 한다.

은덕은 크고 작은 데 있지 않고, 위급할 때 도와준 데 있다. 그리고 원수는 크고 작은 악행이 문제가 아니고, 마음에 상처를 주었기 때문이다. 대장부는 거래가 분명해야 한다.

우환 속에 살 길이 있고, 안락하면 죽음에 이르게 된다. 돌도 구르지 않으면 이끼가 끼고, 사람도 한가하면 병이 생긴다. 빈손으로 왔다가 빈손으로 가는 인생, 만금(萬金)의 재산이 있어도 갖고 갈 수 없다.

바람 불고 비가 내리듯, 날씨가 자주 변하듯 인심 또한 헤아릴 수 없고, 세상살이의 쓴맛 단맛을 다 맛보고, 온갖 어려움을 겪어 본 사람은 세상물정을 잘 안다. 빙설(氷雪)이라도 봄풀을 누를 수 없고, 큰물에도 오리는 떠내려가지 않는다. 때가 되어 운이 트이니, 우물 바닥에도 바람이 분다.

똥 누기 전에 방귀가 나오고, 비가 오기 전에 바람이 분다. 광풍에 그 두서가 없고, 인심엔 그 바닥(끝)은 없다. 바람이 없으면 물결이 일지 않고, 연기가 나는 곳에는 꼭 불이 있다.

봄바람처럼 남을 대접하고(以春風待人 이춘풍대인) 찬바람으로 자신을 대하라(以寒風自待 이한풍자대). 남을 책망하는 마음으로 자신을 꾸짖고(以責人之心責己 이책인지심책기), 자기를 용서하는 마음으로 남을 용서하라(以恕己之心恕人 이서기지심서인, 恕 용서할 서). 다른 사람이 내게 도움을 바라면 3월 봄비처럼 대했는데, 내가 다른 사람에게 얻으려니 6월의 서리 같다.

*학식(學識)

재물을 많이 모으기를 바라지 말라. 폭넓고 많은 지식을 재물로 생각하라. 넓고도 많은 지식에 다른 사람이 복종할 것이다.

금은 순금이어야 하고, 사람은 완벽한 사람이어야 한다. 그러나 황금에 순금이 없고(金無赤足 금무적족), 사람 중에 완전한 사람 없다(人無完人 인무완인). 나무가 곧다면 그림자가 비뚤어질까 걱정하지 않는다.

문재(文才)가 아주 뛰어나고, 학식이 아주 풍부한 사람은 분명히 존재한다. 재주가 뛰어나면 틀림없이 광기가 있고(才高必狂

재고필광), 기예가 높으면 틀림없이 거만한 데가 있다(藝高必傲예고필오, 傲는 거만할 오). 재주와 학문이 깊다면 자랑하지 말고, 날이 선 좋은 칼은 칼집에 감추어야 한다.

학문은 부지런해야 성취가 있다(學問勤乃有학문근내유). 배우는 사람은 책을 놓을 수 없고(學者不釋書학자불석서), 서예가는 붓을 놓을 수 없다(書家不釋筆서가불석필). 부지런하지 않으면 뱃속이 빈 것과 같다. 하루라도 불학하면 언덕을 굴러 떨어지는 듯, 이틀을 불학하면 살아갈 길이 없다.

5. 권학문 勸學文

○ 《고문진보(古文眞寶)》

우리나라에서 한문(漢文) 공부를 하는 사람들에게 잘 알려진 책 중
하나가 바로 《고문진보(古文眞寶)》이다. 이 책의 편자는 황견(黃堅, 생졸
년, 인물 미상)이다.[15] 그러나 중국에서 이 책은 원(元)의 주자학자에 속
하는 진력(陳櫟, 1252−1354)이 편찬한 《고문대전(古文大全)》이라 알려졌
고, 청대(淸代)에는 간행되지도 않았기에 중국의 백과사전에서도 이 책
에 관한 항목이 없다. 그러나 우리나라와 일본에서는 중국 고대 시문의
모범적 교과서처럼 아주 널리 알려진 책이다. 이 《고문진보》의 전집(前
集)은 시가를 모았고, 후집(後集)은 여러 형식의 문장, 산문(散文)을 모
아 해설하였기에 후세 사람들이 참고로 많이 활용하고 있다.

---

15 북송의 유명한 학자이면서 시인인 황정견(黃庭堅, 1045−1105. 號는
山谷道人)과 다른 사람이다.

이 《고문진보》 전집의 첫머리에, 젊은이들에게 학문을 권유하는 권학문이 수록되었는데, 그 몇 편의 학문을 권장하는 권학시(勸學詩) 중, 가장 현실적으로 생동감 있게 공감할 수 있는 시는 송(宋) 진종(眞宗, 재위 998-1022)의 〈권학시〉이다.

* 송(宋) 진종(眞宗)의 권학(勸學)

사실 「少年易老學難成(소년이노학난성)이니 一寸光陰不可輕(일촌광음불가경)」과 같은 주자(朱子, 朱文公)의 시구는 정말 지당한 말씀이다. 그러나 혈기가 한창인 젊은이가 늙어버린 자신의 모습을 실감할 수가 없다.

15, 16세 - 공부를 시작하고 한창 열심일 때, '내 몸도 곧 늙어버리겠지!' 라고 생각하면서 '일촌광음(一寸光陰)이 아까워! 정말 아까워!' 하면서 시간의 소중함이 느껴지겠는가?

그리고,

「오늘 배우지 않고서, 내일이 있다고 말하지 말라(勿謂今日不學而有來日 물위금일불학이유내일).

올해 공부하지 않고, 내년이 있다고 말하지 말라(勿謂今年不學而有來年 물위금년불학이유내년).」

주자(朱子)의 권학문 구절은 고등학교 늙은 윤리 선생의 잔소리보다도 더 재미가 없는 말이다.

술과 여색을 마음껏 즐긴 당나라 백거이(白居易, 白樂天)도

「땅이 있어도 농사짓지 않으면 곳간이 텅 비고,

　(有田不耕倉廩虛 유전불경창름허. 倉廩 창름은 창고)

　책이 있어도 가르치지 않으면 자손이 우매하다.

　(有書不敎子孫愚 유서불교자손우)」

라 하였는데, 솔직히 이런 구절을 읽고, 우매한 자신이나 후손이
걱정되어 분발하는 젊은이나 어린아이가 있겠는가?

　그런 의미에서 본다면, 북송(北宋) 진종(眞宗)의 〈권학시〉는 가
장 현실적인 〈권학문(勸學文)〉으로 손꼽히고 있다.

　사나이가 이루고 싶은 꿈이 무엇인가?

　많은 돈, 으리으리한 저택, 꽃보다 예쁜 미인, 그리고 고급 자
동차 – 이 모든 것이 책 속에 들어 있으니, 네 꿈을 이루고 싶다면
열심히 공부하라!

　황제의 입장에서 매우 구체적이고 실질적으로 권유하고 있다.
북송(北宋) 진종(眞宗)의 유명한 〈권학시〉는 아래와 같다.

부가라면 양전을 매입할 필요가 없다.	富家不用買良田
서중에는 천종의 녹봉이 거기에 있다.	書中自有千鍾粟
안거하려 고당을 지을 필요가 없나니,	安居不用架高堂
서중에는 황금의 집이 거기에 있도다.	書中自有黃金屋
처자를 얻으려 중매쟁이 걱정을 말라,	娶妻莫愁無良媒
서중에 얼굴이 옥같은 미인이 있도다.	書中有女顔如玉

산문에 수행원 없다고 걱정하지 말라.   出門莫愁無人隨

서중에는 거마가 떨기로 많이 있도다.   書中車馬多如簇

남아가 평생의 큰뜻을 이루고 싶거든,   男兒欲逐平生志

창문 아래서 육경을 부지런히 읽어라!   六經勤向窓前讀

이렇듯 구체적이고 현실적 목표가 정해졌다면, 그 다음은 오직 뼈를 깎는 노력이 있어야 한다.

끈기 있는 노력이 아니라면 남아(男兒)의 평생지(平生志)를 결코 실현할 수 없다는 것을 중국인은 잘 알고 있었다.

✻ 독서의 목적 - 과거 합격

중국인들은 누구나 자식 교육의 필요성은 잘 알고 있었다.

그러다 보니 「養兒不讀書(양아부독서, 자식을 카우면서 공부를 안 시키면)는 不如養頭猪(불여양두저, 돼지를 키우는 것만 못하다)」라고 하면서 자식 교육을 중시하였다.

그러나 집안이 가난하면 기초 공부도 시킬 수 없는 것이 현실이다. 그래서 「삼대(三代)에 부독서(不讀書)하면 소가 될 것이다(三代不讀書會變牛 삼대부독서회변우).」라는 말이 나왔을 것이다.

사실 중국이나 우리나라에서 독서(讀書)란 과거(科擧) 준비과정이었다.

'死讀書(사독서, 맹목적 공부)에, 讀死書(독사서, 쓸모없는 책을 읽으면)면, 讀書死(독서사, 공부를 하나 마나!)'라는 말이 있었으니, 오직 과거의 시험과목이 되는 유가경전(儒家經典)이나 시문(詩文)만을 공부했다.

그러면서 '젊어 독서에 마음쓰지 아니하면(小時讀書不用心소시독서불용심), 책 속에 황금(黃金)이 들어있는 줄을 알지 못한다(不知書中有黃金부지서중유황금).'라는 말에서는 독서의 구체적인 목표가 드러난다.

곧 독서의 목적은 출세(出世)이고, 출세의 방법은 과거시험의 합격이었다.

실제로 당대(唐代)부터 과거에 의한 출세가 보장되었고, 북송(北宋)의 문치주의(文治主義)는 과거 열풍을 불러일으켰지만 독서한다고 과거시험에 모두 합격하는 것은 아니었다.

중국인들에게 과거 합격의 요체는 '첫째 운명, 둘째 행운, 셋째 풍수(風水, 一命二運三風水일명이운삼풍수)이고, 넷째로 조상의 음덕, 다섯째 독서(四積陰功五讀書사적음공오독서)이었다.'

말하자면, 첫째에서 넷째까지 모두가 갖추어졌다면 5번째로 본인의 노력이 있어야 했다.

● 제2장 ●

배울 學 — 본질

제2장 배울 學 - 본질

배우지 않아 아는 것이 없으면, 살아있어도 죽은 것과 같다. 여하튼 사람이 배우지 않으면 버드나무가 바람 따라 흔들리는 것 같고, 학문을 하면 푸른 솔이 눈 덮인 산언덕에 우뚝 서있는 것 같다. 그리고 배우더라도 실천하지 않으면, 소나 말에 옷을 입힌 것과 같다.

천성이 민첩하며 배우기를 좋아하며(敏而好學민이호학), 나만 못한 사람에게 배움을 청하는 것을 부끄러워하지 않는다면(不恥下問불치하문), 이는 마음을 비우고 학문에 힘쓰는 것이다. 마치 천리마가 늙은 황소를 찾아와 인사하는 뜻과 같다.

서당 개 3년에, 풍월을 읊을 줄 안다. 사실 알지 못해서 걱정이 아니라 아는 척하는 것이 걱정이다. 곧 어설픈 지식은 위험하다. 그러니 배움의 본질을 아는 것이 중요하다.

1. 사람은 왜 배워야 하나?
  * 생계를 위한 배움   * 자신을 위한 배움
  * 배움—깨우침   * 조문석사(朝聞夕死)
  * 배움—자기완성의 과정

2. 공자가 생각한 배움은?
  * 배움의 시작   * 배움의 끝
  * 배움에 대한 열정   * 술이부작(述而不作)

3. 배움의 세계
  * 지(知)란 무엇인가?   * 알기, 좋아하기, 즐기기
  * 총명(聰明)   * 계획(計劃)
  * 생활 속의 배움

4. 배움으로 무엇을 얻는가?
  * 능력의 차이   * 달도(達道)와 달덕(達德)
  * 성인(聖人)—현인(賢人)—범인(凡人) * 지식과 정보
  * 학즉불고(學則不固)   * 생활과 배움의 일치

1. 사람은 왜 배워야 하나?

먹는 것이 왜 중요한가? 또는 왜 먹어야 하는가? 라는 질문처럼 우스운 질문은 없다. 이는 마치 사람은 왜 숨을 쉬어야 하는가? 라고 묻는 것과 무엇이 다른가? 먹어야 살 수 있고, 생존하기 위해 먹어야 하니, 먹기는 꼭 해야 할 당위(當爲)이다.

그러나 왜 요리가 중요한가? 또는 왜 요리를 직업으로 선택했느냐고 묻는다면, 요리사마다 대답이 다를 것이다.

배우려는 사람에게는 왜 배우느냐?고 물어볼 수 있다. 공자는 왜 학문을 해야 한다고 생각했는가?

＊생계를 위한 배움

공자(孔子, 기원 前 551 – 479)는 신분상으로 몰락한 무사(武士) 계급의 아들로 태어났다. 거기다가 3세에 아버지가 돌아가시고 젊은 미망인의 손에 양육되었지만, 17세(前 535)에 어머니마저 여위었다고 했으니 그 형편의 어려움을 미뤄 짐작할 수 있다.

그 당시, 공자가 아닌 공구(孔丘)가 나이 열다섯에 배움에 뜻을 두었다는 것은 15세 이전에 기본적인 문자 습득은 했었다고 볼 수 있다. 이어 공자는 육예(六藝)[16]를 배웠을 것이다.

육예는 사족(士族)의 자제가 이를 배워 하급 직위에 채용될 수 있는 기초과정이었다. 예(禮)를 익혔다면 향당(鄕黨)의 각종 의례 행사 일을 맡을 수 있고, 수(數)를 배웠다면 창고지기와 같은 일을, 사(射)를 습득하면 활쏘기 의식에 참여할 수 있었으며, 어(御)를 익혔다면 고귀한 사람의 수레를 몰며 호구지책(糊口之策)을 마련할 수 있었다.

때문에 달항당(達巷黨)의 어떤 사람이 '장하도다. 공자여! 널리 많이 배우고서도 이름을 얻지 못했구나!' 하며 공자를 비웃었다.

그 말을 전해들은 공자가 "내가 무슨 일을 할까? 수레를 몰까? 활 쏘는 일을 도울까? 나는 수레를 몰겠다!"라고 제자들에게 말했다.[17]

---

16 육예(六藝) —《周禮》의 六藝는 西周시대 귀족 자제 교육의 6개 교과목이라 할 수 있다. 곧 예(禮), 악(樂, 樂詩), 사(射), 어(御), 서(書), 수(數)를 지칭한다. 그런데 여기서는 배우는 내용을 다시 세분할 수 있다. 禮는 五禮(吉길, 凶흉, 賓빈, 軍군, 嘉가)로 나눠 배웠고, 書에는 상형(象形), 지사(指事), 회의(會意) 형성(形聲), 전주(轉注), 가차(假借)가 있었다. 漢代 이래로 六藝는 육경(六經)을 뜻하는 말로 쓰였다. 곧《詩. 詩經》,《書》,《禮》,《樂》,《易(역)》,《春秋》의 경전이다.

17《논어 子罕(자한)》達巷黨人曰, 大哉孔子! 博學而無所成名. 子聞之, 謂門弟子曰, 吾何執? 執御乎? 執射乎? 吾執御矣.

공자가 언급한 수레 몰기(御어)와 활쏘기(射사)는 육예의 한 가지이지만, 하급 사족(士族)의 자제가 가질 수 있는 직업이었다. 그리고 공자 자신은 젊은 나이에 생계를 위한 방편으로 육예에 두루 밝았다는 뜻이다. 하여튼 공자는 여러 가지를 배워야만 했는데, 이는 높은 관직에 나갈 수 없는 신분이었기 때문이다.

위 달항당인이 공자를 비웃었다는 것은 당시 세간에서 공자와 그 제자 그룹에 대한 평가가 비우호적이었다는 반증이며, 정치적 실권을 쥔 사람들에게 공자의 군자학(君子學)과 예교주의(禮敎主義)가 비난받고 있었다는 증거라고 해석할 수도 있다.

당시의 귀족 자제는 가정교사와 같은 독선생(獨先生)한테서 필요한 지식을 배웠다. 그러나 공자는 그러한 여유가 없었을 것이다. 곧 공자에게는 일정한 선생이 없었고 누구한테서나 배웠다. 그러니까 '길을 걷는 세 사람 중에도 나의 스승이 있다. 좋은 것을 골라 배우고 나쁜 것은 고치면 된다.'[18]라고 말했다.

＊자신을 위한 배움

사람들은 자기 일터에서 자신의 일을 수행한다. 물건을 만드는 사람은 공장에서 일하고, 농부는 논밭이 일터이다. 그렇다면 학문을 하는 사람의 일터는 어디인가? 그 일터가 학교 또는 대학

---

18 《논어 述而(술이)》子曰, 三人行 必有我師焉, 擇其善者而從之 其不善者而改之.

의 연구실이라는 좁은 개념의 공간일 수는 없다.

공자의 제자 자하(子夏)[19]는 배우는 사람은, 또 진정한 배움을 이룩한 사람은 배움의 과정으로 도(道)를 실현한다고 말하였다.[20] 배움의 과정 자체가 군자에게는 일터인 셈이다.

공자는 제자들에게 개념이나 사상을 가르치기 전에 때로는 구체적이고 실질적인 교육을 했다. 예를 들면, 인(仁)을 좋아하고 추구하지만 학문의 바탕이 없다면 그것은 어리석음이며, 지혜로움(知)을 좋아하지만 배움이 없으면 허황된 것이며, 용기를 추구

---

19 자하(子夏) — 본명은 복상(卜商), 공자보다 44세나 어렸다. 공문십철(孔門十哲)의 한 사람으로 문학 분야에 뛰어났는데, 특히 경학(經學)에 밝았다. 공자가 함께 《詩》를 논할 수 있는 제자였다. 공자가 '너는 군자유(君子儒)가 되어야지 小人儒가 되어서는 안 된다'는 가르침을 주었다. 이는 곧 道를 밝힐 수 있는(明道) 儒者가 되어야 한다. 명성이나 얻으려 한다면 소인유일 것이다.

공자가 죽은 뒤에 子夏는 西河(서하)에 머물면서 제자를 가르쳤고, 위 문후(魏 文侯, 재위 前 445 – 396年)의 사부가 되었다. 공자가 죽자 70제자들은 흩어져 제후에게 유세하였는데, 오직 위 문후만이 好學하였다. 자하는 공자의 학문과 사상을 후세에 전하는데 공이 많았다. 전국시대에 천하가 다툴 때 유학은 배척되었지만 그래도 齊와 魯에서는 학자들이 유학을 폐하지 않았으니 齊 위왕(威王)과 선왕(宣王) 무렵에는 孟子와 손경(孫卿, 荀子) 같은 사람들이 모두 夫子(孔子)의 학술을 받들고 더욱 발전시켜 당세에 학문으로 유명하였다. 자하는 아들이 죽자 심하게 통곡했고 그래서 失明했다. 반고(班固)의 《漢書 儒林傳》 참고.

20 《논어 子張》 子夏曰, 百工居肆以成其事 君子學以致其道.

하면서도 학문적 바탕이 없다면, 이는 혼란(亂 어지러울 란)이라고
말했다.[21]

　시장의 원리를 무시한 제품은 성공을 거둘 수 없다. 다시 말해,
고객의 기호를 무시한 상품이 성공할 수는 없다. 그렇다면 이러
한 원리를 배움에도 적용할 수 있겠는가?
　요즈음 우리의 현실을 고려한다면, 나를 써줄 만한 기업을 위
한 맞춤형 지식을 갖추거나 기능의 수련이 가장 빠른 길일 수도
있다.
　첩경(捷徑)을 달려가는 사람은 다른 길을 고려하지 않는다. 이
처럼, 전문지식만을 중요시 한다면 다른 인문지식은 필요 없다는
결론을 쉽게 얻을 수 있다. 그러나 그것이 가장 바른길(正道)이겠
는가?

　공자의 시대에는, 또 공자한테 배우는 제자들은 요즈음과 같은
생존경쟁을 몰랐을 것이다. 때문에 공자는 상당히 포괄적이면서
도 실질과는 관련성이 적다고 생각할 수 있는 교육을 한 것 같다.
　「군자가 널리 배우고 예를 지키면 아마도 실패하지 않을 것이
다.」[22]

---

21 《논어 陽貨》子曰, ~ 好仁不好學 其蔽也愚, ~ 好勇不好學 其蔽也
　　亂~. 蔽는 덮을 폐. 폐단.
22 《논어 雍也(옹야)》子曰, 君子博學於文 約之以禮 亦可以弗畔矣夫.

이를 박문약례(博文約禮)라고 하는데, 이 말은 지식과 함께 갖춰야 할 기본 바탕을 강조한 것이다. 이에 따라 공자의 제자 자하도 같은 말을 하고 있다.

「널리 배우고 뜻을 돈독히 하고, 열심히 묻고 실질적인 생각을 하는 것이 인(仁)의 실천이다.」[23]

자하(子夏)의 이 말은 공자의 말보다 훨씬 구체적이다. 다시 말해, 포괄적인 개념에서 좀 더 구체적인 실례를 보여준 것이다. 자하의 가르침은 스승 공자보다 더 현실적이었다.

＊배움은 깨우침

오늘날의 지식과 정보를 제공하는 교육은 양적으로 엄청나게 많지만, 현대의 교육은 학습자에게 '깨우침'을 강조하지는 않는다. 지식과 정보의 교육에는 자신에 대한 성찰(省察)이 없으며, 철학적 통찰(洞察)도 없다.

공자가 강조한 것은 자신에 대한 성찰과 그 결과 얻을 수 있는 깨우침이었다. 예를 들면, 인(仁)을 알고 실천하라는 공자의 가르침은 지식과 정보의 습득 또는 기술의 이해나 숙련을 강조하는 현대의 교육과 본질적으로 달랐다. 공자가 제자들에게 강조하는 깨우침이란 지식과 정보의 양이 많다 하여 얻을 수 있는 것은 아

---

23 《논어 子張》子夏曰, 博學而篤志 切問而近思 仁在其中矣.

니었다.

공자 사상의 중심은 인(仁)이다. 인을 중시했기에, 인이 무엇인가를 스스로 알기 위하여 공자는 학문을 했고 또 실천하려고 노력했다. 그리고 제자들에게 인을 이해하기 쉽게 여러 가지로 설명하면서 실천하라고 가르쳤다. 공자는 특히 지배층에게 인을 강조했고, 인을 깨닫고 실천하려는 의지를 가진 군자가 되어야 한다고 구체적인 인간상을 제시했다.

공자는 군자와 소인을 구분하고 여러 가지로 비교도 했다. 또 효(孝)를 가르쳤는데 효와 불효는 쉽게 구분할 수 있다. 그렇다면 공자는 이분법적(二分法的) 사고를 벗어나지 못했고, 이분법적 사고로 제자들을 가르쳤다고 보아야 하는가?

그러나 군자와 소인의 구분은 언어적 표현이다. 언어는 본래 구분하여 표현하는 것이 그 수단이다. 유와 무, 선과 악이라는 말로 존재나 가치를 설명한다 하여 이분법적 사고라고 단정할 수 없다. 그리고 언어로는 모든 것을 다 표현할 수도 없다. 더군다나 깨우친 사람이 자신의 그 깨우침을 언어로 표현하여 남에게 모든 것을 전달할 수도 없다. 공자의 경우는 분명 그러했다.

실제로, 인(仁)이란 곧 인자하려고 스스로 노력한다 하여 얻어지는 것이 아니었다. 인과 불인(不仁)의 구분을 떠나 모두를 포용할 수 있는 생각과 성찰이 있어야 한다. 포용이 없는 어짊은 있을 수 없지만, 모든 것을 다 포용했다고 해서 어질다는 뜻은 아닐 것이다.

　인은 커다란 깨우침이다. 한 사람의 생각이나 행동이 인이냐 아닌가를 이분법적으로 구분할 수는 없다. 어짊은 이분법적인 사고나 분별(分別) 의식을 초월하는 통찰을 거쳐야 깨우칠 수 있다. 이처럼 배움은 깨우침을 얻는 것이다.

＊ 조문석사(朝聞夕死)

　《논어 이인(里仁)》편에 있는 공자의 「아침에 도(道)를 알고 저녁에 죽어도 괜찮을 것이다(子曰자왈, 朝聞道조문도, 夕死可矣석사가의).」라는 말은 너무 유명한 말이다. 그러다 보니 그 해석도 분분하다.

　우선 공자가 말한 도(道)는 무엇을 뜻하는가?

　도(道)는 사물의 당연한 도리이다. 이를 아침에 듣거나 깨우쳐 알았다면, 저녁에 죽어도 좋을 것이라는 뜻으로 새길 수 있다.

　또는 '도(道)를 아침에라도 들어야 저녁에 죽을 수 있다.'로 풀이할 수도 있다. 하여튼 아침에서 저녁이면 짧은 시간이다. 도를 깨우치고 금방 죽어도 여한이 없다는 뜻이니, 그만큼 도(道)의 터득을 갈구한다는 뜻이다.

　공자가 말한 도(道)는 구체적으로 무엇인가? 공자는 「도(道)에 뜻을 두고, 덕(德)을 바탕으로 인(仁)에 의거하며, 학문(學問, 藝)을 즐긴다.」[24]고 하였다.

이는 공자 생활의 4대 원칙이라고 불러도 괜찮을 것이다. 하여튼 도(道)는 천(天) 또는 인(仁)과 같은 불변의 진리나 이념이며, 그런 도(道)를 구체적으로 실천하는 것이 덕(德)이다. 한마디로 도(道)는 인(仁)의 본체이고, 인(仁)은 도(道)의 구체화(具體化)이며 적용일 것이다.

사람으로 태어나 살면서 그러한 도(道)를 터득했다면 얼마나 보람차고 가치 있는 일인가? 도를 오랫동안 실천할 수 있다면 좋겠지만, 짧은 시간을 살고 저녁에 죽더라도 여한은 없다는 뜻일 것이다. 결국 조문석사(朝聞夕死)는 진리나 어떤 목표의 열렬한 추구와 달성을 뜻한다.

어떤 절대자가 나에게 이 진리를 모르면 오래 살게 해주겠다. 그러나 이 진리를 터득하면 너는 저녁에 죽어야 한다. 이 진리를 알겠느냐? 아니면 모르고 그냥 살겠느냐?

양자택일하라고 할 때, 진리를 알고 나서 바로 죽어도 좋다는 간절한 열망일 것이다.

*배움 ─ 자기완성의 과정

배움이란, 자기완성(自己完成)의 과정이다.

---

24 《논어 述而》子曰, "志於道, 據於德, 依於仁, 遊於藝."

자기완성 또는 자아실현은 자신을 위한 것이지 남에게 보여주기 위한 것은 아니다. 현실적인 배움만을 추구하는 것은 어찌보면 단순한 기능습득으로 흘러갈 수 있다. 현실적인 배움이란 남에게 보여주기 위한 것이고, 남을 위한 것이다.

때문에 공자도 이를 걱정한 것 같다. 그래서 「옛사람들은 자신을 위한 학문을 했지만 요즈음은 남을 위한 학문을 한다(爲人).」[25]고 말했다.

결국 자기완성에 이르면 다방면에서 성취할 수 있고 모범이 될 수 있다. 공자가 바라는 진정한 배움은 우선 자기완성이고 자아실현이었다. 그러면 저절로 자신의 목표를 성취할 수 있을 것이다.

다시 말해, 폭넓은 배움은 좋은 제품을 만드는 것과 같다. 좋은 제품이 시장에서 잘 팔리는 것처럼 폭 넓은 배움이 곧 자아실현이고, 그것은 곧 나와 남을 위한 배움의 길일 것이다.

25《논어 憲問(헌문)》子曰, 古之學者爲己 今之學者爲人.

2. 공자가 생각한 배움은?

　공자는 나이 열다섯에 배움에 뜻을 두었는데(志學), 조그만 마을에
도 자신처럼 근신(謹愼, 원문에는 충신忠信)하는 사람은 있겠지만 자신만
큼 호학(好學)하는 사람은 없을 것이라고 말했다.[26]

　이는 공자 자신이 누구보다도 호학(好學)한다는 자부심의 표현이었
다. 오늘날에 '배우기를 좋아하는 사람'이라고 말한다면, 그 사람에 대
한 칭찬이며 열심히 노력하면 그 성취를 기대할 수 있다는 뜻으로 받아
들여진다. 공자가 배움에 뜻을 둔 배경이나 공자가 생각한 배움의 참
모습은 어떤 것이었나?

＊배움의 시각

　공자는 스스로 배움의 길을 찾았다고 보아야 한다. 곧 시켜서

---

26 《논어 公冶長(공야장)》 子曰, 十室之邑 必有忠信如丘者焉 不如丘
之好學也.

하는 공부가 아닌 스스로 자신을 위한 배움이고 학문이었다. 공자가 '옛날에는 자신을 위해 배웠지만(古之學者爲己고지학자위기), 지금은 남을 위해 공부하고 있다(今之學者爲人금지학자위인).'라고 말했는데(논어 헌문憲問), 이 말은 자신을 깨우치기 위한 진정한 학문이, 지금은 남에게 등용되기 위한 방편으로 학문을 한다는 의미로 해석할 수 있다.

공자는 스스로 좋아서, 찾아서 하는 배움만이 즐겁고 또한 유익한 것이라 생각했다.

「배운 다음에 때때로 익히면 기쁘지 아니한가?(子曰자왈, 學而時習之학이시습지 不亦說乎불역열호) 벗이 먼 곳에서 찾아오니, 이 또한 기쁘지 아니한가?(有朋自遠方來유붕자원방래, 不亦樂乎불역낙호) 사람이 알아주지 않더라도 화를 내지 않으니, 군자가 아니겠는가?(人不知而不慍 인부지이불온, 不亦君子乎불역군자호, 慍은 성낼 온)」[27]

공자의 이 말은 《논어》의 권두언(卷頭言)이면서 공자 가르침의 핵심이며 교육목적이라고 말할 수 있다.

이는 마치 공문(孔門)의 교훈과 같은 말이면서도 제자를 격려하는 학교장의 신념에 찬 훈화와 같다는 느낌이 오는 구절이다.

---

27 《논어 學而(학이)》의 맨 첫 구절. 說은 기쁠 열, 말씀 설. 마음으로 느끼는 즐거움. 樂은 풍류 악, 즐거울 락. 겉으로 드러나는 즐거움. 웃음. 慍은 성낼 온.

이는 공자가 학자였으며, 그의 학문 목표가 매우 실질적이며 실천적이었다는 의미를 포함하고 있다.

곧 배움은 스스로의 일이고 배운 것은 시간이 있을 때마다 반복적으로 연습하여(時習之) 자기 것으로 만들어야 한다. 그런 과정에서 마음속으로 느끼는 희열(喜悅, 說)이 곧 배우는 기쁨이다.

그리고 배움을 같이 하는 벗이 먼 곳에서 찾아와(自遠方來자원방래) 학문을 이야기한다면 이는 벗과 사귀면서 느끼는 또 다른 즐거움(快樂쾌락)이다.

그리고 "군자는 학문을 매개로 벗과 사귀고, 벗과 함께 인을 실천할 수 있다(君子以文會友군자이문회우, 以友輔仁이우보인)."[28] 는 증자(曾子)[29]의 말은 개인의 학문 연찬에서 학문의 상호 실천과 동시에 사회화(社會化) 과정이라고 볼 수 있다.

물론 이런 말들을 논리적으로 본다면, 많은 부분이 생략되거나 언급되지 않았다. 무엇을 배우는가? 어떤 정도의 즐거움인가? 등에 대한 구체적인 언급이 없지만, 당시 스승과 제자 사이에서는

---

28 《논어 顔淵(안연)》의 구절.

29 증자(曾子) - 본명은 증삼(曾參, 前 505 - 435), 자는 자여(子輿), 공자보다 46세 연하. 아버지 曾晳(증석)과 함께 부자가 모두 공자의 제자였다. 공자의 학통을 이은 제자로 종성(宗聖)으로 추앙받고 있다. '하루에 자신을 세 번 살피는(日三省吾身)' 수양을 했다. 《大學》과 《孝經》을 저술했으며 효자로 널리 알려졌다. 또 曾參殺人(증삼살인)과 曾子殺豬(증자살저, 豬 돼지 저) 등 여러 故事의 주인공이다.

그만한 교감(交感)이 있는 대화였다고 보아야 한다.

그리고 그런 기쁨과 즐거움으로 자신의 성취가 있는데, "남이 알아주지 않아도 화를 내지 않으니 군자가 아니겠는가?"라는 말은 학문에 의해 인격이 수양된 군자의 모습을 서술한 것이다.

이 말을 하나의 처세술에 관한 이야기로 해석할 수도 있지만, 그런 경지에 도달했다면 절제할 수 있는 감정의 소유자라 볼 수 있으며, 그 정도의 인격적인 수양을 해야 한다는 가르침이다. 이는 곧 배움과 사회생활, 그리고 인격수양과 자아실현이라는 학문의 참다운 길을 가장 잘 서술한 말이다.

*배움의 끝

《논어》 전체에는 배움의 참뜻과 과정, 배움의 목적과 활용에 대한 공자의 신념이 가득하다. 공자의 학문에 대한 이런 신념은 《논어》 전체에 일관되게 흐르면서, 《논어》의 맨 마지막 구절로 다시 한번 수미상응(首尾相應)하듯 강조된다.

「천명(天命)을 모른다면 군자라 할 수 없고(孔子曰공자왈, 不知命부지명, 無以爲君子也무이위군자야), 예(禮)를 모른다면 세상에 나설 수 없으며(不知禮부지례, 無以立也무이립야), 말을 알아듣지 못하면 사람을 알지 못하는 것이다(不知言부지언, 無以知人也무이지인야).」[30]

---

30 마지막 편인《논어 堯曰(요왈)》의 구절.

이는 《논어》의 마지막 결론이면서 배움의 맨 마지막 단계, 곧 배움의 끝이 어떠해야 하는가를 서술한 것이다. 《논어》의 편찬자 그 누군가가 지명(知命), 지례(知禮), 지언(知言)의 의미와 가치를 《논어》의 맨 마지막 구절로 마무리 한 것은 그 의미가 정말로 심장(深長)하다.

배우고 스스로 학문을 연마하며 인의를 실천하는 군자라 하여 반드시 높은 자리에 오르고 남의 존경을 받는 것은 아니다. 배움과 학문의 길을 걸으면서 스스로의 기쁨을 마음껏 누린 사람은 그런 인생 자체가, 곧 하늘의 명(命)일 수도 있다.

배움의 과정에서 스스로 천명을 알았다면 그것으로 족한 것이다.

그리고 배우는 사람이라 하여 예를 지키고 행하지 않는다면 사회생활이 불가능하다. 말하자면, 예는 배움이 있건 없건 사회생활의 기본이라는 사실을 한번 더 새겨주고 있다.

그리고 나의 말은 물론 남의 말도 알아들어야 다른 사람을 알고, 함께 살아갈 수 있는 것이다. 이는 배우는 사람이, 한평생 학문의 길을 걷는 사람이 범하기 쉬운 오류를 경계한 말이면서도 배움과 학문의 최종 목표를 마지막으로 다시 강조한 것이라 할 수 있다. 이를 달리 생각하면, 공자의 한평생을 요약한 글일 수도 있다.

*배움에 대한 열정

공자는 「종일 먹지도 자지도 않으면서 생각해 보았지만 아무 보탬이 되질 않았고 무엇인가를 배우는 것만 못했다.」[31]는 말을 하였다.

이는 아무리 혼자 이런저런 생각과 궁리를 하는 것은 실질적인 효과를 얻기 어렵다는 뜻이고, 몸소 배움을 실천하는 것만 못하다는 뜻일 것이다. 이처럼 배움은 실질적인 행동과 사고(思考)이지 공상(空想)으로 이루어지는 것이 아니다.

동시에 배움이 있다 하더라도 그것은 자신의 사색을 통해서 자기 것으로 만들어야 한다. 배움 다음에 자기 나름대로의 평가나 자기 것으로 만드는, 곧 내면화(內面化) 과정이 있어야 한다. 단순한 기억은 곧바로 지워지는 것처럼 자기 내면화 과정이 없다면 결국 남는 것이 없을 것이다.

이와 반대로 배움이 없는 사색은 위험한 것이다. 생각하는 바가 있다면, 그것을 바탕으로 실질적인 배움이 있어야 한다. 자신의 생각이 다른 사람의 생각과 어떻게 다르고 옛사람은 어떠했는가를 배워야 한다. 때문에 공자는 "사색이 없는 배움은 얻는 것이 없고, 배움이 없는 사색은 위태롭다." 라고 말했다.[32]

---

31 《논어 衛靈公(위령공)》 子曰, 吾嘗終日不食 終夜不寢 以思無益 不如學也.

배움이란 행위는 본능의 숙련과는 다르다. 초원을 달리는 치타의 본능적인 사냥 훈련 과정과 인간의 배움 과정이 같을 수는 없다.

인간의 배움에는 열정(熱情)이 있어야 한다. 공자는 나보다 먼저 배우고 이룩한 것을 따라가는 처지에서는 "배운 것을 따라가지 못할까 걱정하고, 잃어버려서는 큰일 날 것처럼 생각하는 열정이 있어야 성취할 수 있다."[33]고 말했다.

또 배움에는 부지런한 열정이 있어야 하고, 그런 열정이 있는 사람이라면 지위가 낮은 사람이나 연령적으로 어린 사람한테도 배우는 것을 부끄럽게 여기지 않는다. 이를 불치하문(不恥下問)[34]이라고 하는데, 불치하문은 학문에 대한 진정한 열정이다.

배움에 열중하면, 그리고 배움에 대한 갈증(渴症, 목마를 갈)이 있다면, 그리하여 진정으로 배움을 성취한 사람은 고루(固陋)하지 않을 것이며, 자기 것만을 고집(固執)하려는 집착이 없을 것이다. 관심과 열성은 한 가지만 집착하는 고집이 아니다.

군자는 가볍게 처신할 수 없다. 그렇다고 무게를 잡는다며 자신의 생각만을 고집하지도 않을 것이다. 진정한 배움을 이룩한

---

32 《논어 爲政(위정)》 子曰, 學而不思則罔 思而不學則殆.

33 《논어 泰伯(태백)》 子曰, 學如不及 猶恐失之.

34 《논어 公冶長(공야장)》 子貢問曰, ~ 子曰, 敏而好學 不恥下問 是以謂之文也.

사람은 유연한 사고를 한다. 유연한 사고는 흔들리는 무원칙이 아니라 모든 것을 수용하면서도 개선하는 진보와 적응일 것이다.

그러기에 공자는 「배우면 고루하지 않다.」고 말하였는데,[35] 이는 요즈음 세태에서 상당히 새겨 들을만한 말이라고 생각한다.

곧 자신의 주의나 주장만을 고집하면서, 다른 사람의 비판이나 주장을 전혀 용납하지 못하거나 배려하지 않는 사고는 위험할 뿐이며 오히려 갈등만을 일으키기 때문이다.

* 술이부작(述而不作)

〈술이(述而)〉는 《논어》의 7번째 편명이다. 述은 말하다. 그리고 진술이라는 뜻에서 '따라하다' 의 뜻이 있다. 술이부작(述而不作)은 옛 성인의 가르침을 이어받아 그 뜻을 알기 쉽게 이어 설명했을 뿐, 새로운 제도나 문화, 자신의 주장을 내세우지 않았다는 뜻이다.

공자가 말했다.

「이어 내려온 제도나 문헌을 조술(祖述, 傳述)했을 뿐 짓지 않았으며(述而不作술이부작), 성실하게 옛것을 좋아하였으니(信而好古신이호고), 나 스스로 노팽(老彭)에 비(比)할 수 있다(竊比於我老彭절비어아노팽).」[36]

---

35 《논어 學而(학이)》子曰, 君子不重 則不威, 學則不固. ~

36 《논어 述而》子曰, "述而不作, 信而好古, 竊比於我老彭."

공자는 「잘 알지도 못하면서 저술하는 병폐가 나에게는 없다. 많이 들어서 그중 옳은 것을 받아들이고, 또 많이 읽어 아는 것이니, 아마 배워서 아는(學而知之) 사람일 것이다.」[37]라고 자신의 학문 자세를 언급하였다.

공자가 《시(詩)》와 《서(書)》를 산정(刪定, 깎을 산)하고, 《예(禮)》와 《악(樂)》을 정리하였으며, 《易, 역경(易經)》을 보충 설명하고 (繫辭傳계사전), 《춘추(春秋)》를 저술하였으니, 곧 육경(六經)을 정리하여 후학의 공부를 도운 것이 바로 공자의 술이부작(述而不作)이다.

공자의 '신이호고(信而好古)'란, 옛 성인이나 현인의 말씀이나 기록을 신뢰하며 옛것을 진정으로 좋아했다는 뜻이다. 이는 공자의 옛 역사와 선현의 경험을 전적으로 배우고 존중하는 태도라 할 수 있다.

노팽은 팽조(彭祖)란 사람인데, 팽조의 본명은 팽전(彭籛)이며 8백 년을 살았다는 전설이 있다. 또는 은(殷)의 현대부(賢大夫)인 노팽(老彭)은 선왕지도(先王之道)를 잘 전술하였지만 새로 창작하지 않았다는 사람인데, 공자는 자신이 은(殷), 정확하게는 은나라 멸망 후 주(周) 왕실에 의해 새로 건국된(被封) 송(宋)의 후손이기에 노팽에 비교했다는 설명이 있다. 공자가 자신을 노팽에 비(比)한

---

[37] 《논어 述而》 子曰, "蓋有不知而作之者, 我無是也. 多聞, 擇其善者而從之, 多見而識之, 知之次也."

다는 말은 자신이 특별한 사람이 아니고 그저 옛사람을 본받으려한다는 뜻일 것이다.

이는 공자가 자신의 호학과 면학을 겸손하게 표현한 말이다. 단순히 옛 성인의 자취만을 따라갔다고 풀이할 수가 없다.

곧 전통의 문물제도를 이어받고 따르는 '술이부작(述而不作)'은 진리를 믿고(信) 그에 순응하는 것을 의미한다. 물론 이런 '술이부작'의 태도는 앞서온 전통만을 답습하라는 의미는 아니라고 해석해야 한다. 이는 과거와 현재의 조화를 의미하는데, 현세에서 조화를 이루지 못한다면 차라리 옛것을 따르라는 의미일 것이다.

3. 배움으로 무엇을 얻는가?

모든 일이나 노력 뒤에는 얻는 것이 있다. 농사를 지으면 곡식을 얻고 노동의 결과로 소득을 올릴 수 있다. 모든 사람들이 성과나 이득을 위해서만 일하는 것은 아니지만, 노력의 결과로 무엇인가를 얻어야 한다. 공자는 제자들을 가르쳤고, 제자들은 열심히 배웠다. 배움으로 얻어지는 효과는 무엇인가?

✳ 능력의 차이

공자는 「인간의 본성은 서로 비슷하나 습성에 따라 서로 차이가 난다.」[38]고 하였다.

말하자면, 부모에게 효도를 하는 마음이나 자식을 사랑하는 마음은 누구나 다 갖고 있으니, 인간의 천성은 큰 차이가 없는 것이다. 그러나 생활을 하다 보면 생활습관에 따라 인간의 능력이나

---

38 《논어 陽貨》 子曰, 性相近也 習相遠也.

사람의 됨됨이는 크게 차이가 난다고 보았다.

곧 착한 일을 많이 보면서 온유하게 성장했으면 선인(善人)이 되지만, 그 주변에서 악행이나 보고 악인들에 둘러싸여 성장했다면 천성이 그러한 쪽으로 달라질 수 있는 것이다.

여기서 습상원(習相遠)이란 말을 '학습에 의해 그 결과가 크게 달라진다.'는 뜻으로 해석하기도 한다. 이는 인간의 학습능력은 차이가 있다는 현실을 그대로 인정한 것이다.

사실 달리기에 뛰어난 사람이 있고, 비상한 두뇌를 가진 기억력의 천재도 있으며, 학습 방면에는 영 소질이 없어 향상이 매우 늦은 사람도 분명히 존재한다.

때문에 공자는 「태어나면서 아는 사람이(生知) 제일이고, 배워서 아는 사람이(學知) 그 다음이며, 어려움을 알고 느낀 바가 있어 배우는 사람이(困而學之곤이학지), 또 그 다음이나 어려움을 겪고서도(몰라서 답답하고 어려운 상황을 겪은 다음에도) 배우지 않는 사람들은(困而不學곤이불학) 하층이라 할 수 있다.」[39]고 능력에 따른 차이를 설명하고 있다.

공자의 박학(博學)은 제자들에게 찬탄의 대상이었다. 제자들 생각에 부자(夫子)께서는 태어나면서부터 모든 도리를 알고 있는

---

39 《논어 季氏(계씨)》 孔子曰, 生而知之者上也 學而知之者次也 困而 學之 又其次也 困而不學 斯爲下矣.

(生而知之생이지지) 사람이었다. 그렇다면 제자들은 '나는 노력해도 성취하기 어려울 것이다. 그렇다면 차라리 그만둬야지!' 하면서 자포자기 할 수도 있다.

그래서 공자가 말했다.

「나는 태어나면서 모든 것을 알고 있는 사람이 아니다. 그냥 옛것을 좋아하고 부지런히 알려고 애쓰는 사람(好古敏以求之者 호고민이구지자)이다.」[40]라고 자신을 낮추면서 제자들의 면학을 독려하기도 하였다.

✱ 달도(達道)와 달덕(達德)

천하에 두루 통할 수 있는 도(道)가 다섯이나, 그 실천할 바는 세 가지다. 곧 군신(君臣), 부자(父子), 부부(夫婦), 형제(兄弟, 곤제昆弟), 붕우 간의 사귐(朋友之交붕우지교)의 5가지는 천하의 달도(達道)이다. 그리고 지(知), 인(仁), 용(勇) 3가지는 천하에 두루 통할 수 있는 덕행, 곧 달덕(達德)이나 그 실천은 한 가지이다.

혹 어떤 사람은 태어나면서 이를 알고(或生而知之혹생이지지), 또는 배워서 이를 알 수 있으며(學而知之학이지지), 또는 어려움을 겪으면서 알게 되는데(或困而知之혹곤이지지), 원하는 바를 알았다는 점에서는 모두 마찬가지이다(及其知之급기지지, 一也일야).

---

40 《논어 述而(술이)》子曰, 我非生而知之者 好古敏以求之者也.

어떤 사람은 자연스럽게 이를 실천하고(或安而行之혹안이행지), 혹 어떤 사람은 이롭기 때문에 실천하며(或利而行之혹리이행지), 혹은 억지로 실천하는 사람도 있지만(或勉强而行之혹면강이행지), 그 실천이란 점에서는 모두 마찬가지이다(及其成功급기성공, 一也일야).

공자께서 말씀하셨다.

「호학(好學)은 지(知)에 가깝다. 역행(力行)은 인(仁)에 가깝고, 부끄러움을 아는 지치(知恥)는 용(勇)에 가까운 것이다. 이 3가지를 알면 수신(修身)할 줄 알고, 수신할 바를 알면 남을 다스릴 방법을 아는 것이다.」-이상《중용(中庸)》

*성인(聖人)-현인(賢人)-범인(凡人)

사실 '생이지지(生而知之)' 한 사람은 천재로 태어난 사람이다. 거기다가 바른 심성을 바탕으로 인덕을 갖추었으니 성인(聖人)일 것이다. 유가(儒家)에서 성인이라고 칭송받는 사람은 많지 않다.

공자가 열거한 요(堯)·순(舜)이나 주공(周公) 같은 사람의 인덕(仁德)은 알 수 있지만, 그들의 학식이 어느 정도인가는 증명할 수가 없다. 그러나 공자의 인덕과 예교(禮教)와 학식은 확실하게 설명할 수 있다. 그래서 실제로 성인의 반열에 오른 사람은 공자뿐이었다. 그렇지만 공자 자신은 배워서 알게 된(學而知之) 사람이라고 겸손하게 말했다.[41]

사실 '학이지지(學而知之)'한 사람이 현인(賢人)이다. 복성(復聖)인 안자(顔子, 顔回)⁴², 종성(宗聖)인 증자(曾子, 曾參), 술성(述聖)인 자사(子思, 공급孔伋, 前 483~402, 공자의 친손), 아성(亞聖)인 맹자(孟子, 맹가孟軻) 등이 모두 학이지지한 사람들이다.

이들은 나라의 최고 교육기관인 성균관(成均館)의 정전(正殿)인

---

41 《논어 述而》子曰, 蓋有不知而作之者, 我無是也. 多聞, 擇其善者而從之, 多見而識之, 知之次也.

42 안회(顔回, 前 521–481) – 魯나라 사람으로, 字는 子淵(자연, 보통 顔淵으로 호칭)이다. 안회는 孔子 72문도(門徒)의 첫째이며 孔門十哲 德行으로도 첫째이다. 漢代 이후로 안연은 72제자의 첫째 인물로 공자 제향 시에 늘 배향(配享)되었다. 이후 여러 추증을 받았는데 明 世宗 嘉靖(가정) 9년(1530) 이후 「復聖(복성)」이라 존칭하였다.

안회는 孔子보다 30세 적었다. 顔淵(안연)이 仁에 대하여 묻자, 孔子가 말했다. "극기(克己)하여 복례(復禮)한다면 천하 사람들은 너를 仁德을 갖춘 사람이라고 칭송할 것이다."

또 孔子가 말했다.

"안회의 덕행은 훌륭하도다! 한 그릇의 밥과 물 한 바가지를 마시며 좁은 골목에 살아도 다른 사람은 그런 고생을 감당하지 못하지만 안회는 道樂을 바꾸지 않는다."

안회는 나이 29세에 머리가 하얗게 세었고 일찍 죽었다(40세). 魯哀公이 공자에게 물었다. "제자 중에 누가 好學합니까?"

이에 공자께서 대답하였다.

"안회란 제자가 있어 好學하였으니, 안회는 분노를 다른 사람에게 내보이지 않고 과오를 거듭하지도 않았습니다만 불행히 단명하여 죽었고 지금은 안회만큼 호학하는 제자가 없습니다."

대성전(大成殿)에 모셔진 사배(四配, 明 世宗 嘉靖 9년, 1530)이다.

그리고 역사상 유명한 학자들, 가령 한대(漢代)의 동중서(董仲舒), 정현(鄭玄), 마융(馬融), 남송(南宋)의 주희(朱熹, 朱子) 같은 걸출한 학자나 현인(賢人)도 여기에 속할 수 있다.

필자 혼자의 생각이지만, 이백(李白) 같은 천재 시인은 좋은 두뇌를 타고난 뒤에 대단한 노력으로 많은 책을 읽고 학습하여 그의 문학적 천재성을 마음껏 발휘했으니, 역시 학이지지한 시인으로 분류하고 싶다.

그리고 필자 같은 범부(凡夫)는 모두 곤이학지(困而學之)한 사람들이다. 곧 먹고 살려고 배우는 사람이다. 생계수단을 얻기 위해 학교를 다니며 노력했다. 그래서 많이 노력한 사람은 수익을 많이 올리는 직업을 가질 수 있었다.

필자가 아는 어떤 사람은, 옛날 어려서부터 농촌에서 초등학교를 졸업하고 서울에 와서 고급 아파트 주변의 식용유 등을 파는 식료품 가게 점원이 되었다. E동 몇 호에 배달하라고 해서 물건을 자전거에 싣고 나왔는데, 아파트 단지를 다 돌아도 2동을 찾을 수 없었다고 한다. 그 사람은 그날 밤을 새워 A부터 Z까지 알파벳을 모두 외워 썼다. 이런 사람이 바로 '곤이학지(困而學之)'한 사람이고 나중에 거부(巨富)가 되었다.

그런데 '곤이불학(困而不學)' 하는 사람이라면 공자님 말씀대로 하등일 것이다.

그러면서 공자는 맨 위의 능력이 뛰어난 상지(上知)와 맨 하층의 하우(下愚)는 바뀌지 않는다면서 교육에 한계가 있음을[43] 인정하였다.

*지식과 정보

공자가 제자들에게 가르친 지식의 양(量)은 얼마나 될까?

아마 이런 질문에서 우선 지식이란 구체적으로 무엇을 의미하는가를 생각해야 한다.

예를 들면, 문자의 해득도 엄청난 양의 지식이다. 그러나 문자를 해득했다고 해서 지식이 많은 사람이라고 말할 수는 없다. 공자가 제자들에게 문자해득과 같은, 요즈음의 초등학생이 습득하는 읽기와 셈하기 등 기본 도구적 지식을 가르쳤다고 생각할 수는 없다.

공자가 제자들에게 가르친 내용으로 요즈음의 정치학 개론이나 경영학 개론, 아니면 역사학 같은 구체적인 지식이나 정보하고는 차원이 달랐다.

현대인은 자신들의 행위나 사고(思考), 사회생활을 영위하는데 필요하거나 의미를 가진 것에 대하여 알고 있는 것 또는 알아야 하는 것을 정보(情報)라고 생각한다. 이때의 정보라는 개념은 다

---

43 《논어 陽貨》子曰, 唯上知與下愚不移.

분히 실용주의적 의미가 있는, 곧 '가치적 정보'이다.

이러한 가치적 정보는 시간에 따라 필요한 것도 있지만, 시간이 지나가면 그 가치가 사라지는 정보가 있고, 반면 미래에도 계속 활용할 수 있는 정보도 있을 것이다.

공자의 호학은 기본적으로 '옛것을 익히고 새로운 것을 알고자'[44] 하는 온고지신(溫故知新)이었다. 온고는 옛 문물을 탐구하거나 익힌다는 뜻이니, 과거의 문화유산에 대한 성실한 계승이다. 지신은 옛것만을 지키며 머무는 정체가 아니라, 새로운 시대에 따라 같이 발전하는 적응이라 할 수 있다. 온고지신은 교사의 직분을 수행해야 할 모든 사람들이 새겨야 할 교훈이다.

공자의 온고정신은 옛 선왕(先王)의 예악이나 문물을 이어받아 충실하게 기술(記述)하되, 곧 전통문물을 계승하지만 새로운 예악이나 제도문물을 만들지는 않는다는 '술이부작(述而不作)'으로 표현된다.

공자가 주공(周公)[45]의 예교(禮敎)와 예악(禮樂)과 선왕의 도(道)

---

44 《논어 爲政(위정)》子曰, 溫故而知新 可以爲師矣.

45 주공(周公) — 西周의 건국자 무왕(武王)의 아우, 무왕이 건국 후 불과 몇 년 재위하다 죽자, 아들 성왕(成王)이 어린 나이에 즉위한다. 주공은 작은아버지로서 섭정하며 건국 초기의 혼란과 제도 문물을 정비한다. 주공은 성왕이 성년이 되자 섭정에서 깨끗하게 물러난다. 무왕이 주공을 노나라에 봉했지만 주공은 노나라에 오지 못했고, 주공의 아들 백금이 노나라의 실질적인 건국자요 통치자가 되었다.

를 높이 평가하고 서술하는 일은 육경(六經)의 내용을 보완하거나
바로잡고 풀이하는 작업이었다. 이런 일들은 옛 문물에 대한 신
뢰와 옛 문물을 진정으로 좋아하는 호고(好古)의 정신이었다.

*학즉불고(學則不固)

공자가 제자에게 배움을 강조한 것은 스스로의 노력에 의한 배
움이 깨우침을 얻을 수 있는 방법이었기 때문이다.

공자는 "배우면 고루해지지 않는다(學則不固)."[46]라고 말했
다. 고루하지 않다 ― 곧 완고(頑固)하지 않는 것은 배움으로 얻을
수 있는 가장 큰 효과라고 생각한다.

고(固)는 사방이 막혀있고(塞막힐 색), 또 닫힌(閉닫을 폐) 상태
이다. 또 아주 단단하게 굳어진 상태를 표현한 글자이다. 그보다
는 '비루(鄙陋)하다', 또는 '완고(頑固)하다'는 뜻이 가장 적절한
표현일 것이다. 비루하다는 것은 천박하며 하급이라는 뜻이고,
완고한 것은 오직 하나만을 고집하며 통달하지 못했다는 뜻이다.
막히고 닫혀 있다는 것은 '알지도 못하면서 묻지도 않는 것이라'
는 설명도 있다.

배워서 막혔거나 닫힌 상태가 아니라는 것은 사고의 유연성(柔
軟性)과 다양성(多樣性)을 의미한다. 막혀있거나 닫혀있어서는 사

---

46 《논어 學而》子曰~, 學則不固 ~.

리(事理)를 깨우칠 수 없다. 막혀있다는 뜻은 자기 세계에만 갇혀 좁은 소견에 집착하는 것이다. 사고가 유연하다는 것은 포용력이 있다는 의미이다. 이는 지식과 정보의 양을 중시하는 오늘날의 학문과 크게 다른 것이다.

앞에서도 언급했지만, 인(仁)을 알고 체득하여 실천한다는 것은 깨우침이다. 고루하거나 완고한 사고로는 깨우침을 얻을 수 없다. 또 배운 것을 자기 것으로 만들 수도 없다. 배우는 사람은 또 배운 사람이라면 유연한 사고와 개방적으로 사고하며, 다양하게 적응하는 실천력을 함께 갖고 있어야 한다.

배움을 통해 폐쇄적이고 고루함을 버리고 유연한 사고와 적응력을 길러야만 진보하면서 성취할 수 있다. 학즉불고(學則不固)는 배움을 통해 얻을 수 있고, 이렇게 되어야만 배움의 목표인 깨달음에 도달할 수 있다.

공자가 제자에게 배움을 강조한 것은 깨달음이었다. 그리고 깨닫기 위해서는 배움을 통해 고루하거나 완고한 것을 버려야만 진보와 향상을 이룩할 수 있다고 믿었던 공자였다. 이는 오늘날에도 통하는 진리라고 생각한다.

이처럼 공자의 학문은 현실에 관심을 가지고 문제를 해결하려는 노력에서 시작했고, 스스로의 노력과 성찰로 인(仁)을 터득했고 또 실천했다고 말할 수 있다.

*생활과 배움의 일치

공자가 '열다섯에 배움에 뜻을 두었다' 고 한 말에서 15세를 지학(志學)이라고 한다.

소년 시절의 공자는 편모슬하의 어려운 가정환경이었다. 그러하였기에 무엇인가를 알아야 하고 배워야만 생활이 가능했을 것이다. 만약 지위가 보장되는 제후의 자식이었다면 배움이 그렇게 절실하지 않았을지도 모른다.

그러나 공자의 배움은 생존의 방편을 얻기 위한 단순한 배움이었다고는 생각할 수 없다. 단순한 직업적 배움이었다면 공자는 자신의 말대로 육예(六藝)의 하나인 수레를 모는 어(御)를 배워 직업으로 삼았을지도 모른다. 여기서 공자의 배움은 직업의 방편을 떠나 인간으로서 인간다운 생활을 하기 위한 실질적인 배움을 추구했다고 볼 수 있다.

「군자는 배불리 먹고 편히 쉬는 것만을 추구하지 않는다. 일을 열심히 하면서 신중하게 말하고, 바른길을 찾아 자신을 바로잡는다면 배우기를 좋아하는 사람이다.」[47]라고 공자는 말했다.

또 공자는 「효도하고 공손하며 부지런하고 신의를 지키며, 인자한 사람을 가까이하면서 여력이 있을 때 학문을 하라.」고 하였다.[48]

---

47 《논어 學而》 子曰, 君子食無求飽 居無求安 敏於事而愼於言 就有道而正焉 可謂好學也已.

그리고 공자의 제자 자하도 「부모에게 효도하고 나라에 충성하며 벗과의 믿음을 지킨다면, 글을 몰라도 배운 사람으로 여기겠다.」[49]라고 말했다.

이는 효도의 실천 등 일상생활에 충실할 것을 강조한 것이며, 배움에 대한 열정이 있어야 한다는 생활 속의 학문을 강조한 것이다.

공자의 말대로 학문은 우선 생활과 분리된 것이 아니며, 배운다는 그 자체가 근본적으로 생활을 위한 것이라는 실용적 차원에서 출발한다.

다시 말해서, 학문은 성인(聖人)이나 초인(超人)이 되기 위한 것이 아니라는 뜻이다. 학문은 일상생활이며, 이는 학문과 생활의 일치, 곧 학행일치(學行一致)이다.

---

48 《논어 學而》 子曰, 弟子 入則孝 出則悌 謹而信 汎愛衆 而親仁 行有餘力 則以學文.

49 《논어 學而》 子夏曰, ～ 事父母 能竭其力 ～ 雖曰未學, 吾必謂之學矣.

4. 배움의 세계

　공자는 자신이 덕을 수양해야 하는 사람이며, 동시에 배운 것을 전수해야 하는 교육자이고, 옳을 일을 실천하려고 애쓰는 사람이며, 또 현실 개혁을 위해 힘써야 했지만, 그런 일들이 잘 되지 않아 걱정하는 사람이었다.[50] 필자의 경험이지만, 이러한 경지가 스스로 탐구하며 실천하는 교육자의 참모습일 것이다.

* 지(知)란 무엇인가?

　공자가 자로(子路)를 불러 말했다.

　「자로야! 네게 일러주겠다. 너는 알고 있는가? 아는 것을 안다 하고, 모르는 것을 모른다 하는 것이, 곧 아는 것이다.」[51]

---

50 《논어 述而(술이)》子曰, 德之不脩 學之不講 聞義不能徙 不善不能改 是吾憂也.

51 《논어 爲政》子曰, 由! 誨, 女知之乎? 知之爲知之, 不知爲不知, 是知也. 誨는 가르칠 회. 인도하다. 女는 너 여(汝也).

내가 무엇을 아는지? 내가 모르는 것이 얼마나 많은지? 사실 이것을 안다면 그것이 최고의 지혜일 것이다. 다른 사람이 알만한 상식을 모른다면 창피하다는 생각이 들 것이다. 그래서 모르면서 아는척한다. 이것은 일종의 허장성세(虛張聲勢)이다.

아는척할 수도 있지 않은가! 물론 그렇다. 그러나 문제는 그 다음이다. 모르는 것을 알려고 노력하거나 배워 안다면, 아는 것이 좀 늦었을 뿐, 아는 것은 마찬가지이다.

그런데 배우려는 노력도 없이 그냥 넘어가면서 또 아는척할 것이다.

'죄송합니다' 아니면 '정말 모르고 있었습니다' 라고 말하는 사람은, 곧 배울 사람이다. '모르는척하기' 는 겸손(謙遜)이 아니다. 그것은 위장(僞裝)이고 거짓이다.

알면 안다고 말하고, 모르면 모른다고 말하기가 쉽지 않을 것이다. 왜냐면 소인이나 배우지 않는 사람은 머릿속으로 잔머리를 굴려본 다음에 대답하기 때문이다.

*알기, 좋아하기, 즐기기

공자가 말했다.

「아는 것은 좋아하는 것만 못하고, 좋아하는 것은 즐기는 것만 못하다.」 [52]

---

[52] 《논어 雍也(옹야)》 子曰, 知之者不如好之者, 好之者不如樂之者.

안다(知之)는 것은 외형을 인식했다는 뜻이다. 대인관계에서 인사를 나누고 안면을 텄다는 뜻이다. 학문에 입문(入門)했다고 비유할 수도 있다. 인(仁)이 있다고, 또 인(仁)을 실천해야 한다고 알게 되었다는 뜻이다.

좋아한다는 말은(好之者), 깊이 아는 단계를 지나 좋아하는 단계에 도달했다는 말이니, 학문으로 말하면 재미를 붙였다는 뜻일 것이다.

즐긴다는 말은(樂之者), 내 마음에 또는 나와 하나가 되어 언제 어디서나 기꺼이 아무런 부담 없이 즐긴다는 뜻이다.

이 3단계는 인(仁)을 알고 좋아서 실천하고 마지막으로 나와 인(仁)이 혼연일체(渾然一體)로 하나가 되어 자연스레 체현할 수 있다는 뜻이다. 곧, 인(仁)에 안주(安住)하기—아마 안인(安仁)의 경지일 것이다.

인(仁)을 학(學)으로 바꿔 생각해도 마찬가지이다.

* 총명(聰明)

총명한 것은 집안 내력이고(聰明有種총명유종), 부귀는 집안의 뿌리(물림)이다(富貴有根부귀유근). 곧 총명은 유전(遺傳)이고 부귀는 유산(遺産)이다. 멀리 내다보는 것이 총(聰)이고(聰以知遠총이지원), 미세한 조짐을 살피는 것이 명(明)이다(明以察微명이찰명).

그러나 아무리 총명할지라도 하늘의 풍운(風雲)을 예측할 수 없듯, 인간사도 순식간에 변한다. 따라서 삼일 뒷일을 미리 안다면, 아마 천 년 동안 부귀를 누릴 수 있으리라.

*계획(計劃)

하루의 계획은 새벽에 세우고(一日之計在於晨일일지계재어신, 晨은 새벽 신), 일 년의 계획은 봄에 세운다(一年之計在於春일년지계재어춘).

인생에 먼 앞날을 내다본 계획이 없다면, 늙었을 때 모든 것이 공허하다. 평생을 살아갈 계책은 근면이고(一生之計在於勤일생지계재어근, 勤은 부지런할 근), 한 가문의 계책은 화합뿐이다.

1년 계획으로는 곡식 농사만 한 것이 없고(一年之計일년지계, 莫如樹穀막여수곡), 10년 계산이라면 나무 심는 일만한 것이 없으며(十年之計십년지계, 莫如樹木막여수목), 평생 계책으로는 인재를 키우는 일만 한 것이 없다(終身之計종신지계, 莫如樹人막여수인).

1년 고생에 복은 십 년이고(一年辛苦十年福일년신고십년복), 십 년 고생에 백 년 복을 누린다(十年辛苦百年福십년신고백년복).

*학문은 실천

학문에서는 실행(實行, 현실에 적용)이 가장 중요하다. 다음으로는 학문의 일가견(一家見)이나 성과를 후세에 전하는 일이고(立言), 학문을 가르치는 일은(敎) 그 다음이다. 이 세 가지(行, 言, 敎)가 하나도 해당되지 않는 사람은 평범한 보통 사람이다.[53]

학문은 우리의 본성을 수양하는 방편이다. 우리가 보고, 듣고, 말하기와 용모와 사색까지 모두가 본성에서 우러나오는 것이다. 학문을 통하여 본성을 바르게 배양할 수 있지만, 학문이 없으면 본성은 삐뚤어지거나 사악해진다.

스승(師)은 배우는 사람의 모범이 되어야 하나, 모범이 되지 못하는 스승도 많다. 교사라는 직업인은 많지만 제자에게 진정한 스승이 될 수 있는 교사는 많지 않다.

＊생활 속의 배움

교육의 의의는 참으로 중대하다. 그리고 배움이란 가장 지혜로운 일이다.

교육의 의의가 중대하다는 것은 남을 이롭게 하기 때문이고, 배움과 학습이 가장 지혜로운 일이라는 말은 심신(心身)의 수양에 배움보다 더 중대한 일이 없기 때문이다. 잘 가르치고, 잘 배운다는 것은, 다른 사람의 좋은 점을 가져다가 나의 부족한 부분을 보충하는 일이다.

---

53 漢 양웅(揚雄, 前 53 − 서기 18)의 《法言 學行》, 學, 行之上也, 言之次也, 敎人又其次也. 咸無焉, 爲衆人.

독서인은 종이를 아까워하고(讀書人惜紙독서인석지), 농사꾼은 거름을 아낀다(種地人惜屎종지인석시). 독서인의 자제는 필묵(筆墨)을 잘 알고, 목수의 아들은 도끼나 끌을 가지고 놀 줄 안다.

재능은 지식 속에 있고(本領在知識中본령재지식중), 지식은 학습에 있으며(知識在學習中지식재학습중), 학습은 생활 속에 있다(學習在生活中학습재생활중).

곧 생활하면서 배우고, 배워야 아는 것이 있고, 알아야 능력도 길러진다. 배우지 않아 아는 것이 없으면, 살아있어도 죽은 것과 같다(不學無術불학무술, 雖生猶死수생유사).

배우면서 일하고(學中幹학중간, 幹은 일할 간), 일하면서 배운다(幹中學간중학). 배워 체득한 재주는(學藝) 사람에게 손해를 끼치지 않는다(學藝不虧人학예불휴인). 곧 잘 배우면 잘 배울수록 이익이다.

알면 아는 것이고(知之爲知之지지위지지), 모르면 모르는 것이다(不知爲不知부지위부지).

그러하니 알지 못하는 것을 부끄럽게 생각지 말라(不以不知爲恥불이부지위치, 恥는 부끄러워할 치). 다만 배우려 하지 않는 것을 부끄럽게 생각해야 한다(要以不學爲愧요이불학위괴, 愧는 부끄러워할 괴). 배워도 알지 못하는 것이야 걱정이 덜 되지만, 마음이 성실하지 못할까 걱정이다.

그러니 살아서 부귀를 누리고 싶다면, 오직 죽도록 공부해야 한다.

배울 學 – 바탕

제3장 배울 學 - 바탕

뜻을 갖고 꽃을 가꾸어도 꽃이 안 필 수 있지만(有心栽花花不開유심재화화불개), 그러나 무심코 심은 버들은 큰 그늘을 이룬다(無心挿柳柳成陰무심삽류유성음). 이는 세상사 뜻대로 안 된다는 말이다.

인재는 가난하고 한미한 집에서 나오고(人才出在貧寒家인재출재빈한가), 연꽃은 더러운 진흙에서 피어난다(蓮花開在汚泥上연화개재오니상). 제비가 작다지만 천리를 날아가고, 저울추가 작다 해도 천근을 달 수 있다.

현명한 아들에게도 많은 재물은 큰 뜻을 상하게 하고(賢兒多財損志向현아다재손지향), 어리석은 아들에게 많은 재물은 재앙만을 불러들인다(愚兒多財招禍殃우아다재초화앙).

그러니, 내 자식 양육과 교육이 내 뜻대로 성취되고, 제자교육이 스승의 의도대로 모두 성공할 수 있겠는가? 가르쳐도 모두 배울 수 없고, 고매한 스승의 제자라고 모두 성공하는 것도 아니다.

스승이나 제자가 아무리 좋은 뜻을 가졌어도 뜻대로 이뤄지지 않는다면, 과정이나 방법 어디에선가 잘못이 없는가를 살펴보아야 할 것이다.

1. 마음먹기
   * 입지(立志)
   * 자로(子路)의 의지
   * 역경(逆境)
   * 대장부 의지
2. 힘든 공부
   * 형설지공(螢雪之功)
   * 수확(收穫)
   * 노익장(老益壯)
   * 진학―경제적 문제
3. 독서와 인생
   * 삼여독서(三餘讀書)
   * 독서 삼도(三到)
   * 노생상담(老生常談)
   * 독서의 우선 순위
   * 만권 읽기(讀萬卷書)

1. 마음먹기

사람이 마음먹기 따라 땅의 모양도 바꿀 수 있다. 우공이산(愚公移山)이 그러하다. 개구멍은 기어들어가야 하고, 용문(龍門)은 뛰어넘어야 한다. 뛰어넘을 용문을 찾아가겠는가? 아니면 개구멍을 지나겠는가? — 본인의 의지이다.

대장부는 자신이 일을 벌이고 자신이 책임을 진다. 대장부는 일을 하더라도 같은 실수를 두 번 하지 않고, 대장부는 제때에 결단을 내린다(當機立斷당기입단).

* 임지(立志)

천 가지 만 가지 어렵다 하지만 뜻이 있으면 어렵지 않고(千難萬難천난만난, 有志不難유지불난. 難은 어려울 난), 세상 모든 일이 쉽다 하여도 의지가 없다면 쉽지 않다(千易萬易천이만이, 無志不易무지불이. 易는 쉬울 이).

말을 시작하기는 쉽지만, 일을 시작하기는 어렵다. 무술을 연마하기는 쉽지만 계속하기는 쉽지 않듯, 뜻을 세우기야 쉽지만 성공은 어렵다(立志容易成功難 입지용이성공난).

공자께서 말씀하셨다.

「도(道)에 뜻을 둔 사람이 악의악식(惡衣惡食)을 부끄러워한다면 더 볼 것도 없다.」[54]

한문의 음훈(音訓)만을 따라 우리말로 번역하면 이상한 뜻으로 변할 수도 있다. 악의악식을 나쁜 옷, 나쁜 음식이라고 옮기면 좀 이상하다. 세상에 나쁜 옷이 어디 있는가? 일단 옷을 지어 입으면 추위를 막고 몸을 감싸주는데 뭐가 나쁜가? 악식(惡食)도 먹으라고 차려준 음식인데 먹으면 배고픔을 면하니 나쁠 것이 무엇이겠는가? 악의(惡衣)는 허름하거나 헤진 옷이고, 악식은 맛이 없거나 아주 거친 음식을 뜻할 것이다.

도를 배워 터득하고 실천하려는 사인(士人)이 고급 옷감의 멋진 옷을 입고 산해진미를 먹어서 나쁘거나 안될 것은 없다. 그러나 경제적으로 궁핍하여 헌 옷에 가끔 끼니를 굶거나 거친 음식을 먹어야 할 경우에, 그것을 부끄럽게 여기는 사인이라면, 그런 사람이 언제 도(道)를 성취하겠는가?

안회(顏回)는 밥 한 그릇과 찬물 한 바가지의 가난 속에서도(一

---

54 《논어 里仁》 子曰, "士志於道, 而恥惡衣惡食者 未足與議也."

簞食一瓢飲 일단사일표음), 그 즐거움을 바꾸지 않았다(不改其樂불
개기락).

* 역경(逆境)

또 공자께서 말씀하셨다.

「날이 추워진 뒤에 송백(松柏)이 조락하지 않는 사실을 알 수
있다.(《논어 자한(子罕)》子曰자왈, "歲寒然後知松柏之後彫也세한
연후지송백지후조야."」

소나무는 학식으로 속을 채운 군자의 지조를 상징할 수 있는
나무다. 곧게 쭉 자란 노송(老松)을 보면 외경(畏敬)의 마음이 든
다. 관상용으로 일부러 구불구불 전지하여 키운 소나무는 아마
소나무의 본성을 잃었는지도 모른다.

백(柏)은 보통 잣나무라 하여 소나무의 형님 정도로 생각한다.
구불구불 자라는 잣나무를 필자는 아직 못 보았다. 보통 약간 응
달진 산비탈에 잣나무 숲이 만들어진다. 그런데 공자가 말한 백
(柏)은 측백나무이니, 측백(側柏)과 편백(扁柏)의 총칭이다.

彫(새길 조, 시들다)는 凋(시들 조)와 같다. 조락(凋落, 彫落)이라는
말을 흔히 쓴다. 소나무가 잎이 지지 않는 것은 아니다. 봄에 피
어난 솔잎은 다음 해에 떨어진다. 다만 겨울에도 솔잎이 푸르기
에 잎이 지지 않는다고 생각할 뿐이다. 날이 추워지고 흰눈이 천
지를 뒤덮었을 때, 소나무와 잣나무는 푸른 잎을 떨구지 않는다.

간단히 '송백후조(松柏後彫)'라고도 말한다.

겨울의 추운 날과 백설은 엄혹(嚴酷)한 시련(試鍊)이며 검증(檢證)이다. 한여름에는 활엽수가 더 무성하고 푸르며 잎도 많아 그 나무 그늘이 더 시원하고 좋다. 그러기에 소나무가 드러나지 않는다. 마찬가지로 군자와 소인이 함께 섞이면 군자의 장점은 묻혀서 드러나지 않는다.

군자는 난세에 또 역경 속에 지조와 절조를 지키며 세파(世波)를 따라 떠내려가지 않는다. 그래서 군자인 것이다. 백설 속에 우뚝 선 독야청청(獨也靑靑) 소나무이다.

이와 비슷한 뜻으로 '질풍(疾風)에 억센 풀(勁草경초)을 알 수 있고, 나라가 어지러울 때 충신(忠臣)을 알아볼 수 있다.'고 한다.

제주도에 유배 간 추사 김정희(秋史 金正喜, 1786－1856)는 온 천지가 백설에 묻혔는데, 눈 속에 우뚝 선 소나무의 장한 모습을 그렸고, 거기에 발문(跋文)을 지었다. 우리가 보통 〈세한도(歲寒圖)〉라고 부른다. 이런 화제(畵題)를 찾을 수 있던 것은 그가 유배 중이었고, 또 눈이 많은 제주도에서 겨울을 지냈기에 가능했을 것이다.

추사 김정희는 소나무를 좋아했다. 충남 예산군(禮山郡)의 추사 생가에도 추사가 중국에서 가져와 심었다는 백송이 있다. 서울 헌법재판소 경내의 백송은 천연기념물이다.

시련과 위기를 겪어봐야 우정을 알 수 있다. '뜨거운 불 속에서야 진짜 황금이 보이고(熱火現眞金열화현진금), 환난에 절친한 친우를 볼 수 있다(患難見知交환난현지교)'고 하였으니, 고생할 때 부부처럼 환난 속의 우정은 잊을 수 없다.

눈 내리면 숯을 보내고(雪裏送炭설리송탄), 삼복 더위에 부채를 선물하는(三伏送扇삼복송선) 것이 보통의 인정이다. 그렇지만 눈 속에 숯을 보내는 사람은 적고(雪中送炭人間少설중송탄인간소), 비단옷 입은 자에게 꽃을 보내는 사람은 많다(錦上添花世上多금상첨화세상다).

제비나 참새가 큰기러기나 고니의 뜻을 어찌 알겠는가! 군자의 지조는 역경을 거치면서 더욱 견고해진다. 글 읽는 선비의 지조는 꿋꿋해야 한다.

*자로(子路)의 의지

공자가 제자 자로를 칭찬하였다.

「헤진 솜두루마기를 입고서, 호학(狐狢, 여우와 담비)의 털로 만든 옷을 입은 사람과 나란히 서서 부끄러워하지 않는 사람은 자로뿐일 것이다. 자로는 질투하지도, 또 그런 옷을 탐내지도 않을 것이지만, 그런 옷이 좋다는 사실을 왜 모르겠는가?」[55]

---

55 《논어 子罕(자한)》 子曰 衣敝縕袍, 與衣狐狢者立, 而不恥者, 其由也與? 不忮不求, 何用不臧?

자로는 씩씩하고 용맹하지만 퍽 단순한 성격이었다.《삼국연의》의 장비(張飛)나《수호전(水滸傳)》의 흑선풍(黑旋風) 이규(李逵, 네거리 규)는 성격이나 모습이 대략 비슷하다.

《수호전》양산박(梁山泊) 108명의 두령 중에 가장 인기 있는 사람은 흑선풍 이규인데, 그야말로 단순무식하며, 도끼를 마구 휘둘러대는 잔인한 캐릭터이다. 중국인들에게 장비는 무서운 장수가 아니다. 소설 속의 장비는 무섭지만, 중국인들에게는 더없이 착하고 단순 우직하며 가까운 이웃으로 나타난다.

✳ 대장부 의지

삼군(三軍)의 장수는 잡을 수 있지만, 필부(匹夫)일지라도 그 뜻을 빼앗을 수 없다.[56]

삼군은 지금으로 말하면, 1개 사단 규모 이상의 대군이라 할 수 있다. 삼군이 패배하면 그 장수야 죽일 수도 있지만 필부의 용기나 대지(大志)는 빼앗을 수 없다는 말이다. 인(仁)의 도리를 구현하려는 군자의 신념은 결코 빼앗을 수 없다는 뜻이다.

그래서 증자(曾子)는 「사(士)는 그 뜻이 넓고 강해야 하나니(弘毅홍의), 임무는 중대하고 실천의 길은 멀다(任重而道遠임중이도원). 인(仁)을 자신의 책무로 생각하니 무겁지 않은가? 죽은 다음에야 그 임무에서 벗어날 수 있으니 멀지 않은가?」[57]라고 말했다.

56《논어 子罕(자한)》子曰, 三軍可奪帥也, 匹夫不可奪志也.

증자는 또 존망(存亡)의 위기에서도 대절(大節)을 지켜야만 군자라고 하였으니,[58] 군자는 악과 타협하지 않는다는 신념과 함께 강한 주체의식을 가져야 한다. 비록 필부라 할지라도 그가 빼앗기지 않는 지조를 지킨다면, 그가 바로 대장부일 것이다.

누가 대장부인가? 우락부락하고 힘 좀 쓰며, 큰소리도 좀 치고, 호탕하게 한 턱 쏠 줄도 알면 대장부일까?

대장부가 뱉은 말 한마디는 흰 천을 검게 물들인 것과 같으니, 그 뜻을 다시 번복할 수 없다. 대장부는 제때에 결단을 내리고(大丈夫當機立斷대장부당기입단), 대장부는 자기 뜻을 실천하며, 대장부는 자기가 한 일에 대한 책임을 진다.

그러하기에 맹자가 말했다.

「천하의 대도(大道)를 행하면서 득지(得志)하여도 백성과 함께하고, 뜻을 얻지 못해도 홀로 자신의 도(道)를 지켜나간다. 부귀에 마음이 물렁해지지 않고, 빈천(貧賤)에 뜻을 바꾸지 않으며, 어떤 위세(威勢)에도 굴복하지 않아야만 대장부이다.」[59]

---

57 《논어 泰伯》曾子曰, 士不可以不弘毅, 任重而道遠. 仁以爲己任, 不亦重乎? 死而後已, 不亦遠乎?

58 《논어 泰伯》曾子曰, ~ 臨大節而不可奪也, 君子人與? 君子人也.

59 《孟子 滕文公章句(등문공장구) 下》居天下之廣居 立天下之正位, 行天下之大道, 得志 與民由之, 不得志 獨行其道. 富貴不能淫, 貧賤不能移, 威武不能屈, 此之謂大丈夫.

2. 힘든 공부

솔직히 독서만큼 고상한 일은 없다. 그러니까 중국인들은 '모든 일이 다 하품이고(萬般皆下品만반개하품), 오직 독서만이 고상한 일이다(唯有讀書高유유독서고).'라고 말했다.

사실, 독서는 습관이다. 여하튼 무슨 책이든 펼쳐든다면 유익한 것이다(開卷有益개권유익). 그러나 실제로 모든 사람이 독서를 하거나 공부하지는 않는다.

분명 독서를 좋아하는 혈통, 곧 종자(讀書種子독서종자)가 있다고 나는 생각한다.

사실 독서를 권장하는 중국인의 여러 말 중에서도 '3대에 걸쳐 독서하지 않는다면 사람이 소로 변한다(三代不讀書會變牛삼대부독서회변우, 會는 ~할 것이다).' 또는 '배운 것을 실천하지 않으면 소나 말에 옷을 입힌 것과 같다(學不上實行학불상실행, 馬牛而襟마우이금. 襟은 옷깃 금).'는 말은 거의 엄포에 가깝다.

'3년 독서를 해야 비로소 말할 줄을 알게 된다(讀書三年會說話독서

삼년회설화, 會는 배워서 할 수 있다).'는 말은, 3년 정도 공부를 해야만 문장을 이해할 수 있다는 최소한의 시간을 지적한 말일 것이다.

*형설지공(螢雪之功)

옛날에 '독서는 곧 공부'는 좀 더 직설적 표현으로 벼슬하기 위한 시험 준비였다. 공부해서 성공하기, 곧 과거시험에 합격하면 속세의 모든 것으로, 예를 들면, 권세, 재물, 좋은 집, 고급 수레(자동차), 최고의 미녀는 저절로 얻어졌다.

형설지공(螢雪之功, 螢은 반딧불 형)이니 천벽인광(穿壁引光, 담장에 구멍을 뚫어 이웃집의 불빛으로 공부하다. 穿은 뚫을 천)이라는 말은, 가난 속에서도 열심히 공부했다는 뜻이지만, 그런 공부를 하는 사람의 고통은 말로 다 표현할 수가 없을 것이다.

지금도 대학입시를 준비하는 학생들에게는 4당5락(四當五落)이란 말이 있지만, 하여튼 독서인과 농부는 일찍 일어나고 늦게 잠들어야만 한다(讀書種田독서종전, 早起遲眠조기지면. 早는 새벽 조, 遲는 늦을 지, 眠은 잠잘 면). 그리고 그런 고통은 겪어본 사람만이 안다.

'게으른 농부는 밭고랑을 세어보고, 게으른 선비는 책장만 세고 있다.'는 속담처럼 시험범위의 책 페이지를 넘기면서 한숨을 짓기는 보통이다. '이루 다 셀 수 없는 흙 알갱이, 결코 건널 수 없는 학문의 바다'이니, 공부에 그 끝이 있는가?

서산(書山)에 길이 있으니 근면이 지름길이고(書山有路勤爲徑
서산유로근위경),

학해(學海)는 가이 없으니 고생이 건널 배이다(學海無崖苦是舟
학해무애고시주).

이제 이런 말은 늙은 사람이나 하는 말이 되었다. 공부하는 어
린 학생에게는 실감이 나지 않고, 이를 깨닫지 못하는 젊은이가
대부분이다. 공부는 정말 힘든 일이고, 이를 절실히 느끼지 못하
기에 중간에 포기한다.

* 노익장(老益壯)

지금 우리가 쓰는 '노익장(老益壯)' 이란 본래 구절을 거두절미
한, 그래서 뜻이 이상하게 바뀐 말이다. 이를 처음 말한 사람은 후
한(後漢, 東漢)의 유명하고 성공한 장군으로 개국공신인 마원(馬援,
기원 前 14 — 서기 49년)이다.(《후한서(後漢書), 마원열전(馬援列傳)》
참고)

마원은 늘 그의 벗들에게 말했다.

"장부가 뜻을 세웠다면(丈夫爲志장부위지), 궁색해도 더욱 굳
세고(窮當益堅궁당익견), 늙을수록 더욱 씩씩하게 실천해야 한다
(老當益壯노당익장)." 고 말했다.

이는 '가난하여도 뜻을 포기하지 말라' 는 뜻이며, 늙고 쇠약해

진 몸이라 하여 '신념을 버리지 말고 더욱 굳건히 추진하라' 는 뜻이다.

마원은 사나이의 입지(立志)와 실천을 말했지, '늙을수록 당신의 팔뚝은 더욱 굵어져야 한다!' 는 뜻을 말하지 않았다.

그리고 老當益壯(노당익장) 앞에 있는 窮當益堅(궁당익견)을 생각해야 한다. 가난 때문에 큰 뜻을 포기한 사람이 얼마나 많은가? '사람이 가난하면 뜻도 짧아진다(人貧志短인빈지단).' 가난하면 큰 뜻을 버릴 수 밖에 없는 현실이다. 그래서 영재들에게 '빈곤은 가장 나쁜 형태의 폭력' 이다.

다른 한편으론, 늙었다 하여 좋은 뜻을 계속 지키고 실천할 생각은 버려두고, 그저 '부잣집 늙은이(富家翁부가옹)' 로 신체적 욕구만 충족시키며 살아가는 사람은 얼마나 많은가? 그런 사람에게 인생이란 그저 먹고 배설하다가 늙어 죽는 생물학적인 과정일 뿐이다.

그리고 '노당익장(老當益壯)' 에서 왜 '당(當)' 을 말하지 않는가? 여기서 당(當)은 '꼭 그리해야 한다' 는 의무이다. 젊은이라면, 노인이라면, 사람이라면 꼭 이러해야 한다는 뜻이다. 거기서 당(當)을 빼어버리니까 '노익장(老益壯)' 이 '힘이 좋아진다' 는 뜻으로 변해버렸다.

사람이 늙었다 하여도 인간으로서 추구하고 실천해야 할 보편적 이상이나 가치가 변질되어서는 안 된다. 무엇인가 마음먹은 것은 꼭 달성하겠다는 강력한 실천의지가 있어야 한다. 아마 이

것이 마원이 말한 궁당익견(窮當益堅) 노당익장(老當益壯)의 참뜻
일 것이다.

✻ 수확(收穫)

오이를 심으면 오이를 따고(種瓜得瓜종과득과, 瓜는 오이 과, 참
외), 콩을 심으면 콩을 거둔다(種豆得豆종두득두). 농사가 늘 좋기
를 바란다면, 1년 내내 일찍 일어나라. 사내가 농사를 잘 모르면
가정을 못 꾸리고, 여자가 신발을 만들 줄 모르면 주부 노릇도 어
렵다.

곡식은 하늘이 낸다. 사람이야 희망을 갖지만, 수확의 많고 적
음은 하늘의 뜻이다. 재해로 곡식을 거두지 못하더라도 해마다
심어야 한다.

꽃을 심고 가꾸기는 1년이지만(種花一年종화일년), 꽃을 보기
는 열흘이다(看花十日간화십일).

씨앗은 밭에 뿌리지만, 거두기는 호미로 하며, 소출은 하늘에
있다. 농사를 지으면서 절기를 고려하지 않는다면, 수확이 없어
도 원망하지 말라.

농사를 지어 곡식이 여물지 못했다면 흉년만도 못하고, 자식을
길러 품행이 나쁘다면 없는 것만 못하다. 그러니 자식을 낳고 키
우기가 쉬운 일이 아니다. 자식 교육이 가장(家長)인 아버지의 책
임이 아니라면 누구의 책임이겠는가?

이런데도, 공부에 힘쓰지 않는 자식을 방치하며 자식이 해달라는 대로 오냐! 오냐! 하겠는가?

* 진학 - 경제적 문제

필자가 중학교에 들어가던 1959년, 그때는 중학교도 입학시험을 치뤄 학생을 선발했다. 농촌에서 상급학교 진학은 경제적인 문제에 속했다. 말하자면, 경제적으로 어려우면 공부를 잘하는 학생이라도 진학할 수 없었다.

농촌에서는 그 지역에 있는 고등학교에 진학할 수밖에 없었다. 충청남도의 각 군마다 천안농고(農高), 예산농고, 공주농고 등 거의 농업고교 일색이었다.

그러니 그런 읍내 주변 농촌 마을에서는 농고에 진학할 수 밖에 없었다. 큰 도시에 가서 하숙하거나 자취할 경우 그 비용이 결코 만만치 않았기에 고등학교나 대학 진학은 실력 여부가 아니라 전적으로 가정의 경제 여건에 달렸었다.

특히 그 시절에 농촌에서 대학 진학은 전적으로 경제적 문제였고, 농촌에서는 고등학교만 졸업해도 농촌 처녀들에게 선망의 대상이었다.

농촌 지역 읍내 소재 중학교에서 특출한 학생이 그 당시 수업료가 없던, 서울의 교통고등학교, 체신고등학교 또는 지방의 사범학교에 진학했고, 졸업 후 공무원이나 초등학교 교사가 되었는데, 그런 학생은 마을과 읍내의 자랑거리였고, 후배 학생들의 귀감이 되었다.

고등학교에서 성적은 우수하나 진학할 경제여건이 안 되면, 당시에 5급 을류(乙類, 現 9급 공무원) 시험을 치루고 공무원이 되었다. 그 당시(4.19나 5.16 이후) 농촌 출신으로 서울에 가서 대학교를 졸업하고, 5급 을류 공무원 시험에 응시한다는 자체가 부끄러운 일이었다. 당시 5급 을류 공무원은 고졸자를 위한 자리로 인식했었다.

지금 생각하면, 우리나라 경제적 발전과 함께 중·고등학교나 대학 진학률 증가는 결국 학력 인플레 현상을 초래했다.

3. 독서와 인생

흔히 '공자 앞에서 문자 쓰기'니 '번데기 앞에서 주름잡기'와 똑같이 중국에는 '공자의 집 대문 앞에서 효경을 읽는다(孔子門前讀孝經공자문전독효경).' 또는 '공자 집 문 앞에 와서 시문을 팔다(孔子門前賣詩文공자문전매시문).'라는 속담이 있다.

말하자면, '최고의 전문가 앞에서 어설픈 기량을 자랑하다'라는 뜻이다. 또 '공자 앞에서 《삼자경(三字經)》을 외우지 말라(孔夫子面前공부자면전, 莫背三字經막배삼자경. 背는 bèi, 외우다. 등 배).'라는 속담은 달인(達人) 앞에서 어설픈 지식이나 기량을 뽐내지 말라는 뜻이다.

* 삼여독서(三餘讀書)

어느 시대이건, 경제적인 뒷받침이 없는 사람이 독서(공부)로 성공하는 길이 없지는 않았지만, 그만큼 고통이 많았을 것이다. 그러나 인생에서 공부는 때가 있고, 그때를 놓치고 나서 공부로 성공하기는 가난 속에서 공부하는 것보다 더욱 힘들다고 생각해야 한다.

밤은 하루 중에서 여유가 있는 시간이기에, 비 오는 날은 여유가 많고, 계절적으로는 겨울이 일 년 중 가장 여유가 있다는 '삼여독서(三餘讀書 / 밤, 우천, 겨울철)'는 고대 농업사회에서나 통하던 말이다. 그러나 지금도 하루 8시간 근로 외의 시간도 결코 적지 않다.

독서의 결과를 중시할 경우, 독서의 집중력이 문제가 된다. 두 귀로는 창 밖의 일에 대하여 듣지 말고, 한마음으로 오직 성현의 글을 읽으라고 강조하였다!

그리고 '맹목적인 공부에(死讀書사독서), 쓸모없는 책을 읽으면(讀死書독사서), 공부는 하나마나(讀書死독서사)' 이다.

말하자면, 이는 독서의 방법론에 속하는 경구(警句)이다.

배우지 않고도 할 수 있는 일은, 놀기와 먹기뿐이다. 한때 부지런히 일하던 사람이라도, 어느 날 게을러지거나 나쁜 길로 들어섰다가는 다시 일하기가 싫다고 한다. 그러면 오직 놀기와 먹기만 잘하게 된다.

세상에 애처가라는 말처럼, 등처가란 말도 있다고 한다. 일을 해서 어렵게 가족을 먹여살리는 아내로부터 용돈을 뜯어내, 당구장에서 빈둥대는 사람이 등처가라고 한다.

그리고 모친의 등골을 빼먹고 사는 아들도 많다. 어머니는 노동이나 잡일로 생활비를 버는데, 아들은 도서관에서 시험 준비를 한다면서 도서관 구석의 흡연장소를 들락거리다가 자리에 앉아서는 인터넷이나 뒤적거리고, 핸드폰으로 만화나 읽으며 노는 아들은 부모의 등골을 빼먹고 산다. 그렇게 부모나 아내를 속이는 아들이나 남편은 도서관에도 많이 있다.

✽ 독서의 우선 순위

독서는 하나의 버릇(습관)이다. 바쁜 사람은 이런 저런 일이 너무 많아서 책 읽을 틈이 없다고 한다. 그런데 사실 이런 핑계를 둘러대는 사람은 정작 한가한 틈이 있어도 배우거나 독서하지 않는다.

독서는 일상생활에서 우선순위를 정하기 나름이다.

실제로, '달아나는 수레 위에 중니(仲尼, 공자) 없고, 엎어진 수레 아래 백이(伯夷) 없다'는 말은 '쫓겨 달아나는데 무슨 공부이며, 깔려 죽을 위기에 무슨 예의염치(禮儀廉恥)를 따지겠느냐?

공자나 백이(伯夷) 같은 성인일지라도 위기 상황에서 무슨 공부를 하겠느냐? 책 읽는 것은 팔자 좋은 사람들 이야기이다.'라고 말할 수도 있다.

그러나 이 세상 모두가 막일만 해야 살아갈 수 있는 사람만은 아니다. 설령 육체적 노동으로 생활을 하더라도 본인이나 그 자식이 그런 상황에서 벗어나고 싶다면 책을 읽어야 한다. 그러나 공부나 책을 읽기 싫은 사람은 여하튼 그럴만한 이유를 둘러대게 되어있다.

'이 일 저 일 많은 것이 독서의 첫째 가는 핑계(多事爲讀書第一病다사위독서제일병)이다.'

옛날 농촌 지역 고등학생의 경우, 3, 40리(12 - 16km)를 걸어다니는 학생도 많았다. 하루에 4, 5시간을 길에 버리고, 또 토요일 오후나 일요일에는 농사일을 해야 하는데, 어느 시간에 공부해서 좋은 성적을 얻을 수 있겠는가? 필자의 경우 읍내의 학교 주변에서 하숙하는 학생이 제일 부러웠다.

그러나 어떤 핑계가 있든 간에, 배우는 사람은 잠시라도 책을 놓을 수 없고(學者不釋書학자불석서), 서예가 역시 잠깐이라도 붓을 놓을 수 없는(書家不釋筆서가불석필) 것도 사실이다.

＊독서삼도(三到)

뜻을 세워 공부를 한다 하여도 공부의 방법이 문제가 된다. 초등학교에서 소리를 내어 읽게 하는 음독(音讀)은 어린 시절에 효과적인 독서 방법이라고 생각한다.

중·고등학생에게 수학이나 과학은 방법이 좀 다르겠지만 국

어나 문학, 역사 같은 과목의 공부는 역시 읽어야 한다. 독서할 때
는 눈과 입과 마음이 하나가 되어야 하나니, 곧 안도(眼到), 구도(口
到), 심도(心到)니, 이를 '독서에 삼도(三到)가 있다.'라고 한다.

우리가 밥을 먹으면서 씹지 않으면 맛을 모르고, 독서하면서
생각하지 않으면 그 뜻을 알 수가 없다. 하여튼 다독이건 정독이
건 그 의미 새김은 역시 중요하다.

「일만 권의 책을 독파하면 글을 지을 때 신이 도와준다.」[60]는
당(唐)나라 시인 두보(杜甫)의 시구는 다독(多讀)을 권장한 말이다.
좋은 시를 짓기 위해서는 정말 많은 책을 읽어야 한다.

*만권 읽기(讀萬卷書)

'만 권의 책을 읽고 일만 리를 여행하라(讀萬卷書독만권서, 行
萬里路행만리로).'는 말 역시 독서를 통한 간접 경험과 여행을 통
한 직접 체험을 강조한 말이다.

'책을 천 번 읽으면 그 뜻이 저절로 보이는 법(書讀千遍서독천
편, 其義自見기의자현)이라.'는 말은 다독을 권장할 때 흔히 쓰이
는 말이다.

그리고 '사나이라면 모름지기 다섯 수레의 책을 읽어야 한다
(男兒須讀五車書남아수독오거서).'는 말은 종이책이 나오기 전 이

---

60 「讀書破萬卷, 下筆如有神」杜甫〈奉贈韋左丞丈二十二韻〉.《全唐
詩》216권.

야기일 것이다. 대나무나 나무쪽에 쓴 책이야말로 얼마나 부피가 크고 무거웠겠는가? 그 시절의 책은 짊어지거나 수레에 싣고 다녔다.

그러나 아무리 다독과 중단 없는 노력을 강조한다지만, 이 세상의 모든 책을 다 읽을 수 없고 천하의 모든 길을 다 걸어볼 수는 없는 법이다.

'독서에는 모름지기 마음을 기울여야 하나니, 글자 한 자가 천금과도 같다.'는 말은 정독의 이점을 강조한 말이다. 또 '독서는 벗을 고르는 것과 같다(讀書如擇友독서여택우, 擇은 고를 택). 마땅히 적어야 하고 또 정밀해야 한다(宜少且宜精의소차의정).'는 말도 정독을 권고하는 충고이다.

그러나 '책 한 권을 늙을 때까지 계속 보지 말라(莫一本書看到老막일본서간도노).'는 중국 속담은 독서의 폭이 좁은 것을 경계하는 말이다. 또 '책은 많이 읽으면 읽을수록 더 바보가 된다'는 조롱 섞인 말은 맹목적인 독서나 독서하는 사람의 편협한 집착을 비꼬는 말일 것이다.

집안에 책을 모아두기는 금(金)을 모아두기보다 훨씬 더 좋다(積書勝金적서승금).

＊ 노생상담(老生常談)

공부에 관한 여러 충고는 사실 별로 감동을 주지 못한다. 학교

선생님들이 시간과 장소를 불문하고 '공부해야 한다'는 말을 하도 많이 하니, 듣는 학생들에게 '늙은이의 으레 하는 소리(老生常談노생상담)' 정도로 치부된다.

사실 공부는 하기 싫은 것이지만, 본인이 그 필요성을 알고, 다른 일보다 좀 쉬운 일이라는 생각을 들 때, 약간의 재미로 할 수 있어야 한다.

'세상에 어려운 일은 없다. 다만 뜻을 가진 사람이 없을 뿐이다.'라는 말 그대로 마음만 먹으면 세상에 어려운 일은 없다. 공부가 아무리 하기 싫고 힘들다 하더라도 하려는 마음만 있다면, 그 어떤 역경도 이길 수 있다.

마치 유월 홍수에도 두꺼비는 물에 빠져 죽지 않고, 섣달에 눈이 내린다 하여 참새가 굶어죽지 않는 이치와 같은 것이다. 어떤 역경에도 의지가 강한 사람은 살아남는다.

그리고 공부는 정확한 것이다. 기본 머리가 있어야 하지만, 평범한 사람이라도 공부한 만큼 지식은 늘어나고 성적이 나온다. 마치 처마 위에서 한 방울이 떨어지면 땅에 한 방울 그대로 떨어진다. 그리고 그 물방울이 오래오래 떨어지면 바위를 뚫는다.

절반쯤 아는 것은 모르는 것이다(半通不通반통부통). 그리고 반쯤 찬 물통은 쉽게 흔들린다(半桶水반통수, 容易蕩용이탕).

젊어서 부지런히 배워야 한다는 것을 일찍 알지 못했다면, 흰 머리가 되어서 공부가 늦었다는 것을 비로소 후회하게 된다. 곧 지식은 써먹을 때가 되어야 자신의 지식이 부족한 것을 후회하게 된다.

아직 나이 적다고 말하지 말라. 인생은 쉽게 늙고, 사람이 늙으면 고집부리는 아이와 같다. 인생 만년에 운이 피어야 한다. 백 년은 금방 지나가나니, 벌건 날들을 허송하지 말라. 청춘은 다시 오지 않는다. 내가 한 공부는 내 것이고, 네가 한 공부는 네 것이다. 네가 아무리 힘이 세어도 내 공부를 뺏어가지는 못한다.

다시 말하지만, 평소에, 젊은 날에 학식을 많이 축적해 두어야 한다. 비축한 학식도 없어 수입도 불안정한데, 살면서 중년상처 (中年喪妻)에, 노년무전(老年無錢)이라는 비극을 겪는다면, 그런 불행을 어떻게 극복하겠는가?

젊어 공부하지 않았기에, 중년에도 연구하지 않아, 노년에 무식하다면 그 자체가 무의미한 인생이 아니겠는가? 불행을 겪지는 않았지만 무의미하다면, 그가 살아온 한평생은 그냥 동물적 삶이 아니겠는가? 그러기에 우리는 평생 동안 독서를 해야 한다.

우리는 살면서 여러 소리를 듣는다. 바람 소리, 비 오는 소리, 책 읽는 소리, 이 모든 소리가 귀에 들린다. 하지만 독서하는 소리보다 더 좋은 소리는 없을 것이다.

요즈음 어른이나 학생 모두 음독보다는 묵독(默讀)을 한다. 글 읽는 소리가 없더라도 그 모습을 보는 것만으로도 즐거울 것이다.

배울 學 – 시기와 단계

제4장 배울 學 - 시기와 단계

어려서 가르치지 않으면, 커서 멍청이가 되거나 도적이 된다. 어른이 되어 배우지 않으면 음식이나 탐하는 게으름뱅이가 된다.

성인남녀는 결혼을 해야 한다. 혼인에서는 적당한 혼기(婚期)를 중히 여긴다. 벼슬을 잃을지언정, 혼기를 놓쳐서는 안 된다는 말도 있다. 그런데 사람이 배움의 시기를 놓쳐서야 되겠는가?

그러나 살다 보면 배움의 시기를 놓칠 경우는 매우 많다. 어렸을 적 배우지 못했지만, 나이 들어 배우지 못한 것을 한탄하며 배움을 시작할 수 있다.

힘든 역경을 이기면서 배우는 것을 고학(苦學)이라 하고, 늦은 나이에 보통 25세를 넘기고서 배움을 시작했으면 만학(晚學)이라 한다.

나중에 난 뿔이 우뚝하고, 나중에 자라난 수염은 눈썹보다 더 길다. 만학으로 대성한 사람은 어느 시대나 수없이 많았다.

---

1. 공자의 삶—인생의 단계
   * 지학(志學)과 이립(而立)   * 불혹(不惑)과 지명(知命)
   * 이순(耳順)과 종심(從心)   * 삼년유성(三年有成)
   * 학문은 나무 심기

2. 흘러버린 세월
   * 천상탄(川上嘆)   * 재천관수(在川觀水)
   * 영과후진(盈科後進)   * 절망(絶望)

3. 만학(晚學)
   * 항심(恒心)   * 준비(準備)
   * 소년 독서(小年讀書)   * 밤을 밝히는 촛불
   * 생활 속의 배움

4. 새로운 출발
   * 난관(難關)   * 실패(失敗)
   * 포기(暴棄)   * 진보(進步)

1. 공자의 삶-인생의 단계

공자가 자신의 일생을 회고한 말은 군자가 연령에 따라 어떻게 수양했는가를 알 수 있어 유명한 말이 되었다.

공자는 지학(志學, 15세) — 이립(而立, 30세) — 불혹(不惑, 40세) — 지명(知命, 50세) — 이순(耳順, 60세) — 종심(從心, 70세)의 단계를 말했고, 많은 사람들이 지금도 공자의 말과 뜻을 그대로 사용한다.

* 지학(志學)과 이립(而立)

공자는 15세에 배움에 뜻을 두었고(志學), 30세에 입신(立身, 이립而立)했다고 말했다.[61]

원문의 십유오(十有五)의 유(有)는 우(又, 또 우)의 뜻인데, 십우오(十又五)라고 쓰지는 않는다. 10에 또 5이니, 15세이다. 지우학(志于學)은 학문에 뜻을 두었다는 말이니, 곧 배움의 중요성과 학

---

61 《논어 爲政》 子曰, "吾十有五而志于學, 三十而立."

문의 필요성을 알았다는 의미로 새길 수 있다. 지금으로 말하면, 고등학교에 들어갈 나이이니 자신의 앞날에 대한 나름대로의 생각을 가졌다고 볼 수 있다.

삼십이립(三十而立)의 而(말 이을 이)는 접속사이다. 立은 자립이고 자신의 주관과 원칙이 확립했다는 뜻이다. 공자는 "興於詩(흥어시), 立於禮(입어례), 成於樂(성어락)."이라고 하였으니, 예(禮)를 지켜 입신(立身)했다는 뜻이다.

그래서 공자는 아들 리(鯉, 잉어 리)에게 「예(禮)를 모르면 입신할 수 없다.」[62]고 말했고, 아들은 예를 배웠다.[63]

✻ 불혹(不惑)과 지명(知命)

공자는 자신이 40세에는 미혹(迷惑)이 없었고, 50세에 천명(天命)을 알았다(四十而不惑, 五十而知天命, ~)고 하였다.

인생 40! - 사람은 크면서 18번 변한다고 하였으니, 이는 신체나 심경의 변화가 많다는 뜻이다. 사람이 마흔을 넘기면 해마다 쇠약해진다(人過四十逐年衰인과사십축년쇠, 逐은 쫓을 축, 衰는 약해

---

62 《논어 堯曰(요왈)》孔子曰, "不知命, 無以爲君子也, 不知禮, 無以立也, 不知言, 無以知人也."《논어》의 맨 마지막 구절이다.

63 《논어 季氏》陳亢問於伯魚曰, "子亦有異聞乎?'~ '不學詩, 無以言.' 鯉退而學詩. 他日, ~ '不學禮, 無以立.' 鯉退而學禮.

질 쇠). 그래도 인생 마흔이면 산에서 내려온 호랑이 같다는 말도 있다.

사십이불혹(四十而不惑)은 공자가 위인(爲仁)의 도(道)를 깨우쳐 세상사의 미혹(迷惑)에 빠지지 않았다는 뜻이다. 공자는 「지자불혹(知者不惑)」이라고 말했다.[64]

이는 공자가 지식을 쌓아 합리적 사고에, 건전한 판단력을 가졌다는 뜻이다. 사실 40이면 인생에서 가장 장렬(壯烈)한 때라서 여러 가지 뜻을 실천하려는 의욕이 한창인 나이이다. 이때 능력 이상의 과분한 욕구나 욕망을 실현하고자 무리수를 두지 않았다는 뜻이다.

공자는 나이 40에 남의 미움을 받는다면, 그 인생은 끝난 것이라고 했다.[65] 이처럼 공자에게 40은 인생에 있어서 중요한 고비였고, 그 나이에 미혹에 빠지지 않았다.

공자가 50세에 천명(天命)을 알았다는 말은, 하늘로부터 운명처럼 부여된 자신의 사명을 알고 그를 실천하려 노력했다는 뜻이다.

공자가 말한 천명을 3가지로 생각할 수 있다.

우선 정교(政敎)에 관련된 일을 하면서 천하 사람들을 정도(正

64《논어 子罕(자한)》子曰, 知者不惑, 仁者不憂, 勇者不懼. 憂는 근심할 우. 懮와 通. 懼는 두려울 구.

65《논어 陽貨》子曰, 年四十而見惡焉, 其終也已.

道)로 이끌어야한다는 사명이다. 다음으로는 택선(擇善)하고 실천하여 지선(至善)에 나아가야 한다는 사명이다. 그리고 지명(知命)에는 천명을 거스를 수 없고 순응해야 한다는 뜻도 포함한다.

공자가 광(匡)이란 곳에서 오해를 받아 한 무리들에게 포위당해 안전을 보장할 수 없을 때, 공자는 말했다.

"문왕(文王)이 죽은 뒤에 그 문화(文化)가 나에게 있지 않은가? 하늘이 이 문화를 없앤다면 후생들은 문왕의 문화를 이어받지 못할 것이다. 하늘은 결코 내가 가진 문왕의 문화를 없애지 않을 것이니, 광인(匡人)들이 나를 어찌하겠는가?"[66]라고 말했다.

또 공백료(公伯寮)라는 제자가 자로(子路)를 계손씨(季孫氏)에게 모함하였다.

나중에 이를 전해들은 공자가 말했다.

「도(道)가 실현되는 것도 명(命)이고 장차 없어진다는 것도 모두 천명이니 공백료가 천명을 어찌하겠는가?」[67]

이 두 장에서 보듯, 공자는 하늘이 부여한 책무와 함께 천명을 알고 자부심을 갖고 있었다. 공자가 50대에 대사구(大司寇)를 역임하는 등 잠시 관직에도 있었지만 공자는 학문과 인의의 실천,

---

66 《논어 子罕(자한)》 子畏於匡, 曰, 文王旣沒, 文不在玆乎? 天之將喪斯文也, 後死者不得與於斯文也, 天之未喪斯文也, 匡人其如予何?

67 《논어 憲問》 公伯寮愬子路於季孫. 子服景伯以告, 曰, 夫子固有惑志於公伯寮, 吾力猶能肆諸市朝. 子曰, 道之將行也與, 命也, 道之將廢也與, 命也. 公伯寮其如命何!

제자 교육만이 자신에게 주어진 천명이란 것을 알고 있었고, 그래서 공자는 천명을 두려워하였다.[68]

사람이 살아 50이면 몸이 날마다 어긋나게 달라진다고 하였다. 나이 30에 벼슬을 못하거나(三十不榮삼십불영, 榮은 영화 영), 40에 부자가 되지 못했다면(四十不富사십불귀), 50에는 죽을 길을 찾아야 한다(五十看看尋死路오십간간심사로, 尋은 찾을 심)는 속담도 있으니, 옛날의 50대는 이미 희망이 없는 나이이다.

사람 나이 50에는 새 집을 짓지 않고(五十不造屋오십부조옥), 60에는 나무를 심지 않는다(六十不種樹육십부종수)고 하였다.

*이순(耳順)과 종심(從心)

공자는 나이 60에 귀가 트였고, 70에는 욕심에도 법도를 넘지 않았다(六十而耳順육십이이순, 七十而從心所欲칠십이종심소욕, 不踰矩부유구. 踰는 넘을 유, 矩는 법도 구)고 말했다.

60세(耳順이순) – 다른 사람이 무슨 말을 어떻게 하든, 공자는 자신의 기준으로 듣고 판단한다는 뜻이다. 사실 이는 번역에 따라 그 어의가 상당한 차이가 있다.

만물의 이치에 통달하였기에 무슨 말이든 그 뜻을 다 알 수 있

---

68 《논어 季氏》孔子曰, 君子有三畏, 畏天命, 畏大人, 畏聖人之言. 小人不知天命而不畏也, 狎大人, 侮聖人之言.

는 경지일 것이다. 또 남의 말을 들으면 그 진실과 거짓을 알 수 있다는 뜻으로 새겨도 된다.

《사기(史記) 공자세가(孔子世家)》에 진(陳)의 도성 동문(東門)에서 일행과 떨어져 홀로 서있는 공자의 모습을 보고 어떤 사람이 '상갓집의 개(喪家之狗상가지구)와 같았다'고 말했다.

그 말을 전해 들은 공자가 웃으며 말했다.

"그 사람이 설명한 내 얼굴은 사실과 좀 다르지만, 상갓집 개란 말은 아주 적절하다."

이런 경지가 바로 이순(耳順)의 경지일 것이다.

그런데 여기서 '이순(耳順)'의 '耳'는 쓸데없는 글자가 들어간 것(衍文연문)이라 하여 '六十而順'이 되어야 한다는 주장도 있다. 말하자면 '60세에는 천명에 순응하였다'가 된다. '육십이순(六十而順)'이 되어야 한다는 근거로 제시한 내용은 다음과 같다.

첫째, 공자는 50세에 천명을 알고(知天命지천명), 천명을 경외하며, 천명에 순응하였다. 공자는 55세에 노국(魯國)을 떠나 장장 13년간 68세까지 각국을 유랑하였다. 이는 공자가 천명을 따른 것이었고, 공자는 "하늘이 나에게 덕(德)을 내렸는데 송(宋)의 환퇴(桓魋)가 나를 어찌하겠느냐?" 또 "문왕(文王) 사후에 문(文)이 나에게 있는데 광인(匡人)들이 나를 어찌하겠느냐?"라고 말한 것이, 곧 천명에 순응한다는 뜻이었다.

둘째, 공자는 각 연령별 생애를 설명하며, 뜻을 두다(志), 자립

하다(立), 혹(惑)하지 않다(不惑), 알다(知), 넘지 않다(不踰) 등 동
사(動詞)로 상황을 설명하였다. 때문에 이순(耳順)이 아니라 순(順)
이 되어야 한다. 그리고 돈황(敦煌)의 석경판본(石經板本)에도 '육
십여순(六十如順)'으로 쓰였다는 근거를 제시하였다. 그러나 지금
은 이미 이순(耳順)으로 통용되고 있다.

　70세에 종심소욕(從心所欲)은 마음속에 하고 싶은 대로 행동한
다는 뜻이다. 불유구(不踰矩)는 법도를 넘지 않는다는 뜻인데, 유
(踰)는 넘을 유이고, 구(矩, 곱자 구, 모서리)는 직각을 그리는 직각
자이다. 직각자는 변함없는 것이고, 직각을 그릴 때는 그대로 따
라 그리면 된다. 그래서 법도(法度)라는 뜻으로 통한다.
　인생 70을 넘기고도 분수에 어긋난 욕심을 부리고 법을 어기는
행동을 하고 싶겠는가? 종심(從心)하여도 불유구한다면, 이미 천
인합덕(天人合德)의 경계에 이르렀다고 봐야 한다.

　옛날 평균 수명이 짧았을 때, 나이 60이면 기왓장의 서리(霜상)
와 같다고 하였다. 늦가을의 서리는 햇살에 바로 녹아 없어진다.
곧 나이 60이면 살 날이 얼마 안 남았다는 뜻이다. 나이 60이면
먼 곳으로 여행을 하지 않는다(六十不遠行육십불원행)고 하였지
만, 지금 세상에는 맞지 않는 말이다.
　70이면 옷을 새로 짓지 않는다면서(七十不製衣칠십부제의), 인
생 70은 예로부터 드물었기에(人生七十古來稀인생칠십고래희) 70

세를 고희(古稀)라고 말한다.[69]

　중국에 '인생은 73이나 84(人生七十三八十四인생칠십삼팔십사)'
라는 속담이 있다. 공자는 73세, 맹자는 84세에 죽었다. 당시로서
는 정말 장수하였다. 공자, 맹자가 이처럼 장수했던 것은 수양과
절제 속에 분에 넘는 행실이 없어 마음이 편했기 때문이 아니겠
는가?

*삼년유성(三年有成)

　공자가 여러 나라를 주유했던 이유는 등용되어 자신의 인도(仁
道)를 정치를 통해 이루고자 하는 염원이었다. 여러 나라 중에서
소국인 위(衛)의 영공(靈公)이 공자의 주장에 가장 공감했지만, 공
자를 등용하지는 않았다.

---

69 두보(杜甫)의 칠언율시 〈曲江 二首〉에 나온다. 술꾼이 가는 주막
　마다 외상값은 그냥 보통(尋常심상) 일이다. 그러나 예부터 인생
　칠십은 드문 일(古稀)이었다. 두보는 이 보통의 세상사를 인생 칠
　십이라는 인생사와 비교하여 尋常(심상)과 古稀(고희)의 대구(對句)
　를 만들었다. 그 시는 아래와 같다.

　〈곡강〉(2 / 2)　　　　　　　　　　　〈曲江 二首〉(其 二)
　조정서 돌아와 날마다 봄옷을 저당 잡혀　朝回日日典春衣,
　매일 곡강의 술집서 흠뻑 취해 돌아온다.　每日江頭盡醉歸.
　외상값은 언제나 가는 곳마다 있지만　　　酒債尋常行處有,
　인생에 나이 칠십은 예로부터 드물었다.　人生七十古來稀.
　……

이에 공자는 「만약 나를 등용하는 주군이 있다면 1년이면(期月) 그 성과가 나타날 것이고, 3년이면 탁월한 효과를 볼 수 있을 것이다.」[70]라고 말했다.

3년 - 어떤 일이든 열심히 노력하여 3년이면 효과가 분명하게 나타나거나, 크게 숙련된 기술자가 된다. 일관되게 추진한 정책도 그럴 것이다.

10년 - '10년 공부 나무아미타불!' 이란 말은 10년간 수련을 거듭하여 신공(神功)의 경지에 거의 다 왔을 때, 포기해 버린 아쉬움을 나타내는 말이다.

그리고 성공과 관련하여 '1만 시간의 법칙' 이란 말이 있다. 1만 시간의 전공(專攻)이 쌓인다면, 어떤 분야에서든 제1인자가 될 수 있다.

자기 본업을 수행하면서, 1일 3시간씩×10년(3,600일)이면 1만 시간이 넘는다. 누구든 어떤 분야에서 10년 공부면 제1인자가 되어 성공한다. 그러니 삼년유성(三年有成)이라 한다.

*학문은 나무 심기

옛날의 학자는 자신을 위해 학문을 했으니(古之學者爲己고지

---

70 《논어 子路》子曰, 苟有用我者, 期月而已可也, 三年有成. 여기 期月은 周年의 뜻.

학자위기), 학문으로 자신의 부족한 것을 보충하였다. 지금의 학자는 남에게 보여주려는 학문(今之學者爲人 금지학자위인)이니, 말로 하는데 능하다.

옛날의 학자(學者)는 남을 위한 학문이었으니(利他 이타), 도(道)를 실천하여 세상을 이롭게 하나, 지금 학자는 자기 일신만을 위한 공부이고, 공부로 등용되기만을 바란다.

본래 학문은 자신을 위한 일이다.

박학(博學)하고 독지(篤志)하며, 절문(切問)하고 근사(近思)하면, 인(仁)이 그 안에 있을 것이다. 군자(君子)는 학문으로 대도(大道)를 구현해야 하고, 출사(出仕)하면서 그 여력(餘力)에 학문을 닦아야 한다. 또 학문이 우수하다면 출사(出仕)할 수 있다.[71]

맹자도 말했다.

「널리 배워 상세하게 풀어 나가고 그것을 바탕으로 본래의 요점을 파악해야 한다.」[72]

이는 곧 도리의 요점을 파악, 터득하여 더욱 융합하며 넓혀나간다는 뜻일 것이다.

학문이란 나무를 심는 것이니, 봄에는 그 꽃을 보고 가을에는 열매를 거둔다. 강론과 문장은 봄날의 꽃이고, 학문에 의한 수신

---

71 《논어 子張》 子夏曰, 仕而優則學, 學而優則仕.
72 《맹자 離婁章句(이루장구) 下》 博學而詳說之 將以反說約也.

과 바른 행실은 가을철 열매와 같다.

　학문은 씨앗이나 모종을 심고 가꾸는 것과 같으니 정성을 기울이지 않으면 바로 실패한다.

2. 흘러버린 세월

일촌(一寸)의 광음(光陰, 시간)은 일촌의 황금(一寸光陰一寸金일촌광음일촌금)이고, 촌금으로도 일촌 광음을 살 수 없으며(千金難買寸光陰천금난매촌광음), 백 년 세월도 떠가는 구름과 같다(百歲光陰如浮雲백세광음여부운). 그러니 세월을 흘러가는 물에 비유한다.

이백(李白)은 그의 시 〈장진주(將進酒)〉에서 「그대는 모르는가? 황하의 물(黃河之水황하지수)은 천상래(天上來)하여 분류도해(奔流到海)하나 불부회(不復回)라.」라고 읊었다.

＊천상탄(川上嘆)

공자가 냇가에서 말했다.
"이처럼 흘러가나니! 밤낮으로 그치지 않도다."[73]
이 구절이 유명한 천상탄(川上嘆, 탄식할 탄)이고, 〈공자관수(孔

---

73 《논어 子罕》子在川上曰, "逝者如斯夫! 不舍晝夜."

子觀水)〉라는 그림도 있다. 조선 초 문신 강희안(姜希顔, 1417－1464)의 〈고사관수도(高士觀水圖)〉도 여기서 화제(畫題)를 택했을 것이다.

보통 '세월이 유수(流水)와 같다'고 말한다. 평지의 시냇물이나 강물에 종이배를 띄우면 보통 걸음으로도 따라갈 수 있다. 물의 흐름을 눈앞에 보면서 빠르다고 감탄하지는 않는다. 다만 물 흐름이 밤낮으로 그치지 않기에 어느덧 멀리멀리 흘러갈 뿐이다.

하루 밤낮은 정말 더디게 가는 것 같다. 약속시간에 늦는 사람을 기다릴 때 시간이 빨리간다고 생각했는가? 그러나 연말에 지난 정초(正初)를 생각하면 '어느덧 1년이 지났네'하면서 세월이 유수와 같다고 한다.

노인의 경우 지난 젊은 날을 생각하면 '눈 깜짝할 사이'라고 말한다. 그러나 20대 젊은이도 '순식간(瞬息間)'이라는 생각이 들까?

인생 백 년이 지나가는 나그네와 같다지만(人生百年如過客인생백년여과객), 이보다 더 짧은 표현은 인생은 아침 이슬과 같다는(人生如朝露인생여조로, 露는이슬 로) 말인데, '인생은 흰 망아지가 문틈을 달려가는 것과 같다는(人生如白駒過隙인생여백구과극, 駒는 망아지 구, 隙은 틈 극)'말도 있으니 인생 7, 80이 얼마나 짧겠는가?

흘러가는 물을 바라보며 '흘러가는 인생이 이와 같으니 밤낮으로 그치지 않는다'라고 말한 공자는 매우 철학적이다. 노자(老子)나 공자 모두 흘러가는 물에서 철학적 영감을 얻었다.

　노자는 물은 상선(上善)과 같고 낮은 곳으로 흐르며 다투지 않는다고 하였다.[74] 사람은 위로 올라가지만 물은 사람이 싫어하는 아래에 있기를 좋아한다. 그렇다면 물보다 더 착한 것이 있겠는가? 또 물은 가장 약한 존재지만 물이 이기지 못하는 것이 없는데, 이것은 약하기에 강한 것이라 하였다.[75]

＊재천관수(在川觀水)

　'지성선사(至聖先師)'인 공자의 일생과 사적(事跡)을 주제로 그린 그림으로,《공자성적도(孔子聖蹟圖)》가 있다.

　공자는 이미 한대(漢代)부터 황제와 조정, 학자들의 숭배를 받았기에 공자의 초상은 벽화나 비단에 그려졌고, 공자의 모습은 돌이나 목판에 새겨졌다.

　특히 원대(元代)에 조맹부(趙孟頫, 1254 – 1322)의 〈공자강학도(孔子講學圖)〉 등 여러 그림이 그려졌고, 명대(明代)에 들어와 연속 그림으로서 〈성적도(聖蹟圖)〉가 창작되었다.

74《老子道德經》8章. 上善若水, 水善利萬物而不爭. 處衆人之所惡, 故幾於道.

75《老子道德經》78章. 天下莫柔弱於水, 而攻堅强者莫之能勝, 以其無以易之. 弱之勝强, 柔之勝剛, 天下莫不知, 莫能行.

명 효종(明 孝宗) 홍치(弘治) 10년(서기 1497)에 하정서(何廷瑞) 등이 편찬한 《공자성적도(孔子聖蹟圖)》가 널리 알려졌는데, 거기에 〈재천관수(在川觀水)〉라는 그림과 설명이 있다.

공자께서 강가에서 물을 바라보고 계셨다.
자공이 물었다.
"군자는 강에서 으레 물을 관찰하는데, 왜 그러합니까?"
공자가 말했다.
"쉬지 않고 흐르는 강물은 마치 대도(大道)의 유행(流行)과 같아서 그치지 아니한다. 물의 덕(德)이 이와 같기에, 군자는 꼭 바라보게 된다."

이는 군자(君子)의 교화나 성인(聖人)의 대도(大道) 실천은 그칠 수 없다(不息불식)는 의미로 강물을 관찰한다는 뜻이다. 군자는 가난이나 역경에서도 언제나 자강불식(自强不息)해야 한다.
(《공자성적도(孔子聖蹟圖)》 진기환 역, 명문당, 2021 참고)

중국 중원(中原)의 강은 모두 동쪽으로 흘러간다. 쉬지 않고 흐르는 장강(長江)[76]은 동쪽으로 흐르고(滾滾長江東逝水곤곤장강동

---

76 장강(長江)－江은 본래 고유명사이다. 하(河, 黃河). 회(淮, 淮水) 역시 고유명사이다. 다만 河, 江이 많이 자주, 곳곳에서 쓰이다 보니 일반 명사처럼 인식이 되었다. 河南과 河北, 江南, 江東, 江西의 지

서수) 그 파도와 함께 수많은 영웅이 함께 씻겨 사라졌다(浪花淘
盡英雄낭화도진영웅, 淘는 물에 흔들어 가려낼 도). 모든 강이 동쪽으
로 흐르지만, 가는 곳은 같지 않다(江水東流去不同강수동류거부
동).

강물이 흘러가니 그 물은 같지 않고 역사 또한 흘러가니 인물
도 다르다. 결국은 잠깐, 마치 나그네가 객관(客館, 여관)에 잠시
머물다 떠나는 것처럼, 인생 또한 그렇지 않겠는가?

흘러가는 물을 바라보는 공자의 마음에 만감이 교차했을 것이
다.

＊영과후진(盈科後進)

공자께서 동산(東山)에 올라서 노(魯)나라를 작다고 생각하였
고, 태산(泰山)에 올라 천하를 좁다고 여기셨다. 그러므로 바다를
본 사람에게 웬만한 물은 물이라 여기기 어렵고, 성인(聖人) 문하
에서 배운 사람에게 웬만한 말은 말이라 할 수 없다.[77]

명을 보면 河와 江의 차이를 알 수 있다. 중국의 공식 명칭인 장강
(長江)을 우리나라 옛 지도책에서 양자강(揚子江)이라 표기했는데,
양자강은 강소성(江蘇省) 중부 양주시(揚州市) 일대의 장강을 지칭
한다. 마치 부여 부근의 금강(錦江)을 白馬江이라고 부르는 것과
같다. 長江이 바른 표기이다.

77 《맹자 盡心章句 上》孟子曰, 孔子登東山而小魯, 登泰山而小天下.
故觀於海者難爲水, 游於聖人之門者難爲言.

물을 보는데도(觀水) 방법이 있으니 반드시 물이 굽이치는 여울목(瀾물결 란)을 보아야 한다. 해와 달은 빛을 발하는데, 그 빛은 틈이 있는 곳은 틀림없이 비춘다(容光必照용광필조).

흐르는 물은 웅덩이(科)를 다 채운 다음에 흘러간다(盈科後進 영과후진, 盈은 찰 영). 이처럼 군자가 도(道)에 뜻을 두었더라도 문채를 낼 정도가 아니라면, 뜻을 성취하지 못한 것이다.[78]

이는 차례를 따라 쉬지 않고 노력하며 진보해야 한다는 뜻이다.

* 절망(絶望)

공자가 말했다.

「봉황도 오지 않고 하수(河水)의 도서(圖書) 출현도 없으니, 나는 끝이로다.」[79]

원문의 봉조(鳳鳥)는 봉황(鳳凰)인데, 태평성대에만 출현한다는 상상 속의 서조(瑞鳥)이다. 순(舜)이 요(堯)의 선양(禪讓)을 받았을 때 출현했고, 주 문왕(周文王) 때에는 기산(岐山)에서 봉황이 울었

---

78 《맹자 盡心章句 上》 觀水有術, 必觀其瀾. 日月有明, 容光必照焉. 流水之爲物也, 不盈科不行. 君子之志於道也, 不成章, 不達.(不盈科不行의 盈은 찰 영. 가득 채우다. 科는 웅덩이 과(坎, 구덩이 감)의 가차假借. 坑은 구덩이 갱과 通)

79 《논어 子罕(자한)》 子曰, 鳳鳥不至, 河不出圖, 吾已矣夫!

다는 전설이 있었다.

하도(河圖)는 복희씨(伏羲氏) 때, 하수(河水, 黃河)에서 용마(龍馬)가 지고 나왔다는 도판인데, 성인(聖人)이 새로 천명을 받게 되면 출현한다고 믿었다. 봉황이나 하도도 볼 수 없으니 태평성대를 맞이할 가능성이 없다는 뜻이고, 그러면 공자의 포부를 실현할 가능성도 없다는 탄식이다. 오이의부(吾已矣夫)는 '나는 끝이로다'라는 절망의 탄식이다.

노 애공(魯 哀公) 14년(공자 71세, 서기 前 481년)에, 봄에 사냥을 했는데 숙손씨(叔孫氏)의 마부가 못 보던 짐승을 잡았다 하여 공자가 가서 확인하니 린(麟, 기린麒麟)이었다.

이에 공자가 위와 같이 탄식하며 '오도궁야(吾道窮也)'라고 말했다. 그리고 그해에 수제자 안회(顔回)가 죽었을 때에 공자는 "천상여(天喪予, 하늘이 나를 버렸다)"라고 절망했다.

3. 만학晚學

젊은 시절에 절약하지 않으면, 늙어서는 개처럼 기어다녀야 한다. 젊어 부지런히 노력하면 늙어 안락하다. 젊은 시절 고생은 두렵지 않으니, 다만 늙어서 복이 들어오기를 바란다.

젊어 가난은 가난이라 할 것도 없지만(少年受貧不算貧소년수빈불산빈), 노년에 가난해지면 가난이 사람을 죽인다(老年受貧貧死人노년수빈빈사인). 젊은이의 고생은 바람처럼 지나가지만(後生苦風吹過후생고풍취과), 늙은이의 고생은 진짜다(老年苦眞個苦노년고진개고).

*항심(恒心)

공자가 말했다.

「남쪽에서 온 어떤 사람이 말하기를, '사람 마음이 한결같지 않으면 무당이나 의생(醫生)도 될 수 없다.' 고 하였는데, 옳은 말이다. 그 덕이 한결같지 않다면 수치를 당하게 될 것이다.」

그리고 또 말했다.

「그런 일은 점을 치지 않아도 뻔하다.」⁸⁰

사람의 마음이나 행실이 한결같지 않다면 무슨 일을 하겠는
가? 그런 사람은 당연히 수치를 당할 것이라는 뜻이다.

공자가 살던 그 당시는 무당이나 병을 고치는 의원은 하류 직
업에 속했다. 옛날 서양에서 이발사가 외과수술을 담당했던 것처
럼 중국에서 의사나 무당은 사람의 병을 고칠 수 있다고 큰소리
를 친다는 점에서 아마 비슷했던 모양이다.

그러니까 그런 속언(俗諺)이 생겼을 것이다. 의원으로 유명한
사람은 의성(醫聖)으로 존중을 받기도 했지만, 정통 의학 교육을
받지 못한 사람은 돌팔이를 면할 수 없었는데, 한결같은 마음, 곧
항심(恒心)도 없으면 그마저 할 수 없다는 뜻이다.

사람에게 한결같은 마음이 있으면 무슨 일이든 성공하지만(人
有恒心萬事成인유항심만사성), 한결같은 마음이 없으면 모든 일이
무너지는 것은(人無恒心萬事崩인무항심만사붕, 崩은 무너질 붕) 아

---

80 《논어 子路》子曰, 南人有言曰, '人而無恒, 不可以作巫醫.' 善夫!
不恒其德, 或承之羞.
子曰, "不占而已矣." 원문 「不恒其德, 或承之羞(혹승기수)」는《易 恒
卦(항괘)》《雷風恒 ☰☰☰☰뇌풍항) 九三의 爻辭(효사)이고, 공자는 이런
말은 '주역 점을 치지 않아도 다 아는 당연한 말이라.' 고 했다.

마 당연할 것이다.

* 준비(準備)

모든 일은 그 시작이 어렵다. 그러나 시작은 쉽지만 마무리는 어렵다. 달리기를 배우기 전에 먼저 걷기부터 배워야 한다. 천 리 길을 걸으려 한다면 첫 걸음부터 시작하라(欲行千里욕행천리 一步爲初일보위초).

도끼를 간다고 나무꾼의 일이 잘못되지 않는다. ─ 준비하는 시간만큼 늦어지는 것은 아니다. 먼저 도랑을 치고 나중에 물을 흘려보내고, 물이 닥치지 않았을 때 먼저 둑(제방)을 쌓는다. 맑은 날에 우산을 준비한다. ─ 준비가 되면 걱정이 없다(有備無患유비무환).

세상 모든 일에 준비가 있으면 성공하지만, 준비가 없으면 실패한다. 준비가 있으면 재난이 없고, 재난이 닥쳐도 걱정이 없다.

높이 난 만큼 멀리 나아간다. 부삽의 자루가 길거나 불 갈고리가 길면 손을 데지 않는다.

1년 고생에 복은 십 년이고(一年辛苦十年福일년신고십년복), 십 년 고생에 백 년 복을 누린다(十年辛苦百年福십년신고백년복).

모든 일은 사람의 계산과 같지 않다. 하나를 쥐면 열을 갖고 싶으며(得一望十득일망십), 열을 얻으면 백을 바라본다(得十望百득십망백).

*소년 독서(小年 讀書)

젊어서 학문을 해야 늙어 성취한다.

소년 시절의 독서는 돌에 글자를 새기는 것 같다(少年讀書소년독서, 石板刻字석판각자). — 한번 외우면 오래 남는다.

중년의 독서는 분필로 쓴 글씨이다(中年讀書중연독서, 粉筆寫字분필사자). — 쉽게 지워진다.

그리고 노년의 독서는 냇물 위에 쓰는 글자이다(老年讀書노년독서, 河裏劃水하리획수). — 남는 것이 없다. 금방 잊혀진다.

젊은 날에는 《수호지》를 읽지 말고(少不看水滸소부간수호, 도적질을 배우기 쉽다), 늙어서는 《삼국지》를 보지 말라(老不看三國노부간삼국, 망상에 빠지기 쉽다는 뜻).

젊어 《홍루몽(紅樓夢)》에 열중하고(少熱紅樓소열홍루, 젊은 나이에 미색을 탐하게 된다), 늙어 《삼국지》에 빠지다(老熱三國노열삼국, 늙어서도 망상을 버리지 못하다).

이는 잘못된 독서의 대표적 사례이다.

학습이란 물을 거슬러 배를 모는 것과 같으니(逆水行舟역수행주), 나아가지 않는다면 곧 뒷걸음질치는 것이다. 배움이란 산을 오르는 것과 같으니 걸을수록 높이 오른다.

학문은 날마다 진보하지 않는다면 날마다 퇴보한다(不日進卽日退불일진즉일퇴).

*밤을 밝히는 촛불

사람이 태어나 어릴 때는 정신이 한 군데로 쏠리고 영리하나, 장성한 이후는 생각이 여러 곳에 분산되기에, 어릴 적에 가르쳐서 배움의 적기(適期)를 놓치지 말아야 한다.

젊어 독서에 마음을 기울이지 않으면, 책 속에 황금이 있다는 이치를 모른다. 젊어서 부지런히 배워야 한다는 것을 일찍 알지 못했다면, 흰머리가 되어서 공부가 늦었다는 것을 비로소 후회하게 된다(白首才悔讀書遲 백수재회독서지, 悔는 뉘우칠 회, 遲는 늦을 지).

사람은 곤궁할 때가 있는 법이니, 성년(盛年, 한창 나이)에 기회를 잡지 못했어도, 응당 만학(晚學)에 힘써야 한다. 때를 놓쳤다고 스스로 포기해서는 안 된다.

공자(孔子)가 말했다.

"나이 50이라도 《역(易)》을 배운다면, 아마 대과(大過)가 없을 것이다."

이는 《논어 술이(述而)》에 있는 말인데, 그 원문은 子曰,「加我數年 五十以學易 可以無大過矣」이다. 50세에 학역(學易)한다는 말을 천명(天命)을 안다는 뜻으로 해석하는 경우가 있고, 《역(易), 주역(周易)》을 깊이 연구한다는 뜻의 겸사(謙辭)로 볼 수도 있다.

어려서 배우면 마치 떠오르는 햇빛과 같으나, 늙어 배우더라도 밤길에 촛불을 든 것과 같으니(如秉燭夜行여병촉야행, 秉은 잡을 병) 그렇더라도 눈을 감고 아무것도 못 보는 사람보다 현명할 것이다. 이 구절은 보충 설명이 필요한 고사(故事)이다.

춘추시대 진(晉)의 맹인 악사(樂士)인 사광(師曠)은 태어날 때부터 눈이 없는 사람이라 맹신(盲臣)이라 자칭했다. 사광은 음율(音律)에 정통했고 금(琴) 연주를 잘했다.

진(晉) 평공(平公, 재위 前 557─532) 때 대종(大鐘)을 주조했는데, 악공(樂工)이 모두 음률에 맞는다고 했지만, 사광(師曠)은 맞지 않는다고 말했다. 뒷날 제(齊)의 악사 사연(師涓)이란 사람이 음률과 맞지 않는 것을 실증하였다.

어느 날 진 평공(晉 平公)이 사광에게 말했다.

"내 나이 70이라 학문을 하기에는 너무 늦은 것 같다."

그러자 사광이 말했다.

"왜 촛불을 켜 들지 않으십니까?"

"신하가 어찌 그 주군에게 농담을 하는가?"

"맹신인 제가 어찌 주군을 희롱하겠습니까? 제가 알기로, 젊은 날의 호학(好學)은 떠오르는 햇빛과 같고(如日出之光여일출지광), 장년(壯年)의 호학은 한낮의 햇빛과 같으며(如日中之光여일중지광), 늙어 호학하면 촛불을 가진 것과 같다(如秉燭之明여병촉지명)

고 하였습니다. 밝은 촛불이 있는데, 누가 어두운 길을 걷겠습니까?'

이에 평공(平公)이 "옳은 말씀이요!"라고 말했다.

4. 새로운 출발

과오를 알고 고친다면 이보다 더 좋은 선(善)은 없다(知過能改지과능개, 善莫大焉선막대언). 잘못이나 과오가 있다면 고치고, 없다면 더욱 힘써 노력해야 한다(有則改之유즉개지, 無則加勉무즉가면). 잘못 간 길은 돌아오면 되지만, 사람을 잘못 보면 고생하게 된다.

✽ 난관(難關)

역경을 하나 지나보면, 지혜 하나가 늘어난다(經一塹경일참, 長一智장일지. 塹은 구덩이 참). 내 마음대로 안 되는 일이 늘 여덟 아홉이니, 열 가지 시련과 아홉 가지 난관을 이겨야 사람이 된다.

관우(關羽)는 다섯 관문을 지나며, 여섯 장수의 목을 베었다(過五關과오관, 斬六將참육장. 斬은 벨 참). 많은 난관을 극복했다. 그렇다고 눈을 감은 채 마구 달려서는 오관을 지날 수 없다. 곧 무모한 용기로는 난관을 극복하지 못한다.

백일동안 보기 좋은 꽃 없고(花無百日鮮화무백일선), 백일동안 좋은 일만 있는 사람 없다(人無百日好인무백일호). 패왕 항우가 해하에서 포위되니, 사면에서 초가(楚歌)가 들렸다.

태어나 글자를 배우는 것이 우환의 시작이다(人生識字憂患始 인생식자우환시). 빈천할 때 참된 교제를 알 수 있고(貧賤識眞交빈천식진교), 환난에 참된 정을 볼 수 있다(患難見眞情환난견진정). 우환 속에 살 길이 있고, 안락하면 죽음에 이르게 된다(生於憂患 생어우환, 死於安樂사어안락).

아버지가 근심이 없는 것은 자식이 효도하기 때문이고(父不憂心因子孝부불우인자효), 집안에 번뇌가 없는 것은 어진 아내 때문이다(家無煩惱爲賢妻가무번뇌위현처).

밖이 훤하다고 안 어두운 줄 모른다. 겉은 편안하지만 내부 우환이 있다. 위가 밝다고 아래가 어두운 줄을 모른다. 밖에서 널빤지 쪽을 다투는 동안, 집안의 대문짝을 잃어버린다.

* 포기(暴棄)

세상에 무겁지 않은 짐(책임)은 없나니(世間無不重擔子세간무부중담자), 짐이라고 생각하면 무겁게 느껴진다. 그렇다고 버려서는 안 된다. 공부를 하다가 힘들고 무겁다고 포기하는 것은, 보약을 먹다가 곧바로 설사약을 먹는 것과 꼭 같다.

인의(仁義)는 천금의 가치가 있다. 인자(仁者)는 성쇠에 따라 절조를 바꾸지 않고(不以盛衰改節불이성쇠개절), 의자(義者)는 존망에 따라 마음을 바꾸지 않는다(不以存亡易心불이존망역심). 인자는 군주를 원망하지 않고, 지자(智者)는 역경을 어렵다 생각하지 않으며, 용자는 죽음을 회피하지 않는다.

훌륭한 기술자의 문하에 우둔한 직공 없다(大匠之門無拙工대장지문무졸공). 큰 기술자에게는 버리는 재료가 없다(大匠手裏無棄材대장수리무기재).

*실때(失敗)

술과 여색, 돈과 재물은 사람마다 다 좋아하나(酒色錢財人人愛주색전재인인애), 술이 지나치면 말이 많고, 말이 많으면 실언도 많으며, 술과 여색은 일을 그르친다.

일은 욕심 때문에 시작하지만(萬事起於欲만사기어욕), 욕심 때문에 실패한다(萬事亦敗於欲만사역패어욕).

큰일을 하면서 몸을 사리고, 작은 이득을 좇아 목숨을 돌보지 않는다면, 사리 판단을 잘못하는 사람이다. 큰일을 하는 사람은 작은 절차에 구애받지 않고, 작은 비용을 아끼지 않는다. 큰 공을 세운 사람은 작은 실패에 구애받지 않는다. 그러나 작은 도랑에서도 배가 뒤집히듯, 엉뚱한 곳에서 실패를 겪는다.

작은 돌멩이가 큰 항아리를 깨뜨린다. 물동이는 우물 근처에서 깨지기 십상이고(瓦罐不離井上破와관불리정상파), 장군은 싸움터에서 죽게 마련이다(將軍多在陣前亡장군다재진전망).

* 진보(進步)

공자의 수제자 안회(顏回, 안연)에 대한 칭찬은 끝이 없다.
공자가 말했다.
"안회는 내 말을 들으며 지루해하지 않는다."라고 했다.
또 안회를 두고 "안타깝도다. 나는 안회가 나날이 나아지는 것은 보았지만 멈추는 것을 보지 못했다."[81]
사실 학문을 좋아하고 새로운 지식에 기뻐하며 부지런히 노력하면 응당 나아지고 진보한다. 스승의 가르침을 기뻐하며 배우는데, 어찌 나태할 수 있겠는가? 부지런히 애쓰며 멈추지 않기 때문에 진보하는 것이다.

---

81 《논어 子罕》子曰, "語之而不惰者, 其回也與!"
　　《논어 子罕》子謂顏淵曰, "惜乎! 吾見其進也, 未見其止也."

배울 學 - 가정교육

제5장 배울 學 - 가정교육

아내한테서 "당신이 이뤄놓은 것은 무엇인가?" 아니면 "내게 해준 게 뭐 있는가?" 그리고 자식들한테 "아빠는 왜 있는지 모르겠어!" 이런 말을 듣는다면, 그 가장(家長)은 정말 답답하고 비참할 것이다.

아버지가 가정 내에서 설 자리를 잃었다면 가장(家長) 스스로 본인을 자책해야 한다. 그러면서 설 자리를 되찾아야 한다. 세상의 모든 가장은 남편으로서의 역할을 다하고, 자녀들에게 가정의 중심으로 인정받는, 곧 가장으로서 권위를 확립해야 한다.

가정의 행복은 아버지라는 존재에서, 또 가장에 의하여, 가장의 신념을 바탕으로 성립되고 확장되어야 한다. 현명한 아버지에 의한 바른 가정교육은 자식들의 꿈을 성취시켜 준다.

가부장적(家父長的) 가정교육은 아들을 아들로 키우기 위한 노력이다. 가부장적 가정교육은 아버지의 정성과 사랑에 의한 헌신이며, 권위적이 아닌 철학과 신념이 있어야 한다.

1. 가장의 첫째 책임
   * 자식 농사   * 필자의 경험
   * 가족 그리고 가장(家長) * 수구(守舊) 꼴통
   * 가부장적 가정교육

2. 가정교육의 부재
   * 학교교육의 위기   * 핵가족
   * 승어부(勝於父)   * 양육과 교육
   * 부모의 뒷모습 – 본보기 * 세 살 버릇 여든까지

3. 가정교육의 실제
   * 과잉보호   * 아들의 반항
   * 버릇없는 젊은 날   * 아버지의 회초리 – 절대 불가
   * 부자유친(父子有親)

4. 가정교육에 대한 신념
   * 가부장적 소신과 권위   * 교육은 유행이 아니다
   * 엄부자모(嚴父慈母)   * 공경(恭敬)
   * 자제력(自制力)

5. 가풍(家風)
   * 할아버지의 손자 교육   * 독서 – 가풍(家風)이 되어야!

1. 가장의 첫째 책임

한 마을에서 두 사람이 아래 위 논에서 지은 농사지만, 누가 봐도 잘 지은 사람과 못 지은 사람이 극명하게 차이가 나기도 한다. 한 마을에서 또래의 아들을 키워도 아들 농사 잘 지었다는 말을 듣는 사람이 있다.

가을운동회 달리기는 빨리 달린 아이가 1등이지만, 달리기에서 한 번도 상을 타지 못했다 하여 달리기를 못하는 것은 아니다.

호박 농사는 큰 구덩이에 인분을 가득 퍼넣고, 호박을 심으면 여름 내내 호박이 열린다. 그러나 자식 농사는 낳고 키웠다 하여 성공 여부가 판가름 나지도 않는다.

＊자식 농사

아버지는 공부해야 한다. 그 공부는 책 읽는 공부만이 아니라 자식을 어떻게 키워야 하는가를 늘 생각해야 한다.

아버지라면 누구든 자식들을 키우고 가르쳐야 한다. 이 세상의 모든 아버지가 모두 교육학자이거나 선생님이 아니다. 그리고 아들 농사가 한두 가지 방법이나, 1, 2년 가르쳐서 결판이 나는 것도 아니고, 누가 1등인지는 알 수 없더라도, 적어도 자식을 잘못키웠다는 말을 들어서는 안 된다.

필자는 평생을 학교에서만 살았기에, 친구들로부터 '어떻게 하면 애들이 공부를 잘하게 할 수 있느냐?'는 질문을 자주 들었다. 그런 질문에는 '선생이니까 선생 아들은 공부를 잘할 것이다. 아마 선생 나름대로 좋은 방법을 알고 있을 것이다.'는 뜻이 들어있다.

그러나 나에게 무슨 '뾰쪽수'나 '기발한 착상 또는 방법'이 있을 수 없다. 또 내 자식에게 통하는 방법이 다른 아이들한테도 통할 것이라고 말할 수도 없다. 그러니 이처럼 난처한 질문에는 대답을 하지 않는 것이 가장 좋다.

*필자의 경험

필자는 서울의 남자 상업계 고등학교에서 34년을 근무했다.

1988년 서울 올림픽은 우리나라의 경제와 문화, 사회에 지대한 영향을 끼쳤다. 빠른 경제적 발전에 따라 상업계 고등학교 교육에서도 큰 변화가 있었다. 특히 남학교의 생활지도는 결코 쉬운 일이 아니었다.

3월에 담임한 학급 학생을 낙오자 없이 상급 학년에 진급시키거나 진학 또는 취업을 시킨 다음, 헤어지는 2월에는 정말 만감이 교차했다.

지각이나 결석하지 말라고 설득과 체벌을 가하고, 성적을 더 올릴 수 있다고 격려했어도 좌절하는 학생이 수두룩했다. 낙담하지 말라고 희망을 말하며, 조그만 성취에도 함께 기뻐하면서 1년간 학생의 보호자가 되어야 한다.

모두에게 선한 영향을 끼쳤고 보람을 말할 수 있는 선생님이었다고 자부하지는 못한다. 학생의 인성과 가정환경 – 이런 저런 학부모, 크고 작은 사건으로 점철되는 1년이나 2년을 함께 생활하고 졸업시키면서 나의 실수와 착오를 후회하며 기약 없는 뒷날의 재회를 생각한다.

내가 경험한 학생지도 – 그 과정에서 가정교육을 생각하지 않은 날이 없었다. 내가 가르친 학생 모두가 한 사나이로, 또 가장으로 제 몫을 다하며 살아가길 기원했다.

고등학교를 졸업했으니 군복무도 마칠 것이며 이어 결혼하고 아버지가 되어 아들을 낳고, 그 아들을 고등학교에 보낼 것이다. 아들이 고등학교에 다닐 때면 아버지 본인의 고등학교 시절을 생각할 것이다.

1백 명 학생 얼굴이 다르듯, 가정환경이 다르고, 행동이 서로 달랐다. 학생들 청소하는 모습을 보아도 인성과 개성의 차이를 절감했다. 결국 학생의 가정환경과 가정교육은 학교교육과 깊은 연관이 있었다.

농가에 바퀴가 하나뿐인 손수레가 쓰인다. 그렇지만 바퀴 2개인 손수레가 짐도 많이 싣고 끌고가기도 편하다. 학교교육과 가정교육은 2개가 함께 굴러가야 하는 손수레의 바퀴이다.

*가족 그리고 가장(家長)

남녀는 결혼으로 가정을 이루지만, 자식을 낳고 길러야 진정한 가정이고 가족이다. 자식을 낳아 기른다는 일은 얼마나 큰일인가! 우선 건강한 아들딸을 출산해야 한다. 건강한 아들딸을 바르게 키우는 일은 부모와 그 가족 모두의 책임이다.

그리고 남편이면서, 아버지로서, 아내와 자녀의 생존과 생활을 책임진다는 다짐이 있어야 가정이 만들어진다. 물론 아내이면서 아이들 어머니가 다짐하고 그렇게 이끌 수도 있지만, 이런 다짐과 선언은 아무래도 아버지가 해야 한다.

이러한 다짐과 선언을 한 사람이 가장(家長)이다. 가정에서는 아버지가 최고 어른이며, 책임자이기에 가부장(家父長)이라고 한다.

어머니는 자식을 본능으로 키운다. 자식의 냄새를 알고 자식의 체온, 건강, 피곤한지 아니면 아픈가를 아버지보다 먼저 안다.

어머니의 자식을 향한 감정은 너무 따뜻하고 생생하게 살아 숨쉰다. 이 세상 모든 어머니는 자식을 끌어안고 지켜주며 양육한다.

　필자의 생각이지만 '어머니' 란 말에는 아무런 수식어가 필요 없다. 그냥 '어머니' 라는 말 하나에 모든 것, 이 세상에 통용되는 아름다운 말이 '어머니' 라는 말 속에 모두 다 녹아있다.
　필자는 이제 어머니와 함께 살았던 날보다, 어머니가 돌아가신 뒤 어머니를 그리며 산 세월이 더 많다. 지금도 어머니 생각을 하면 잠자리에 누워서도 눈물이 난다.

　아버지와 자식, 특히 아들과의 관계는 그야말로 형식이다. 아버지의 가슴에는 '너는 아들! 나는 아버지이고, 나는 너를 키우고 가르쳐야 한다.' 는 의무감으로 가득차 있다. 따라서 부친은 생물학적 본능의 양육자가 아닌 사회적 관리자라고 생각할 수도 있다.
　자식, 특히 아들은 아버지가 교육해야 한다. 그렇다고 아버지가 냉정해서는 안 된다. 자식에게 냉정한 동물은 지구상 어디에도 없다. 아버지는 아들 교육에 대한 책임감을 가지고 엄격해야 아들을 가르칠 수 있다. 물론 엄격한 아버지 교육의 바탕에는 사랑이 깔려있다. 진정으로 자식을 사랑하지 않는다면 엄격할 수도, 또 제대로 교육할 수 없다.

*자식농사의 주제

분명히 우리나라의 일반적 가정은 예부터 가부장인 아버지를 중심으로 가정교육이 이뤄졌다. 가장에게는 가장의 자존심도 중요하다. 그 자존심을 지키려고 폭력적이라면 이미 가장이 아니다. 가부장적 가정교육은 힘이 아닌 정성과 사랑이며 이론적이고 철학적 바탕이 있어야 한다.

가장이 모범적이고 확실한 신념을 가지고 언행이 일치될 때만 가장의 권위가 인정되고 가정교육의 효과를 기대할 수 있다.

그러나 '자식 농사'라고 하는 자녀의 양육과 교육에서 그 주체인 아버지가 자신의 임무를 '성공적으로 수행하고 있다'고 당당하게 말할 수 있는 사람은 과연 몇이나 될까?

'어떤 아버지가 되어야 하나?' 이는 우리나라 모든 가정의 아버지들이 고민하는 문제이다. 가정은 일시적 결합체가 아니라 살아있는 동안 지속되어야 할 생명체이기에 가정에는 분명히 이어져야 할 신념이나 전통이 있어야 한다.

명문대가(名門大家)가 왜 존경받는가? 그 집의 경제적 부유(富裕)나 가장의 사회적 지위가 존경의 대상은 아니다. 그 가정의 신념과 전통이 존경의 대상이 되는 것이다.

＊가부장적 가정교육

21세기에, 시대적 흐름에 뒤떨어지지 않으면서 새로운 가풍(家風)을 창조하고 계승하는 것은 우리 모든 가장의 책무이다. 그런 의무 수행을 위해 아버지는 아는 것과, 그리고 신념이 있어야 한다.

예를 들면, '친구가 왜 소중한가?'를 아들에게 가르쳐주거나 깨우쳐줄 수 있도록 아버지 나름대로의 바탕을 갖추어야 한다. 이 세상에 자녀 교육보다 더 중요한 일이 또 어디에 있겠는가? 경제적으로는 성공을 거두었으나 자식, 특히 그 아들이 제대로 바르게 자라지 못했다면, 그가 번 돈은 무슨 의미가 있는가?

우리나라의 경제적 발전과 사회변화는 가정생활과 가정교육의 내용이나 방법을 크게 바꾸어 놓았다. 그러나 결과적으로는 너나 할 것 없이 '요즈음 아이들이 버릇없고 나약하며 이기적'이라고 많은 걱정을 한다.

사실 그것도 걱정거리이지만 '아들이 아들답지 못하다', 곧 사내답지 못한 것이 더 큰 문제일 것이다. '사내답다'는 표현은 느낌이지만, 하여튼 아들은 아들답게 키워야 한다.

이 세상의 부모들에게, 특히 아들을 가르쳐야 하는 아버지에게, 아들을 아들답게 제대로 강하게 키워야 한다고 외치고 싶다. 아들 교육은 보수적이고 전통적인 가치관에 바탕을 두어야 한다고 생각한다.

　교육도 유행을 탄다고 하지만, 그 기본만은 변할 수 없다. 시대가 20세기에서 21세기로 바뀌어도 가정의 본질, 아버지와 아들 관계의 본바탕은 변할 수 없다.

　아버지의 주관과 원칙에 의하여, 아버지에 의해 이루어지는 가정교육은 아들을 사내답고 또 아들답게 키우는데 초점이 맞추어져야 할 것이다. 그래야만 다음 세대가 이어질 수 있다고 생각한다.

＊수구(守舊) 꼴통

　지금은 남녀 모두 결혼을 당위로 받아들이지 않거나 늦추는 만혼(晩婚)이 많으며, 결혼하여도 자녀 출산을 기피한다. 그러니 인구 절벽에 초고령화 사회로 접어들었다. 거기에 이대남, 이대녀의 젠더(gender) 갈등도 폭발 직전이고, 페미니즘(feminism)의 위세에 남성들은 크게 위축되었다. 이런 상황에서 가부장적 가정교육으로 아들을 아들로 키워야 한다니!

　지금 우리나라의 상황에서 가부장적 가정교육을 해야 한다고 주장하는 사람이라면, 많은 독자들은 틀림없이 상투 머리에 갓을 쓴, 꾀죄죄한 한복에 허연 두루마기를 입은 노인일 것이라고 필자의 모습을 연상할지도 모른다.

가부장적 가정교육은 퇴행(退行)이나 수구꼴통의 헛소리가 아닙니다.

이미 작고하신 분이지만, 현대(現代)그룹의 창업주이며 우리나라 눈부신 경제발전의 첫째가는 공로자이신, 고(故) 정주영(鄭周永) 회장은 1980년대에 아들 손자 등 대가족이 함께 아침식사를 했다고 한다. 한 식구는 식사를 같이해야 한다는 옛 전통을 이어받아 실천하였다.

그분이 아들과 비서들과 함께 한겨울 이른 새벽에, 어두컴컴한 길을 걸어서 종로구 계동의 현대그룹 본사에 출근하는 모습을 필자는 여러 번 목격했다.

그분은 그야말로 오륜(五倫)의 부자유친(父子有親)에 근거한 가부장적 가정교육을 시행하였다. 필자가 알기로, 현대 정주영 회장의 아들 손자가 다른 재벌 2세, 3세에 비하여 불미스러운 스캔들이 없이 일가족의 평온과 기업의 경제적 발전을 이룩한 것은 여러 요인이 있겠지만, 필자는 가부장적 가정교육의 영향이라고 생각한다.

2. 가정교육의 부재

가정교육은 가정을 중심으로 생활하면서 이루어지는 유형무형의 교육을 의미한다. 물론 가족 구성원 모두가 함께 생활하면서 이루어지기에 부모는 자녀를 교육하는 교육 담당자이면서 자녀는 모두 피교육자이다. 그런 가정교육은 당연히 가장(家長)인 아버지가 주도해야 한다.

지금 우리나라의 '학교교육이 부실하다'라고 말하지만, 그보다 더 큰 문제는 가정교육이다. 우리나라에서 가정교육이 무너진 지 오래되었다. 가정교육은 다시 살아나야 하고 그 중심은 아버지이어야 한다. 가족은 계급조직처럼 어떤 위계질서가 있어야 하고, 그 구성원 내에서 각자에게 주어지는 책임과 의무를 수행해야 한다.

가족은 끈끈한 연대감으로 묶여 있기에 가정교육은 그만큼 교육 효과가 크다.

*학교교육의 위기

필자는 지금 우리나라에서 경제적 위기보다도 가정의 위기가 더 심각하다고 생각한다. 노숙자 문제야 경제가 풀리고 경기가 회복되면 해결될 문제이지만, 한번 깨어진 가정은 원상복구가 거의 불가능하다.

경제문제로 인한 가정 파탄, 이혼가정의 증가와 그에 따른 편부편모의 가정, 소년소녀 가장이나 조손(祖孫)만의 가정 등등 곧 결손가정의 증가는 초·중·고등학교의 교실에서 숫자로 금방 나타난다.

그러나 그런 외형적 상처야 의무교육의 강화, 자녀돌봄의 확대, 학생 급식의 내실화 등 정책적인 노력으로 어느 정도 치유가 될 수도 있을 것이다. 그러나 그 가정의 자녀들이 받은 마음의 상처는 지금은 보이지도 않지만, 10년 뒤나 20년 뒤에 어떤 결과로 나타날지 아무도 알 수가 없다.

여하튼 결손 가정에서 가정교육이 제대로 이루어지기를 기대하기는 그만큼 어려울 것이다. 그렇지만 정상적 가정이라도 경제적, 사회적 활동에 따라 자녀에 대한 아버지의 발언권이나 역할은 확실하게 약화되었다. 또 어머니의 사회 참여나 경제활동이 많아지는 동시에 자녀에 대한 가정교육은 전적으로 어머니가 담당하게 되었다.

*핵가족

대체적으로 우리나라 가구 대부분이 부부와 자녀만으로 이루어져 가구당 평균 가족수가 2.34명에 불과한 핵가족이다(2020년). 결혼을 했더라도 아이가 없거나, 아니면 자녀가 하나인 경우가 더 많다고 한다. 남녀의 결혼에서 2명의 자녀를 두어야 인구가 줄어들지 않는데, 한 자녀 가정을 넘어 아예 출산을 하지 않는다면 가정교육 자체가 없어진다. 한두 명의 자녀를 키우면서 그자녀에 대한 부모의 기대수준은 매우 크다. 그러면서 가정교육을 외면할 수 있겠는가?

우리나라의 경제발전 이룩과 선진국 진입은 도시화를 촉발했고, 급격한 도시화는 인간관계를 소원하게 만든다. 게다가 지금의 부모 세대 주축인 40–50대는 1980년대의 경제적 발전과 번영속에서 비교적 풍요롭게 살아온 사람들이다. 이들은 1940, 50년대, 60년대의 어려운 상황을 겪어낸 부모들의 돌봄 속에 고생을 모르는 소년시절을 보냈기에 윗세대로부터 받은 보살핌을 자신들의 후대에게 그 이상을 베풀게 된다.

그래서 하나 둘뿐인 자식들의 요구를 모두 다 들어주는 것이부모의 도리라고 생각하는 경우가 많다. 그러다 보니, 과잉보호속에서 엄하게 꾸짖거나 가르치지를 못하였다. 결과적으로 이기적이고 자기중심적이며 버릇없는 아이로 성장할 수 밖에 없을 것이다.

　아이를 적게 낳다 보니 전업주부인 어머니의 경우 하루의 거의 대부분을 아이들에게 투자하게 되고, 그와 비례하여 자식에 대한 기대치는 더욱 높아지게 된다. 부모들의 맹목적 투자와 기대는 자식의 특성이나 적성은 거의 고려치 않은 채, 영어회화도 잘하면서 수학경시대회와 과학탐구대회에서도 상을 받고, 체육도 '수'를 받으며, 봉사활동 시간도 남보다 많아야 한다는 식으로 슈퍼보이가 되기를 기대하는데, 이런 기대는 곧 내 자식만이 최고가 되어야 한다는 극단적 이기주의만을 가르치게 된다.

　그리하여 자식이 일류대학 유명학과에 입학하는 것을 지상과제로 삼아 그것이 성취되었을 때 부모는 자녀를 통해 대리만족을 얻지만, 이 과정 모두를 통하여 아이에게는 출세 지향적인 가치관만 심어주게 된다.

＊승어부(勝於父)

　우리 사회의 변화 속도는 너무 빠르며 우리나라의 교육정책은 쉴 사이 없이 바뀐다. 이러한 상황에서 사회변화에 발맞춰 가정과 가정교육, 학교와 학교교육도 변화해야 할 것이다. 그러나 아무리 시대가 바뀐다 하여도 변화하는 변수(變數)가 있고, 변화해선 안될 상수(常數)가 있다. 곧 가정교육의 내용과 방법, 수단은 변할 수 있지만 가정교육의 본질이 변화해서는 안 된다는 뜻이다.

가정교육의 일차적인 목표는 가업을 계승하거나, 아니면 새로운 분야에서 부친이 이룩하고 누린 사회적 경제적 지위를 오래도록 계승 보존하는데 있을 것이다.

부모 세대보다 더 성공한 자식 세대, 또는 부친의 업적과 성과나 지위를 뛰어넘는 곧 부친보다 더 나아야만, 이를 승어부(勝於父, 이길 승)라고 한다. 다음 세대에서의 발전을 기대할 수 있을 것이다.

*양육과 교육

부모가 자식을 키우는 것을 양육(養育)이라고 하는데, 양육의 참뜻은 용기 있고 자신감을 갖고 살 수 있도록 가르치는 것이라고 생각한다.

교육의지가 없는 양육은 자식을 동물로 기르는 것과 같다. 집에서 기르는 강아지도 제멋대로 놀도록 내버려두지 않는다.

하물며 자식이 해달라는 대로 부모가 모두 다 충족시켜 주는 것은 돼지가 꿀꿀댈 때마다 사료를 주어 키우는 것과 무엇이 다른가? 애완견 훈련과 자식 교육은 분명히 다를 것이다. 애완견은 이런저런 통제를 바탕으로 훈련시키면서, 자식은 왜 통제하지 않고 방임하는가?

우리 가정에서 이루어지는 가정교육은 생활 속에서 자녀들에게 인격의 기틀을 바르게 마련해 주어야 한다. 가정교육의 주체인 부모의 자질, 곧 부모의 성품은 자녀들에게 전달된다.

곧 부모는 직접 간접적으로 자녀에게 모델이 되므로, 부모는 언제나 최선을 다해 아이들에게 모범을 보여야 하며, 자식에게 좋은 열매를 맺으라고 재촉하지 말고, 좋은 나무로 바르게 자라도록 도와야 한다.

부모의 행동은 아들에게 본보기가 되면서 즉석에서 영향을 준다. 아들과 대화를 했다고, 또 아들에게 무엇인가를 베푼 것으로 아들을 교육시켰다고 생각한다면, 이는 착각이다.

생활의 모든 순간이 가정교육의 연속이다. 부모가 집에 없더라도 부모의 행동이나 차림새, 말투, 감정 표현, 읽는 책과 취미활동 등 모두가 아들에게 교육적 큰 의미로 작용한다.

* 부모의 뒷모습 - 본보기

그래서 부모가 자식에 대한 가장 좋은 교육 방법은 자녀에게 모범을 보이는 것이다. 사실 배움이란 자체가 흉내나 모방에서 시작된다.

아들이 부모의 언행을 흉내 내고 따라 하는 것은 당연한 일이다. 자식들은 부모의 뒷모습을 보고 자란다. 그래서 가정교육이 더욱 중요한 것이다.

그리고 부모는 어느 정도 자녀 교육에 대한 철학적 신념을 갖고 있어야 한다. 적어도 내 아이에게 무엇을 가르칠 것인가에 대해 뚜렷한 주관이 있어야 한다. 부모의 뚜렷한 계획도 없이 그저 남이 하니까 따라 하고 흉내나 내는 교육은 자녀를 궁지에 몰아넣을 수 있으며, 또 지나친 욕심으로 자녀를 혹사해서도 안 되며, 성적 향상을 위한다고 학원이나 과외로 내몰아서도 안 될 것이다.

요즈음 아이들은 먹고 자고 입는 일에 관하여, 자기 방 청소라든지 간단한 가사를 담당하는 자조(自助)의 기회도 없고, 실천하는 훈련을 받지 못했기 때문에 스스로 할 수 있는 일이 극히 제한되어 있다. 아이들의 기본생활습관은 하루아침에 갑자기 몸에 붙는 게 아니며 학교에서 다 가르칠 수 있는 것도 아니다.

✳ 세 살 버릇 여든까지

'세 살 버릇 여든까지 간다' 는 속담은 기본생활습관 지도를 소홀히 했을 경우, 그 폐단이 성인이 되어서도 그대로 나타난다는 뜻이다. 따라서 어려서부터 예절과 인성(人性) 지도를 위한 자녀 훈육(訓育)을 강화해야 한다. 여기서 훈육이란 자녀에게 좋은 습관을 규칙적으로 훈련시켜 바르게 행동하도록 가르치는 것이다.

지금 70대의 할아버지들이나 50대의 아버지들은 가장으로서 경제적 책임을 다하려고 많은 애를 쓴다. 그러나 아이들을 위한 보살핌, 가령 아이들과 함께하는 시간이나 아이들을 위하여 간식이나 식사 준비를 한다든지 아이들과 함께하는 집안 청소 같은 일에는 별로 마음을 쓰지 않는다.

　말하자면, 가정을 위해 돈을 벌지만, 가족을 위한 땀과 지혜를 내지 않는 것이다. 이는 분명 아버지가 가정교육의 가장 중요한 역할을 소홀히 하는 것이다. 아버지는 생활 속에서 아들과 함께 땀을 흘리며 아들을 가르쳐야 한다.

　그리고 가정교육은 학교교육과 분리된 것이 아니다. 우리나라 학교교육은 초등학교 때부터 너무 지식 위주로 구성되어 있다. 그러다 보니 학교에서는 예절이나 인성지도를 할 기회가 없다. 일반적으로, 출세에 필요한 도구로써 지식을 배우는 곳이 학교이고, 그 배움 과정을 돕고 지원하는 곳이 가정이라는 생각은 크게 잘못된 것이다. 오히려 가정교육이 우선이고, 그 가정교육 위에서 학교교육이 가능하다는 인식을 가져야 한다.

　우선, 기본생활습관은 연령에 맞추어 가정에서 먼저 가르쳐야 한다. 가정교육의 기초가 없으면 학교생활이 안 되고 따라서 학습활동도 성공적일 수 없다. 자식에 대한 가정교육도 없이 학교교육에 대하여 이런 저런 탓을 하는 것은 마치 물결을 거슬러 올라가면서 힘이 든다고 불평하는 것과 똑같다.

3. 가정교육의 실제

　가정교육의 본질은 자녀들을 사람의 자식, 곧 사람다운 사람으로 양육하는 데 있다고 하였다. 가정교육은 아이들이 인격의 기초를 갖추기 시작하는 시기에 맞추어 그 인성(人性)의 기초를 바르고 반듯하게 세울 수 있도록 이루어져야 한다. 가정교육을 통하여 아이들 행동에서의 잘 잘못을 가르쳐야 하고, 동시에 잘못된 행동은 재발을 막는다는 뜻으로도 엄격하게 바로잡아주어야 한다.

＊과잉보호

　예전에는 한 집에서 대여섯 명의 자녀가 보통이었으나 요즘은 한두 명이 고작이다. 아이들이 적다고 부모의 자녀에 대한 관심이 적어진 것은 아니다. 예전에 대여섯 명에게 분산되던 관심과 애정이 지금은 한두 명에게로 집중되면서 과잉보호가 된다. 과잉보호는 아이에게 의타적인 의식과 나쁜 버릇만을 심어준다. 그렇다고 방치는 더욱 안 된다. 과잉보호나 방치가 아닌 아버지의 가정교육이 꼭 이루어져야 한다.

형제가 없는 가정에선 아이들이 아무래도 자기중심적으로 자라기 쉽다. 사실 어릴 적에는 모두 자기중심적이었다가 성장하면서 다른 사람의 존재를 인정하고 배려를 하게 되는데, 형제가 적으면 그러한 사회성을 배울 기회가 그만큼 적을 것이다.

*아들의 반항

배우는 사람이 가르침을 베푸는 사람에게 복종해야 한다는 것은 당연한 일이다. 엄한 교육은 우선 복종하게 만들어 놓고, 곧 저항 없이 잘 따르게 만든 다음에 이루어진다.

학교에서 학생이 선생님의 지시를 따라야 하는 것은 당연하다. 집에서 아버지의 가정교육에 불복종해도 방치하니까 학교에서 교사의 가르침이나 훈육에 따르지 않는 것이다. 교육에 대한 불복종은 곧 피교육자의 손해이고 실패이며, 뒷날 후회나 회한이 될 것이다.

보통 아들들은 초등학교 5, 6학년이나 중학생이 되면 부모에게 반항한다. 정식으로 아버지에게 대들기도 한다. 아버지에게 직접 대들지는 못하면 그 대상이 바뀌어 어머니에게 폭발하는 경우도 있다.

아들이 열심히 공부하지 않아, 곧 아버지의 마음에 차지 않으면 훈계하기 시작한다. 그러나 아들은 나아지는 기색이 없다. 점점 아들에게 잔소리를 많이 하게 되고, 그게 먹히지 않자 크게 야단도 치고 심하면 매를 드는 경우도 있다. 이제는 아버지라도 자식에게 매질을 한다면, 그런 흔적을 이웃이 알았다면 아동학대로 형벌을 받을 수도 있다.

계속 부모의 말을 잔소리라 듣고 있던 아들이 서서히 대들기 시작한다. 그러던 어느 날 홧김의 손찌검으로 갈 수 있다. 그러나 이것은 정말 아니다. 화가 났을 때 손찌검을 한다면 아버지가 완패하는 것이다.

이런 상황까지 간다면 아들은 마음에 깊은 상처를 받아 더 반항적이 될 수밖에 없다.

아버지는 아버지대로 그런 아들이 더욱 못마땅할 것이고, 큰애의 그런 행동이 바로 그 밑에 동생에게 영향을 끼칠 것이 예상되고 …, 보통의 아버지는 더 심하게 꾸중을 할 수도 있다. 하지만 아들은 그럴수록 더 자기만의 세계로 들어가면서 부자간에는 시멘트 블록 담보다 더 견고한 담장이 만들어진다.

*버릇없는 젊은 날

요즘 부모들이 아이를 낳고 기르면서 자녀교육에 관한 책을 안

읽고 인터넷에서 그런 사례를 안 찾아보는 사람이 어디 있을까!

부모 세대와 생각하는 것이나 말하는 것이 다른 자녀들과 소통하는 데 어려움이 많다는 것은 누구나 알고 있다.

기원전 3000년경 메소포타미아의 점토판에도 '요즘 젊은이들은 버릇이 없다'는 탄식이 쓰여있다고 한다. 지금 중·고등학생의 부모는 자신이 중·고등학교 다닐 때 부모 말씀에 절대적으로 순종했는가? 자기 자신에게 물어보면 결론은 명확하다.

옛날이나 지금 부모들은 누구든 자신의 자식들을 어떻게 대하고 다뤄야 하는지 체계적으로 배운 적이 없다. 그걸 가르쳐 주는 학교나 학원이 있을 수 있나? 어떤 사람이 내 자식은 이렇게 키웠더니 성공했다고 책으로 쓰고 텔레비전에 나와 자랑을 했다 하여, 그 방법을 내가 그대로 받아들인다 하여 먹혀들어갈 것 같은가?

자녀 교육이 어디 자동차 운전과 같은가! 자동차야 생명과 개성이 없는 기계이니 면허증을 따면 운전할 수 있지만, 자녀 교육에는 면허증이 있을 수 없다.

물론 자녀를 제대로 키우려면 부모로서 최소한의 지식과 방법을 배워야 한다는 뜻으로 받아들일 수 있지만 책에서 배우는 것, 또 옆사람과의 경험을 시로 말하여 이해한다 하여도 그 적용은 전부 제각각이다. 정말 중요한 것은 아버지의 진정(眞情)이 있어야 한다.

지금 세상은 부모 노릇하기가 점점 어려워지는 세상임에는 틀림이 없다. 특히 부모를 대하는 자식들의 생각이 크게 달라진 것 또한 사실이다.

다시 말해, 부모의 권위가 없다. 이는 자식들이 변한 것도 있지만 부모들도 예전과 다른 부모 노릇을 하기 때문일 것이다.

*아버지의 회초리 - 절대 불가

우리나라에서 옛날에 아버지가 드는 회초리, 매는 사용하는 시기와 정도와 빈도의 분별력만 있다면 자녀들에게 약(藥)이 된다는 인식이 일반적이었다. 다시 말해서, 약이 되도록 사용하는 회초리는 효과가 있다고 생각하였다.

그러나 부모가 먼저 흥분하여 손찌검하거나 자주 사용하는 매는 폭력이다. 적어도 회초리를 들었을 때 그 매가 가지는 상징적 의미를 자식에게 되새겨 주어야 한다.

그간 우리나라에서는 아동학대 사건이 자주 발생하였다. 그 중에서도 2020년 10월 13일 서울특별시 양천구에서 발생한 아동학대 살인 사건이다. 홀트아동복지회에서 입양한 당시 8개월의 여자아이를 입양모와 입양부가 장기간 심하게 학대하여 16개월이 되었을 때 죽음에 이르게 한 혐의를 받고 있다. 이른바 정인이 사건이다.

그간 우리나라 민법(民法) 915조에 징계권이라는 조항이 있었다.

민법 915조에, 친권자는 그 자녀를 보호 또는 교양하기 위하여 필요한 징계를 할 수 있고, 법원의 허가를 얻어 감화 또는 교정 기관에 위탁할 수 있다.

그간 이 조항은 아동학대를 부추긴다는 여론이 높아 2021년 1월 26일에 완전 폐지되었다. 사실, 그동안 대부분의 부모는 민법에 징계권이 들어있는지 조차 모르고 있었다.

그러나 이제 부모일지라도 자녀에게 체벌을 가한다면, 이를 인지한 사람이 112로 신고할 수 있다. 말하자면, 아버지가 자식에게 회초리를 들었다면, 또는 학교에서 교사가 학생에게 매질이나 체벌을 했다면, 이는 범죄행위라는 뜻이다. 그리고 매년 11월 19일은 '아동학대 예방의 날'이라고 경찰서에도 플래카드가 걸려 있다.

세상에 어느 부모가 자기 자식을 학대하겠는가? 혼낼만 하니까 혼내겠지! 그러나 이제는 이런 생각을 할 수 없다.

어른들의 입장에서 내 자식을 내가 때려서라도 가르치는데, 누가 뭐라 하겠는가? 나도 아비로서 가르칠만큼 가르치는 것이다. '결코 지나친 체벌이 아니다'라는 항변은 이제 통하지 않는다.

아이들은 때려서라도 가르쳐야 한다. 이런 자세는 이제는 편견이다. 그런 편견을 걷어낸다면 우리 아이들을 잘 보호할 수 있을 것이다.

아이들에게 부모는 한 팀이어야 한다. 아이들의 문제에 대하여 부부간에 충분히 상의하여 한 목소리를 내어야 한다는 뜻이다. 그래도 아이들은 이런 결정이 아버지의 뜻이 더 강하게 작용했는지 아니면 어머니의 뜻이 더 많았는지를 다 안다.

적어도 부모의 말이 서로 다르다면 자식들은 부모를 둘 다 무시하거나 거부하게 된다. 그렇다면 자식들 앞에서 아버지의 권위는 무엇인가? 말하자면, 자식들의 교육이나 일상생활의 여러 문제에서 누구의 의견이 더 중요한가? 하는 문제이다.

집안일이나 자식 교육에 관한 결정권을 아내에게만 맡기는 가장은 자식에게 아버지의 목소리를 낼 수가 없다. 어머니의 가정교육을 측면에서 지원해 주는 조교나 조수의 역할만 하는 아버지는 가장이 아니다. 돈이나 벌어다 주는 아버지라면 호주나 세대주가 아닌 아내와 아이들의 동거인으로 주민등록을 해야 할 것이다.

또 가정교육 문제에서 아버지의 의견은 그저 참고사항일 뿐이라면, 이는 아버지가 허약한 것이고, 아버지로서의 권위는 없다는 의미일 것이다. 아들딸에게 잔소리를 하고 감독하는 권한이 어머니에게만 있다면 아버지는 가장이 아니다.

가정교육의 주체는 부부이다. 그러나 부부 중에서도 남편, 곧 아버지의 의도대로 진행이 되어야 한다. 그렇다 하여 아내의 의견을 무시나 하고 자의적으로 폭군처럼 결정하고 행동하라는 뜻은 아니다. 가장은 가장으로서 알 것을 알고, 결정할 것은 능동적으로 결정하면서 가정을 이끌어야 한다는 뜻이다.

가부장적(家父長的) 가정교육이 시대에 뒤떨어진 낡은 교육이념이라고 생각할 수 있으나 가정교육이란 본래 전부터 계승 축적되어온 생활경험과 방법과 태도를 가르치는 것이다. 시대가 바뀌어도 변치 않는 원리나 이념이 깔려있기에, 가정교육은 지금 세상에서도 자식들에게 좋은 본보기가 되고 귀감이 되어야 한다.

특히 우리 전통 문화를 바탕으로 깔고, 사회 적응을 위한 기본적 가르침은 가정교육을 통해 이루어져야 한다.

* 부자유친(父子有親)

오륜(五倫)에서 부자유친(父子有親)의 뜻을 한마디로 간단히 설명하기는 쉽지 않다. 아버지와 아들이 가끔은 농담을 할 수 있고, 야구장에 가서 같은 팀을 응원하며 즐긴다면 부자유친이라 할 수 있는가? 여기서 친(親)은 친밀(親密), 친근(親近)의 뜻이 아니다.

오륜의 친(親)은 혈연을 바탕으로 이뤄지는 관계이다. 그래서 부친, 모친이라 부른다. 혈연을 바탕으로 하기에 혈연관계가 없는 사람보다 더 가까운 느낌이 생긴다. 그러나 4촌을 넘어서 재종(再從, 6촌)이나 삼종(三從, 8촌) 형제의 경우, 같은 핏줄이라는 인연은 상당히 희박해진다. 그런데도 다른 사람보다 우선 더 가까이하고 더 도와주려는 마음이 든다.

부자유친의 혈연은 아버지와 자식 누구도 멀리할 수도, 끊을 수도 없는 천륜(天倫)이다.

아무리 감정이 안 좋아도 결코 멀어질 수 없는 이끌림이 있다. 이러한 천륜을 어겼을 때 당사자들의 번뇌와 고통은 말할 수도 없고, 천륜을 깨트린 범죄는 그 어느 범죄보다도 더 무겁고 비난을 받게 된다.

요즈음 각 분야에서 모두 '소통'을 외치고 있다. 그 소통이란 것이 꼭 말을 많이 해야 하는가? 부모와 자식은 말이 없어도 소통이 된다. 부모가 자식을 보면, 또 자식이 부모를 생각하면 자연 소통이 이루어진다. 그러한 부모와 자식의 관계가 바로 부자유친(父子有親)의 '친(親)'이다.

부모가 진정으로 자식을 걱정하며 모범적 태도로 생활하면서 자식을 일관되게 대하고 가르친다면, 자식은 저절로 부모의 뜻을 알게 된다. 이것이 바로 아버지가 하는 가정교육이다.

그리고 '자식 농사'라는 점을 늘 머리에 두어야 한다. 농사는 서두른다고 성공하는 것도 아니다. 방심하거나 정도(正道)에서 벗어났다면 금방 망하는 것이 농사이다.

과수원 농사도 마찬가지이다. 과수원에서는 나무에 많은 일손이 간다. 1년 내내 쉴 새 없이 일하는 곳이 과수원이었다. 또 과일나무에 거름도 많이 주고 농약도 많이 살포한다.

그렇다고 너무 많아도 안 되고 때를 놓쳐도 탈이다. 좋은 열매를 따기 위해서는 먼저 좋은 나무로 키워야 하고 부지런히 돌보아야 한다.

자식 교육이 쉽지 않다는 것을 알고 시작한다면 무슨 어려움이 있겠는가? 방법은 상황에 따라 변하는 것이지만 그 중심 생각이 변해서는 안 된다.

4. 가정교육에 대한 신념

필자가 초등학교 시절에 아버지께서 하지 말라는 일을 해서는 안 되었으며, 못해준다면 그것으로 끝이었다. 나를 몹시 귀여워하신 할아버지가 계셨지만, 아버지의 교육과 판단은 절대적이었고 나는 언제나 완전히 수동적 입장이었다.

나에게는 부모님의 판단과 명령에 따르면서 일상생활에서 수행해야 할 임무가 있었다. 지금 생각하면 내가 할 일을 수행하는 과정이, 곧 가정교육이었다.

*가부장적 소신과 권위

요즈음 시대에는 그러한 가부장적 권위가 사라지고 핵가족화가 급진전되면서 가족공동체의식은 붕괴되었고, 가정교육은 그 뿌리가 크게 흔들리고 있다. 핵가족화에 따른 전통적 가치관의 소멸과 이혼의 증가에 따른 가정의 붕괴는 자녀들의 인성과 행동에 확실하게 부정적 영향을 미친다.

어린 학생이 나밖에 모르는 이기적 행동을 해도 형제자매 누군가가 규제할 사람이 없다. 그런데도 부모들은 자녀에게 성적 향상이나 요구할 뿐, 자식의 버릇을 바르게 가르치겠다는 마음은 거의 없다.

그저 우리 애가 학교에서 몇 등을 했고 몇 점을 맞았는지, 무슨 상장을 받은 것이 자랑스럽고 그것에 보람을 느끼며 그 때문에 돈을 쏟아붓는다.

요즈음 초등학교에서는 아예 시험이나 평가가 없고, 중학교 1학년도 학업 능력에 대한 평가나 평가에 의한 석차를 산출하지도, 또 가정에 통보도 없다. 그러니 초등학생은 영어나 수학 학원에서 테스트 결과를 통보받고 자식의 상태를 짐작할 뿐이다.

필자는 학교에서 학습결과에 대한 평가가 학생에게 스트레스를 주고 인성발달에 부정적이라는 견해에는 동의할 수가 없다. 학교 시험이 부정적 영향을 준다면, 고등학교에서는 왜 시험 결과로 내신성적을 산출하는가? 평가와 시험이 중학교 1학년까지는 부정적 영향을 주고, 중학교 2학년부터는 부정적 영향이 없는가? 아니면 크게 감소한다고 생각하는가?

가부장적 권위가 무너지니 가정교육이 무너졌다. 가정교육이 무너지니 학교교육은 더욱 힘들어졌고 불신을 받고 있다. 우리나라에서 사회교육은 이미 사라졌다. 사회에서는 못된 것만 모방하

거나 배운다. 부모의 엄한 교육에 대한 부정은, 곧 올바른 교육을
부정하는 것이고 학교교육의 변질을 초래했다.

전통사회에서 아들은 부모의 삶에 따라 집안일을 거드는 근로
를 하면서 그 행위와 의식(儀式)을 본받고 답습하는 것이 바른 삶
의 방식이었고 가정교육이었다.

중학교 급우였던 읍내 철공소 집 아들은 용접을 할 줄 알았다.
일요일이나 방학에는 부친을 따라 공사장에 가서 일을 했다. 농
촌 마을의 고등학생은 으레 쟁기질을 할 줄 알았다.

그러나 현대에서는 부모의 삶을 답습한다는 자체가 불가능하
다. 그리고 부모의 의식을 계승한다거나 답습도 별 의미가 없을
것이다. 그렇다지만 어른들의 바른 도덕적 가치관이나 생활의 지
혜와 미덕은 전승되어야 할 것이다.

한 가정을 이끄는 가장(家長)의 덕목으로 중요한 것은 가정교
육에 대한 실천적 신념이라고 말할 수 있다.

'내 자식의 기본은 내가 가르칠 것이고, 내가 본보기가 될 것
이다' 라는 신념이 매우 중요하다. 먼저 좋은 토양을 마련해 놓고,
씨를 뿌린 다음 잘 가꾼다면, 좋은 나무로 자라고 틀림없이 많은
열매를 맺을 것이라는 신념으로 자식을 키워야 한다.

아버지와 다른 시대와 세태 속에서, 새로운 상황에 적응하며,
살아갈 자식을 바르게 양육하기 위해서, 곧 효과적인 가정교육을
위해서 아버지 또한 적절한 자질을 갖춰야 한다.

* 교육은 유행이 아니다

유행이 지난 옷을 입고 나선다면 좀 창피할 수도 있다. 그 반대로, 유행에 따라 새 옷을 입으면 자랑스러울 수도 있다. 그러나 자식 키우기와 교육을 유행처럼 따라가서는 안 된다.

아들 교육에서의 흔들리는 정체성(正體性), 가치관의 혼란, 그에 따른 부작용에 대한 그 책임의 일단은 분명 가장인 아버지에게 있다고 보아야 한다.

아버지는 가장으로서 가장 현명한 판단을 내려 가정생활에서의 여러 문제를 해결해야 하기에, 아버지에게는 나름대로의 신념이 있어야 한다. 아버지가 영어교육에 대한 신념을 갖고 아이를 영어유치원에 보내고 학원에 보내면 된다.

그러나 그런 교육이 유행을 따라 이루어졌다면 정말 똑똑한지 아니면 멍청한 짓인지, 또는 어이없는 일을 한 것인지 당장은 알 수 없다. 그러나 아이에게 나타난 현상을 보고 그 결과가 판단될 때는 이미 늦었다고 해야 한다.

* 엄부자모(嚴父慈母)

부모는 자기의 자식을 엄하게 교육하겠다는 의지가 있어야 한다. 교육을 위한 의지는 규율을 지키려는 의지이다. 교육은 처음에는 이끌어주되 이끌면서 혼자서 할 수 있도록 자율성을 부여해야 한다. 자신의 행동을 스스로 책임질 수 있도록 아버지가 가르쳐야 한다.

또 부모는 내 아이를 어떻게 가르칠지 교육의 방법에 대해서 원대한 안목이 있어야 한다. 우선 부모는 자식에 대하여 엄격하게 가르치되 항상 자녀를 믿고 격려해야 한다. 이 말은 사사건건 엄격하게 자식을 가르치라는 뜻이 절대로 아니다.

특히 아들을 가르치기 위해서는 관용과 엄격함을 동시에 지녀야 한다. 아버지의 관용과 엄격함이 반반보다는 엄격함이 10% 정도면 충분하다. 이는 평소의 엄격함이면 열 번 할 훈계를 묶어 한 번만 하더라도 그 훈계는 열 번의 훈계에 이르는 효과가 있을 것이다. 한 번으로 끝낼 수 있는 훈계를 열 번을 해야 한다면, 이는 평소에 엄격하지 않았기 때문이다.

아이가 '건강하다' 는 뜻은 육체적 건강과 함께 '혼자 살아갈 수 있는 능력을 갖췄다' 는 의미도 있을 것이다. 부모는 자식이 혼자 살아가는 방법을 가르치는 존재다.

그런데 요즘 부모들은 일정한 잣대를 갖지 못하고 애들을 대하는 경우가 많다. 잘못을 했을 경우, 어떤 때는 심하게 질책을 하고 어떤 때는 잘못의 정도가 심한데도 묵과하기 일쑤이다. 이런 현상이 잦아지면 애들도 기준을 잡지 못하고 방황할 것이다. 그래서 자식이 아무리 귀엽다 하여도 '아직은 어린데!' 라는 생각만으로, 또 '온화하게 타일러 스스로 깨우치게 하겠다' 는 뜻으로

매번 말로만 가르쳐서는 안 된다.

　모호한 칭찬은 섣부른 허영심을 갖게 하거나 부정확한 자아개념(自我槪念)을 심어줄 수도 있다. 또 필요 이상으로 칭찬을 많이 하면 아이들이 교만해져 남을 무시하게 된다.

　부모는 올바른 것과 좋은 행동의 기준을 분명하게 제시하고 아이들이 몸에 배어 숙달될 때까지 반복해서 가르쳐야 한다. 아이들의 교육을 칭찬과 격려만으로 이끌려면 정말 대단한 식견과 부단한 노력에 인내가 있어야 할 것이다.

✷ 공경(恭敬)

　우리의 전통적 교육사상에서 인격의 실체는 다른 사람에 대한 공경(敬)이라 할 수 있다. 이는 타인에 대한, 윗사람이건 아랫사람이건, 또 부부 사이까지도 사랑의 표현이다. 그리고 경(敬)은 하늘 또는 절대자에게 갖는 두려움의 표현이다. 지금까지의 우리 가정교육은 결국 경(敬)을 가르치고 실천케 한 것이었다.

　이런 가정교육을 담당하는 주체는 바로 엄부자모(嚴父慈母)이며, 엄한 아버지와 자애로운 어머니는 자녀들의 인격 함양의 원리로서 바로 효(孝)를 요구했었다.

　지금 우리나라에서는 자녀 교육은 전적으로 어머니의 몫이라는 잘못된 인식이 아주 널리 퍼져있다고 볼 수 있다. 그러나 가정에서 차지하는 아버지의 중요성을 볼 때, 가정교육의 주체는 역시 아버지이어야 한다.

* 자제력(自制力)

아버지의 가정교육에서 특히 금욕(禁慾)과 검약(儉約)을 가르치려면 엄격한 가르침이 있어야 한다. 부자일수록 금욕적이고 검소하고 인내(忍耐)하는 교육을 시켜야 한다. 부모의 사업과 재산을 상속받아도 그것만으로는 자식에게 닥칠 고난을 이겨내지 못하기에 더욱더 엄한 가부장적 권위에 바탕을 둔 교육이 있어야 한다.

필자의 신념으로는 엄격한 부모를 둔 아이들이 더 안정적이고 능동적이며 행복할 것이라는 믿음을 갖고 있다. 엄한 교육을 받고 자란 아이는 과잉보호를 받은 아이보다 강하다. 곧 엄한 교육을 받은 아들은 굳센 의지를 갖고 생활할 수 있기에 성공할 수 있다.

학교 선생님이 제일 많이 쓰는 말은 가르침(敎)과 배움(學)에 관련된 말일 것이다. 사실 '가르친다' 는 뜻에는 어느 정도 '강요한다' 는 타율적 의미가 있다. 아마도 '배우는 학생이 싫어하면 그만두겠다' 는 전제 하에 가르치는 교사는 거의 없을 것이다.

이렇듯 가르침은 배우는 사람이 싫어도 수용해야만 한다. 때문에 가르치는 사람은 때때로 회초리나 채찍을 든다. 그래서 교직을 택하면 '교편(教鞭, 채찍 편)을 잡는다.' 고 하였다.

그러나 배움(學習)의 뜻은 수동적이 아니라 자율적인 의미가 강하다. 한 둥지의 여러 새끼들이 모여 있으면서 어미의 날갯짓을 흉내로 익히는 것이 학습의 의미라고 할 수 있다. 스승의 가르침을, 본보기를 배우고 반복하여 익혀 그것에 익숙했을 때의 그 기쁨은 바로《논어 학이(論語 學而)》편의 첫 구절에 나타나 있다.

「배우고 때로 익히니 이 또한 기쁘지 아니한가?(學而時習之학이시습지, 不亦說乎부역열호)」

그런데 배우는 학생이 기본 행동이나 예절을 스스로 익히지 않는 경우에는 어떻게 해야 하는가? 그런 경우 기본적인 것은 억지로라도 가르쳐야 할 것이다. 즉 자율(自律)이 통하지 않는 경우 방임(放任) 내지 방치(放置)가 아니라 타율적(他律的) 강제가 따라야 한다.

요즈음 중·고등학교 교사는 지식 전달에 보다 많은 비중을 둔다. 그러다 보니 자연 입시학원 강사와 같은 스타일로 변해가는 것 같다. 분명 나쁜 짓을 한 학생에게도 어떤 제재나 엄격한 지도를 하지 않는 교사는 굳이 가르치겠다는 의지가 없다고 볼 수 있다.

어찌 보면 교사의 본분 망각이라 할 수도 있다. 거기에 입시라는 중압감을 받고 있는 학생들은 교사의 인품이나 덕행을 본받으려 하지도 않고 교사의 제재에 반항하고 가르침을 거부한다. 결국 이런 상황에서는 진정한 '사제(師弟)의 정'이 싹틀 수가 없다.

여기에는 학부형에게도 분명 많은 부분의 책임이 있다.

'내 자식은 집에서도 혼내지 않는다. 그런데 왜 학교에서 벌을 받아야 하느냐?'

사실 이런 항의를 하는 학부모 치고 논리적 순리적 언행이 거의 없다.

'자식 귀엽게 키운다는 것이 자랑인가?'

'선생님이 제재해서라도 가르치고 바른길로 이끌어주겠다는데, 그것을 왜 거부하는가?'

'집에서 혼나지 않을 정도라면 학교에서는 왜 나쁜 짓을 하는가?'

'집에서야 못된 짓을 해도 귀엽겠지만, 집 밖에서도 귀여움을 받을 줄 알았는가?'

'부모가 못 가르쳤으면 오히려 부끄럽게 생각해야 하지 않나? 집에서 안 가르쳤거나 못 가르친 부분에 대한 결과까지도 학교의 책임인가?'

5. 가풍家風

공자 가문 자제들은 욕을 할 줄 모르고(孔子家兒不識罵공자가아불식매, 罵는 욕할 매), 증자 가문의 자제들은 싸움질을 모른다(曾子家兒不識鬪증자가아불식투, 鬪는 싸울 투).

쑥이 삼밭에서 자라면 부축이 없어도 곧게 자란다(蓬生麻中봉생마중不扶自直불부자직).[82] 곧 함께 지내다 보면 모두 좋아진다. 그러나 흰모래가 진흙 속에 있으면 모두 검게 된다(白沙入泥백사입니, 與之皆黑여지개흑, 泥는 진흙 니, 皆는 모두 개).

권세가에서 아두(阿斗)[83] 같은 못난 아들이 나오고(朱門出阿斗주문

---

82 원문 - 「蓬生麻中, 不扶而直.」쑥(蓬봉)은 옆으로 퍼지며 자라는 야생식물이다. 삼(大麻대마)은 그 줄기를 벗겨 삼베옷을 만들 수 있는데, 씨앗을 아주 촘촘하게 뿌리기에 옆가지 없이 한 줄로 곧게 자란다. 쑥이 그런 삼밭에서 자란다면 자연 곧게 자랄 수밖에 없다.

83 아두(阿斗) - 유비의 아들 촉한의 後主인 유선(劉禪, 207-271년 재위, 223-263년 재위), 촉한이 위(魏)에 멸망당한 뒤, 다시 서진(西晉)에

줄아두), 한미한 가문에서 장원이 나온다(寒門出壯元한문출장원). 한 가문에도 충신과 역신(逆臣)이 있고, 형제에는 현명하고 우둔한 차이가 있다.

*할아버지의 손자교육

옛날에는 보통 삼대가 한 집에서 생활하였다. 그래서 가정교육에서 지혜와 경륜을 갖춘 할아버지와 할머니의 교육이 더 효과적일 때도 있었다. 그리고 실제로 할아버지가 손자의 기초 문자 교육을 담당하였다.

할아버지와 할머니는 세상을 살만큼 살았기에 세상을 보는 지혜의 눈이 있다. 또 당신들이 아들을 낳고 기를 때와는 다른 감정으로 손자 손녀를 무한 소중히 여기기에 손자 손녀의 말에 귀를 기울이며 절제된 감정에 여유를 가지고 타이르며 가르친다.

또 자신이 키운 아들의 성질이나 버릇을 잘 알기에 손자 손녀들에게 그런 점을 고려하여 생활하며 가르치기에 어린 손자 손녀가 저항 없이 받아들이며, 또 정서적으로 안정을 얻을 수 있기에

서 271년에 65세로 죽었다. 당시로서는 장수했고 개인적으로는 유복한 일생이었다. 무능 인물의 대명사. 중국어 사전에서 '아두(阿斗, ādǒu)' 를 찾으면 '무능한 사람', '쓸모없는 사람' 이라는 해석이 나온다. '유아두 같이 못난 사람은 받들어 모실 수 없고, 두레박줄은 부축한다 해서 반듯하게 서지 않는다' 라는 속담은 용렬하고 무능한 사람은 도저히 어쩔 수 없다는 뜻이다.

교육이 효과를 거둘 수 있다.

이렇게 할아버지가 대를 건너 손자 손녀를 가르치는 가정교육을 격대(隔代) 교육이라고 한다. 옛날에는 삼대가 함께 생활하였기에 이러한 격대 교육이 자연스럽게 이루어졌다.

할아버지가 손자에게 천자문을 가르치며 처음으로 붓 잡는 법을 일러주었다. 또 조손이 겸상으로 식사를 하고 조손이 한방에서 잠을 자며 생활하였기에 조손간에는 그만한 친화감(親和感, 래포rapport)이 형성되었다.

할아버지와 할머니는 손자 손녀에게는 무한 사랑의 원천이며 동시에 지혜의 보물창고이다. 옛날에는 명문가(名文家)든 아니든 손자들의 교육은 할아버지가 맡았었다. 할아버지는 부모의 직접 교육보다 더 안전하게, 곧 안정된 정서 속에서 혈연의 정을 이어가며 효과적인 지도를 한다.

조부모가 손자를 생각하는 마음은 부모 못지 않다. 할아버지는 아들이 자라던 때를 생각해가면서, 젊은 날 아들을 키울 때 있었던 실수를 되풀이하지 않겠다고 생각하며 손자에게 정을 쏟는다. 할아버지 할머니는 손자에게 지적 교육뿐만 아니라 생활예절과 사회질서 교육을 병행한다. 때문에 조부모의 손자 손녀 교육이 참교육일 것이다.

그런데 문제는 이 시대에 조손(祖孫)이 함께 생활하는 가정이 거의 없다는 점이다.

요즈음 서울에서 만약 할아버지가 손자의 학원이나 공부에 대하여 의견을 말하거나 아니면 좀 더 적극적으로 개입한다면, 아마 당장 며느리와 충돌할 것이다.

그러면 아예 손자를 만날 수도 없을지 모른다. 며느리가 손자 손녀를 데리고 오지 않는데, 어떻게 손자를 만날 수 있고, 공부와 학교생활에 대한 이야기를 하겠는가?

그렇다면 할아버지와 할머니가 할 수 있는 일은 손자 손녀에게 용돈이나 주며 귀엽다고 칭찬하는 일 외에는 할 일이 없을 것이다.

* 독서 ― 가풍(家風)이 되어야!

학문은 부지런해야 성취가 있나니, 부지런하지 않으면 뱃속이 빈 것과 같고, 하루라도 글을 읽고 쓰지 않으면 모든 일이 황망해진다는 사실을 알아야 한다.

그리고 독서는 환경이고 가풍(家風)이며 어른이 몸소 실천해야 한다.

독서인의 자제는 필묵(筆墨)을 잘 알고, 목수의 아이들은 도끼나 끌을 가지고 놀 줄 안다. 그리고 독서인은 종이를 아까워하고 농사꾼은 거름을 아낀다는 말이 왜 생겼겠는가?

맑은 날에 새는 지붕을 고치고, 젊을 때를 놓치지 않고 자식을 공부시켜야 한다. 자식을 키우면서 가르치지 않는다면(養兒不讀書양아부독서), 한 마리 돼지를 키우는 것만 못하다(不如養頭猪불여양두저).

　독서를 통해 얻어지는 진정한 지(智)는 만인을 이롭게 한다. 이 세상은 '배우지 않아 아는 것이 없으면(不學無術불학무술), 살아 있어도 죽은 것과 같다(雖生猶死수생유사).

　그리고 배우지 않으면 바람 따라 흔들리는 버드나무이지만(不學楊柳隨風動불학양류수풍동), 학문을 하면 산언덕에 우뚝 선 청송이다(有學靑松立山崗유학청송립산강).' 라는 시적(詩的)인 표현은 한 번쯤 생각해 볼 만하다.

배울 學 ― 교학상장

제6장 배울 學 - 교학상장

맛있는 음식일지라도, 먹지 않는다면 그 맛을 알 수 없다. 아무리 요긴한 대도(大道, 至道)라도 배우지 않는다면 그 훌륭한 요체를 알 수 없다. 그러하기에 배운 뒤에야 부족함을 알 수 있고, 가르쳐 보아야 배우는 자가 무엇을 모르는지 알 수 있다.

부족함을 깨달은 뒤에야 자신을 되돌아볼 수 있고, 배우는 자가 모른다는 사실을 안 뒤에야 더욱 힘써 가르치게 된다. 그러하기에 교학이 함께 성장한다(教學相長교학상장)고 말한다.

- 이상《예기(禮記) 학기(學記)》

1. 만세사표(萬世師表)
   * 학이불염(學而不厭)   * 회인불권(誨人不倦)
   * 사학(私學)의 개척자   * 교육 내용 - 문(文), 행(行), 충(忠), 신(信)
2. 공자의 제자 사랑
   * 공자의 제자는?   * 스승 공자의 인격적 매력
   * 공문십철(孔門十哲)   * 제자들의 여러 모습
   * 공자 사상의 계승과 전파
3. 공자의 교육 방법
   * 박문약례(博文約禮)   * 온고지신(溫故知新)
   * 절문근사(切問近思)   * 순순선유(循循善誘)
   * 거일반삼(舉一反三)   * 학이불사즉망(學而不思則罔)
   * 거일지기소무(日知其所亡)   * 학습(學習)
4. 스승과 제자
   * 군자삼락(君子三樂)   * 문일지십(聞一知十)
   * 능자위존(能者爲尊)   * 청출어람(靑出於藍)
   * 후생가외(後生可畏)   * 정문입설(程門立雪)
   * 일자사(一字師)

1. 만세사표 萬世師表

공자의 호학(好學)은 자신의 학문 영역의 확대와 결코 만족할 수 없는 배움에 대한 갈증의 해소, 그리고 자신의 배움을 제자들에게 확산시키는 일, 곧 가르치는 일로 직결되었다.

공자는 「묵묵히 깨우치고(默而識之묵이식지), 배움에 싫증을 느끼지 않고(學而不厭학이불염), 가르치기를 게을리하지 않기는(誨人不倦회인불권), 나에게 어려운 일은 아니었다.」라고 말했는데(《논어 술이(述而)》), 이는 공자의 호학과 교육애(教育愛)를 표현한 말이다.

* 학이불염(學而不厭)

옛 성현의 문물과 제도를 배우는 일은 학문의 기본이며, 학문적 바탕에 대한 인식의 확대였다. 학문을 하면서 '이 정도면 되겠지!'라고 스스로 한계를 생각하면 학문은 거기서 끝이다. 공자가 배움에 싫증을 느끼지 않았다는 학이불염(學而不厭, 厭은 싫을 염)

은 지속적인 탐구활동을 했다는 의미이다. 다시 말해, 배움에 싫증을 느낀다면 그런 사람에게서는 학문적 성취를 기대할 수 없는 것이다.

　공자의 이러한 호학은 그 제자들에게 그대로 전승되었다.

　자하(子夏)는 「널리 배우며 뜻을 돈독히 하고, 깊이 파고들어 질문을 하며 쉬운 일부터 실천하면 인(仁)이 그 가운데 있다.」[84] 라고 말하였다. 또 「장인(匠人)이 일터에서 일을 하듯 군자는 학문을 통해 도(道)를 구현해야 한다.」[85]라고 말하였는데, 이런 말들은 공자의 호학과 실천을 계승한 것이다.

　공자는 노(魯)나라를 떠나 14년간(前 497－484) 여러 나라를 돌아다닌 주유(周遊)를 끝내고 노나라에 돌아와 육경(六經)을 정리하고 제자들 양성에 더욱 힘을 기울였다.

　그리하여 공자는 온고지신(溫故知新)과 술이부작(述而不作)으로 문화를 집대성하고 제자를 양성했기에 만세에 이르도록 영원한 스승의 표상(表象), 곧 만세사표(萬歲師表)로 추앙을 받고 있다.

　공자의 수제자였던 안회(顔回, 顔淵)는 위대한 스승에 대하여, 「우러러볼수록 더 높아지고 뚫을수록 더욱 견고해지며, 앞에 계신가 하면 어느 새 뒤에 계셨다. 스승께서는 순차적으로 이끌어

---

84 《논어 子張》子夏曰, 博學而篤志 切問而近思 仁在其中矣.

85 《논어 子張》子夏曰, 百工居肆以成其事 君子學以致其道.

깨우쳐 주셨으며, 학문을 통해 나를 넓혀주셨고, 예로 나의 행동을 잡아주셨으며 그만두려고 해도 그럴 수가 없었다. 내가 온 노력을 기울여도 앞에 새로운 목표를 세워주셨으니 따라가려 해도 따라가지 못했다.」[86]라고 말했다.

이는 만세사표라 할 수 있는 공자의 위대한 모습을 가장 잘 표현할 말이라고 생각한다.

*회인불권(誨人不倦)

인류 역사상 훌륭한 선각자(先覺者)는 동시에 유능한 교육자였다.

선각자들이 자신의 깨친 바를 후세에 전달하지 못했다면, 그 혼자 깨우친 것이 무슨 의미가 있겠는가? 그리고 위대한 선각자가 아니더라도 성실한 생활과 고상한 인품으로, 또 부단한 진리탐구의 자세로 후학들을 이끌어주는 훌륭한 교육자는 존경받아야 한다.

속된 표현이지만 '장원(壯元)한 훈장은 없어도 장원한 제자는 있다.'는 속담이 있다. 역사적으로 장원급제한 인재는 정치 일선에서 활동했지 시골의 서당이나 서원(書院)에서 후학을 가르치려 하지 않았다. 그러나 무명의 마을 훈장이 없었다면 어찌 장원급

---

86 《논어 子罕(자한)》 顔淵喟然歎曰, 仰之彌高~. 夫子循循然善誘人 博我以文 約我以禮 欲罷不能. ~.

제하는 제자가 성장할 수 있었겠는가?

중국에도 수많은 교육자가 있었지만 후세에 지대한 영향력을 끼친 사람이라면 우선 공자를 손꼽아야 한다. 공자는 자신의 노력으로 학문을 성취했고 인격을 도야했다. 그리고 공자가 제자들을 교육하고 양성한 것은 스스로 깨달음을 성취한 공자 자신의 사회적 책무였다.

다음 세대의 젊은이가 호학하여 바른 인재로 성장하고 그들의 활동으로 나라가 바로 서고 백성들이 안정된 생활을 누릴 수 있기 때문에 공자는 온갖 어려움을 이겨내며 제자들을 양성했다. 공자의 교육활동은 선각자가 수행해야 할 사회적 책무의 하나였다.

그리고 자신의 학문은 제자들, 곧 다음 세대에게 전수되어야 하는데 가르치는 일을 게을리해서도 안 된다. 이를 '회인불권(誨人不倦, 誨는 가르칠 회, 倦은 게으를 권)'이라고 하는데, 호학과 함께 다음 세대에 대한 교육도 학문의 길을 택한 사람의 의무일 것이다.

그렇다면 공자의 '회인불권'은 배움과 가르침을 꼭 같이 병행하는 것은 지행합일(知行合一)의 정신이라고 말할 수 있다.

공자는 교육자로서 대화를 통해 제자들을 교육했다. 대화는 본인의 마음속 생각과 태도를 표현하는 방법이며 생각을 키우는 데 유용했다. 공자는 자신과의 대화를 제자들이 기억하리라 생각했겠지만, 그것이 글로 기록되어 후세에 전해질 줄은 생각하지 못했을 것이다.

《논어》에는 공자의 꾸밈없는 대화가 수록되어 있지만 우상화나 신격화되는 내용은 하나도 들어있지 않다. 이는 《논어》가 그만큼 실질적인 저술이라는 뜻이다.

＊ 사학(私學)의 개척자

공자 이전에 국가의 공식적인 교육기관으로 25가구에 숙(塾, 글방 숙), 500가구의 당(黨, 마을 당)에는 상(庠, 학교 상), 그리고 주(州)에는 서(序)라는 교육기관이 있었고, 국가에는 학(學)이라는 공식 교육기관이 있었다는 기록이 있지만,[87] 그 실체에 대해서는 의문의 여지가 많다. 그러나 국가가 필요로 하는 인재 양성이란 측면에서 본다면 어떤 형태이든 교육은 이루어졌을 것이다.

공자 이전에 귀족들은 개인교사에게 학문을 배웠고, 미관말직(微官末職)의 젊은 관리들은 그 관청의 상급자한테 배웠다.

고위 왕족이나 귀족의 자제는 관직으로의 출세가 보장된 상황이었고 현직 관리들에 대한 교육은 직무 연수나 직업훈련의 성격이었다고 볼 수 있다.

그러나 공자의 교육은 출발부터 이들과 달랐다. 공자는 중국

---

87 《禮記 學記》 古之敎者 家有塾, 黨有庠, 州有序, 國有學.

역사상 최초로 사교육(私敎育)을 시작하였다.

공자가 언제부터 제자들을 모아 가르쳤는가에 대한 자세한 기록은 없다. 다만《사기 공자세가(孔子世家)》에는 공자가 노군(魯君)의 도움으로 노(魯)의 남궁경숙(南宮敬叔)이란 사람과 주(周, 東周, 당시 도읍은 今 河南省 洛陽市)나라를 여행했고, 노자에게 예(禮)에 대해 물었다는 기록이 있다. 이어 '주나라를 여행하고 노나라로 돌아온 이후 제자들이 조금씩 모여들었다' 는 기록이 있으니,[88] 이것이 공자가 제자를 모아 가르치기 시작한 것이라 볼 수 있다.

공자는 자신을 찾아와 제자로서의 예(禮)를 표하는 15세 이상의 제자들을 받아들였다.[89] 그 당시 제자가 되고자 하는 사람은 스승에게 예물을 갖고 찾아가 뵈었는데, 그 예물을 속수(束脩, 脩는 육포 수)라고 하였다. 그 속수를 가지고 스승을 찾아뵈는 나이를 15세라고 생각할 수 있는데, 이는 공자가 학문에 뜻을 두었다는 15세와 연관을 지을 수 있다.

우선 공자는 학생들의 신분이나 빈부를 구분하지 않았다.[90]

이는 교육을 받을 수 있는, 또 받고자 하는 사람을 차별하지 않

88《사기 孔子世家》孔子自周反於魯 弟子稍益進焉.

89《논어 述而》子曰, 自行束脩以上 吾未嘗無誨焉.

90《논어 衛靈公》子曰 有敎無類.

왔다는 뜻이지 그 교육에서 능력의 차이를 무시했다는 뜻은 아니었다.

그리고 현직 관리들이 아닌 보통 백성을 대상으로 교육 활동을 폈다. 물론 미래에 관직에 나갈 기회를 잡을 수 있었겠지만 공자에게 가르침을 받는 과정에서는 어떠한 보장도 없었다. 말하자면, 공자는 중국 역사에서 최초의 사립학교를 세운 사학(史學)의 개척자였다.

공자의 교육 활동은 공자가 73세에 죽을 때까지(前 479) 계속되었다.

＊ 교육 내용 - 문(文), 행(行), 충(忠), 언(信)

도(道)는 큰 길(大路)이니, 길을 찾기가 어찌 어렵겠는가? 다만 사람들이 찾지 않을 뿐이다. 사람이 배움의 대로를 찾아 걷는다면 주변에 많은 스승이 있을 것이다.[91]

가르치는 방법은 많다. 스승이 달갑지 않게 여기며 거절하는 것 또한 가르침이다.[92] 이는 아마 말 없는 가르침이라고 생각한다.

91《맹자 告子 下》夫道若大路然, 豈難知哉? 人病不求耳. 子歸而求之, 有餘師.

92《맹자 告子 下》孟子曰, 敎亦多術矣. 予不屑之敎誨也者, 是亦敎誨之而已矣.

공자는 제자들에게 4가지 영역(四敎), 곧 문(文), 행(行), 충(忠), 신(信)을 교육했다.[93]

여기서 문(文)은 넓은 의미의 학문이니 선왕(先王)의 도(道)나 덕치(德治), 예교(禮敎)에 관한 내용이며, 구체적으로는 육경(六經)의 취지를 교육했다는 뜻이다.

그리고 행(行)은 행실이나 덕행을 의미하고, 충(忠)은 성심(誠心)으로 노력하는 것이고, 신(信)은 신의(信義)이니 이런 명칭으로 불리는 과목이 있었다는 뜻이 아니고, 학문탐구와 행실의 수양을 배우는데, 이는 충과 신을 달성하기 위한 가치였다. 곧 언행일치(言行一致)와 학행일치(學行一致)의 실용적인 교육을 했다고 보아야 한다.

공자가 제자들에게 실천을 목적으로 가르친 것은 가정의 안이나 밖에서의 효제(孝悌) 교육이었다. 가정에서 효제를 실천하고 근면하고 신의를 지켜 생활하되 여력이 있다면 그때서야 글공부를 하라고 하였다.[94] 말하자면, 바른 행실이 먼저이고 다음에 문자 습득과 학문탐구를 하라고 가르쳤다.

공자는 노나라에서 태어나 내내 노나라에서 생활하였기에 공자와 관계했던 사람은 많았을 것이다. 그리고 공자가 51세에 관

---

93 《논어 述而》子以四敎 文行忠信.

94 《논어 學而》子曰, 弟子 入則孝 出則悌 謹而信 汎愛衆 而親仁. 行有餘力 則以學文.

직생활을 시작하기 이전부터 젊은이들을 가르쳤기에 제자들이 많다는 것을 인정할 수 있다.

그렇지만 이웃에 사는 젊은이까지 다 제자로 계산한다 하여도 3,000이란 숫자는 과장이 있다고 믿어도 괜찮을 것이다. 사실 삼천이란 숫자는 다수라는 막연한 경우를 표현할 때 입에 제일 먼저 떠오르는 숫자일 수도 있다. 가령 백제의 '3천 궁녀'라는 숫자와 같이 생각하면 될 것이다.

《맹자》에는 공자의 제자가 70여 명이었다는데,[95] 이는 어느 정도 사실에 가까운 숫자라고 볼 수 있다. 사마천의 《사기》에는 〈중니제자열전仲尼弟子列傳〉이 있어 76명이 이름이 나오지만, 이름만 수록된 제자들이 40여 명이나 된다. 《논어》에는 공자의 제자로 생각해도 무방한 사람 22명이 언급되어 있다.

---

95 《맹자 公孫丑(공손추) 上, 丑의 音은 추》~ 如七十子之服孔子也.

2. 공자의 제자 사랑

가르침이 엄하지 않다면 스승이 게으른 탓이나(敎不嚴師之惰교불엄
사지타, 惰는 게으를 타), 학문을 이루지 못한다면 제자의 허물이다(學問
不成子之罪학문불성자지죄). 스승은 제자가 뛰어나기를 바라고, 아버지
는 자식이 인재로 자라나길 바란다.

대기는 만성이며(大器晚成대기만성), 보화는 (값이 비싸) 잘 팔리지
않는다(寶貨難售보화난수, 售는 팔 수, 팔리다).[96] 물건이 좋으면 가격도
높다. 좋은 황금이나 옥은 그 값을 갖고 있다.

✳ 공자의 제자는?

《논어(論語)》의 주요 내용은 공자와 제자, 또는 제자와 제자의

---

96 후한 왕충(王充, 서기 27－97)의 《論衡 狀留(논형 상류)》大器晚成 寶
貨難售(售는 팔릴 수). 不終日朝輒成賈者, 菜果之物也.(하루의 아
침에 거래가 되는 것은 채소나 과일이다.)

대화에 대한 기록이다. 공자가 혼자 독백처럼 한 말도 제자에게
는 관심거리였고, 그래서 묻고 또 그에 따른 설명이 있다. 때문에
《논어》를 이해하기 위해서는 제자들에 대한 이해가 있어야 한다.

공자의 일생에 대한 가장 정확하고 신뢰할 수 있는 공식적 기
록은 사마천(司馬遷)의 《사기(史記) 공자세가(孔子世家)》이다. 그리
고 사마천은 공자의 제자들에 대한 기록으로 〈중니제자열전(仲尼
弟子列傳)〉을 기록하였다.

공자의 제자는 얼마나 많았는가?

《사기 공자세가》에는 「제자가 대략 3천 명인데, 그중에 육예
(六藝)에 통달한 자가 72인이었다(弟子盖三千焉제자개삼천언, 身
通六藝者七十有二人신통육예자칠십유이인).」라고 기록하였다.

여기서 '삼천제자(三千弟子) 칠십이현(七十二賢)'이라는 말이
나왔다. 30세부터 계산하여 공자의 40여 년 교학(敎學) 일생에 해
마다 70여 명의 제자가 새로 증가했다고 단순하게 말할 수 있다.
당시 각지에서 모여든 제자들은 숙식하며 수학했다면 적어도 1
년에 1, 2백 명이 머물렀다는 의미가 된다. 그러나 당시의 교통과
경제 상황으로 볼 때 3천 제자는 사실상 불가능했다.

한대(漢代)에는 박사(博士) 1인이, 곧 교육기관이었다.[97] 박사는

---

97 漢 武帝 때(前 124) 太學을 처음 설치했다. 태학에 五經博士를 두

학생을 직접 가르쳤고 수업을 받은 제자는 관리에 임용되었다. 학자의 연구에 의하면, 한대(漢代)의 제자는 3종류로 구분할 수 있었다.

곧 제1부류는 박사로부터 직접 수강(受講)한 제자이니 '수업(受業)', '급문(及門)', '입실(入室)' 등으로 표현할 수 있는 제자들이다. 한대(漢代)의 사례로 공자의 제자를 추정한다면,《논어》에 등장하는 제자들은 대개 공자로부터 직접 수강한 제자들이다.

〈중니제자열전〉에 이름이 오른 제자가 30여 명 정도이니, 공자에게 직접 수강했으나 이름이 남지 않은 제자들을 충분히 계산하여도 1백 명을 넘지 못할 것이다.

다음으로 생각할 수 있는 제자는 공자에게 배운 제자에게 배운 제자, 곧 재전(再傳) 제자인데, 이를 재적제자(在籍弟子)라고도 부른다. 예를 들면, 후한(後漢)의 마융(馬融)에게 배운 제자가 정현

고 교육을 담당케 했다. 박사의 선임과 그 학식이나 근무를 감독 평가하는 직책은 太常(종묘 제사 담당)이다. 後漢에서는 五經 분야별로 14명의 박사(《易》 4人, 《尙書》 3人, 《詩》 3人, 《禮》 2人, 《春秋》 2人)를 두었다. 博士祭酒(前漢에서는 博士僕射박사복야)가 선임으로 代表格이었다. 질록은 六百石이었다. 박사는 弟子의 교육을 담당하고 나라에 疑事(의사)가 있을 경우, 황제나 三公九卿(3공9경)의 자문에 응대하였다. 博士弟子는 곧 太學의 학생이며 제자의 신분은 관리였다. 박사는 제자를 50명까지 둘 수 있었으나 나중에는 점차 늘어 前漢에서는 최고 3천 명에 달했으며, 後漢에서는 3만 명에 달했다고 한다. 太學生은 모든 身役(신역)이 면제되었다.

(鄭玄)이고, 정현의 제자가 노식(盧植, 劉備의 스승, 소설 三國演義를 통해 알려졌다)인데, 노식은 마융을 스승으로 생각했다.

다음으로 생각할 수 있는 부류가 '명성을 흠모하며 그 명성을 빌려 제자로 자처하는 사람이다.' 이들은 본래 스승을 직접 만나보지도 못한 부류들이다. 이들이 유명한 박사가 많은 제자를 모아놓고 특별한 강론을 할 때(大會都講대회도강), 멀리서 바라보거나 강론을 청취한(觀聽관청) 사람들인데, 이들도 그 스승의 제자를 자처하였다. 이런 부류까지 모두 생각한다면 공자의 제자 삼천은 절대 불가능한 숫자는 아니라고 생각할 수 있다.

공자는 찾아오는 제자를 결코 마다하지 않았으며,[98] 제자의 빈부나 신분을 가리지 않았으며,[99] 문제가 있다 생각하여 제자들도 만나기를 꺼리는 젊은이도 공자는 모두 포용하였다.[100]

뒷날 맹자(孟子)를 따르는 제자의 수레 수십 승(乘)에 종자(從者)가 수백 명이었다. 당시 공자의 제자가 이런 정도는 아니었지만 72현(賢)이 지나치게 과장된 숫자라고 보기는 어려울 것이다.

---

98 《논어 述而》子曰, "自行束脩以上, 吾未嘗無誨焉."

99 《논어 衛靈公》子曰, "有敎無類."

100 《논어 述而》互鄕難與言, 童子見, 門人惑. 子曰, "與其進也, 不與其退也, 唯何甚? 人潔己以進, 與其潔也, 不保其往也."

* 스승 공자의 인격적 매력

아버지가 흉악범이며 나쁜 짓을 계속한다면 자식의 존경을 받을 수 있겠는가?

젊은이는 어른을 존중해야 한다지만, 존중받을만한 어른이어야 한다. 교사가 학생의 존경을 받지 못한다면 교사에게 그 원인이 있을 것이다.

공자가 교육하는 기술이나 내용이 좋기에 제자가 모여들었고, 교육 방법이 뛰어나기에 제자의 존경을 받았다고 말할 수는 없을 것이다. 그런 면도 있었겠지만, 그보다는 제자의 존경을 받을만한 인격적 매력이 있었다고 생각해야 한다.

그렇다면 스승인 공자의 인격적 매력은 무엇인가?

우선 공자는 인덕(仁德)이 있었다. 공자는 자신이 인덕을 갖추었고, 인(仁)을 실천한다는 말을 하지 않았다. 공자는 온화(溫), 선량(良), 공경(恭), 검소(儉), 겸양(讓)을 실천하는 사람이었다.[101] 그러면서도 온화하면서도 엄숙하고, 위엄이 있지만 사납지 않았고, 공손하면서도 안온(安穩)한 분이었다.[102] 그리고 인덕의 실천이 어려운 줄을 알면서도 실천하려고 헌신적이며 열심이

---

[101] 《논어 學而》子禽問於子貢曰, 夫子至於是邦也, 必聞其政, 求之與? 抑與之與? 子貢曰, 夫子溫良恭儉讓以得之. 夫子之求之也, 其諸異乎人之求之與?

[102] 《논어 述而》子溫而厲, 威而不猛, 恭而安.

었다.[103]

다음으로, 공자는 지혜가 뛰어난 분이었다. 공자는 '40세에 불혹(不惑)' 했다고 하였으니, 이는 '지자(知者)이기에 불혹' 한 것이다.[104]

세 번째로, 공자는 넓게 배워 매우 박학(博學)하였다. 공자의 박학에 대하여 달항당인(達巷黨人)은 공자가 "대단한 박학이지만 그것을 가지고 명성을 얻으려 하지 않는다."고 말했다. 이런 말을 들은 공자는 "내가 수레몰기(御車어거)를 잘하는 것으로 명성을 얻을까?"[105]라고 농담을 하였다.

네 번째로, 공자는 예악에 정통할 뿐만 아니라 다방면에 재주가 많았다. 태재(太宰)가 자공에게 "공자는 성자(聖者)이신가? 어찌 그리 잘하시는가?"라고 물었고, 자공은 공자를 '하늘이 낸 성인(聖人, 天縱之聖천종지성)'이라 대답했다.

이에 대하여, 공자는 '젊어 낮은 관직에 일하다 보니 여러 가지 일을 잘할 수 있었다.'[106]고 겸손하게 말했다.

---

103 《논어 憲問》子路宿於石門. 晨門曰, 奚自? 子路曰, 自孔氏. 曰, 是知其不可而爲之者與?

104 《논어 子罕(자한)》子曰, 知者不惑, 仁者不憂, 勇者不懼.

105 《논어 子罕》達巷黨人曰, 大哉孔子! 博學而無所成名. 子聞之, 謂門弟子曰, 吾何執? 執御乎? 執射乎? 吾執御矣.

106 《논어 子罕》大宰問於子貢曰, 夫子聖者與? 何其多能也? 子貢曰, 固天縱之將聖, 又多能也. 子聞之曰, 大宰知我乎! 吾少也賤, 故多能鄙事. 君子多乎哉? 不多也.

다섯 번째로, 공자는 제자를 교육하면서 학생의 능력과 바탕에 따라 적절한 방법으로 교육했는데(因材施教인재시교), 이는 제자의 능력에 맞춘 수준별 교육이었다. 그러면서 제자의 자발적 노력과 적극적인 호응을 중시하였으며,[107] 제자에게 적절한 동기유발로 교육 효과를 크게 고양(高揚)하였다.[108]

여섯 번째로, 공자는 교육에 대한 뚜렷한 사명감과 열성이 있었다. 공자는 찾아오는 제자를 누구든 가리지 않았으며(有教無類유교무류), 제자교육에 적극적이며 게으름이 없었다(誨人不倦회인불권).[109] 또 공자는 제자들 교육에 전념하면서 아무것도 숨기거나 감추지 않았으며 사제동행(師弟同行)하였다.[110]

말하자면, 솔직했다는 뜻이다. 이것은 교직에 종사하는 모든 사람들에게 참으로 중요한 덕목이다.

* 공문십철(孔門十哲)

공자의 제자 중 여러 부분에서 특히 뛰어난 10명의 제자를 공

---

107 《논어 述而》子曰, 不憤不啓, 不悱不發. 舉一隅, 不以三隅反, 則不復也.

108 《논어 子罕》顔淵喟然歎曰, 仰之彌高, 鑽之彌堅. 瞻之在前, 忽焉在後. 夫子循循然善誘人, 博我以文, 約我以禮, ～.

109 《논어 述而》子曰, 默而識之, 學而不厭, 誨人不倦, 何有於我哉?

110 《논어 述而》子曰, 二三子以我爲隱乎? 吾無隱乎爾. 吾無行而不與二三子者, 是丘也.

문십철(孔門十哲 또는 사과십철四科十哲)이라고 한다. 이는《논어 선진(先進)》편에 다음과 같은 공자의 말에서 따온 것이다.

「나를 따라 진(陳)과 채(蔡)에서 고생을 했던 제자들은 아무도 벼슬을 못했구나. 덕행(德行)에는 안연(顔淵)과 민자건(閔子騫), 염백우(冉伯牛)와 중궁(仲弓)이 뛰어났고, 언어(言語)에는 재아(宰我)와 자공(子貢), 정사(政事)에는 염유(冉有)와 계로(季路, 子路), 문학(文學)에는 자유(子游)와 자하(子夏)가 뛰어났도다.」

공자의 제자 중 제일 연장자는 자로(子路, 본명은 중유仲由)로 공자보다 9세 연하였으니, 말년에는 거의 친구와 같은 사이였을 것이다. 자로는《논어》에 가장 많이 거명되는 공자의 제자인데,[111] 성실하면서도 강직한 기질의 소유자로 직선적이었고 용감했으며 공자에게 자주 직언을 하였다. 자로는 널리 알려진 효자로 '자로가 부모를 위해 (백 리 밖에서라도) 쌀을 지고 왔다' 라는 자로부미(子路負米) 고사의 주인공이다.

공자의 제자 중 다방면에 뛰어난 제자는 자공(子貢, 본명 단목사端木賜)이었다. 구변이 뛰어났고 다재다능하며 모든 상황에 두루 적응할 수 있는 호인이었으며, 정치적으로 특히 외교 분야에서

---

111 공문십철 가운데 자로는 38회, 자공은 36회, 자하는 20회, 안연은 19회《논어》에 나타난다.

많은 활약을 했고 경제적으로도 크게 성공하였다. 스승 공자를 잘 모셨으며, 스승의 위대함을 가장 잘 알고 있었던 제자였다.

《논어 자장》 편에서 자공은 '나는 겨우 어깨 높이의 담이기에 담 너머로 궁궐의 아름다움을 볼 수 있으나, 스승 공자의 담은 여러 길의 높은 담이라 문으로 들어가지 않으면 종묘의 아름다움이나 만조백관의 위엄을 볼 수 없다. 다만 그 문을 찾아들어가는 사람은 매우 적다.'고 말하여 공자의 위대한 모습을 표현하였다. 공자 또한 자공의 현명과 유능함을 수시로 칭찬하였다.

공자 사후에 다른 제자들이 삼년상을 마치고 흩어졌지만, 자공만은 삼 년을 더 복상한 뒤 떠났다.

*제자들의 여러 모습

공자는 이들 제자들의 개성과 자질에 따라 교육 방법과 설명을 달리하고 있다. 공자는 제자들의 개성을 잘 알고 있었다. 공자의 제자 중에 '고시(高柴)는 답답하고, 증삼(曾參)은 고지식하며, 전손사(자장子張)는 겉치레가 많고, 자로(子路)는 거칠다.'[112]는 평

---

112 《논어 先進》 柴也愚 參也魯 師也辟 由也喭. 柴는 성은 高, 字는 자고(子羔), 參은 증자(曾子 ; 曾參), 師는 자장(子張), 由는 자로(子路). 제자들에 대한 이러한 비평은 그 단점을 지적한 것이며, 그 단점이 곧 장점이 될 수 있었다. 증자 같은 제자는 '미련하다 할 정도로 고지식한 사람'이었다.

을 받을 정도로 개성이 제각각이었다.

넘치는 것이 모자라는 것보다 꼭 좋은 것은 아니다. 빨리 가는 손목시계나 늦게 가는 손목시계나 시간 틀리는 것은 마찬가지이다.

자공이 공자에게 물었다.

"전손사(顓孫師, 子張)와 복상(卜商, 子夏) 중 누가 더 현명합니까?"

공자께서 말씀하셨다.

"자장은 넘치고, 자하는 미치지 못한다."

"그러면 자장이 더 나은 것입니까?"

"지나친 것이나 부족한 것은 모두 마찬가지이다(過猶不及과유불급)."[113]

이는 지나친 것이나 부족한 것이나 중용을 벗어났다는 점에서 다 마찬가지라는 뜻이었다. 공자는 제자들에 대하여 그만큼 잘 알고 있었다.

＊ 공자 사상의 계승과 전파

공자의 제자 중 정치적으로 비교적 고위직에 올랐던 사람은 자

---

[113] 《논어 先進》 子貢問, 師與商也孰賢. 子曰, 師也過, 商也不及. 曰, 然則師愈與. 子曰, 過猶不及.

로나 자공, 염구(冉求) 정도였다. 그러나 이들 때문에 공자의 명성이 전해진 것이 아니라 공자의 제자들이 공자 사후에도 계속 제자들을 길러냈기 때문이었다.

공자의 가르침은 제자에서 다시 제자로 이어지면서 비록 약간의 전설이 가미되기는 했지만, 유가의 학통은 면면히 이어질 수 있었다. 공자의 제자 중에서 자유(子游), 자장(子張), 자하(子夏), 증삼(曾參, 曾子)이 공자의 학통을 계승 발전시켰다고 인정받고 있다.

특히 증삼은 《논어》에 증자(曾子)로 기록된 부분도 있어 증삼의 제자들이 《논어》 편집에 관여했을 것이라는 주장도 있다. 증자는 효자로 유명한 사람이며 《효경(孝經)》을 편찬한 것으로도 알려졌다.

공자가 노나라를 떠나기 이전에 가르쳤던 제자들이 현실참여를 열망했었다면 공자가 각국을 주유하고 돌아온 뒤의 제자들은 교육과 의례에 더 많은 관심과 개인의 수양에 힘썼다고 제자들을 구분하는 주장도 있지만, 하여튼 공자의 사상과 학문은 그 제자들에 의해 계승 발전되었음은 틀림없는 사실이다.

공자 역시 다른 성인들처럼 예를 들면, 예수나 석가모니처럼 살았을 당시에는 그의 주장과 철학이 현실에서 받아들여지지 않았고, 또 존경을 받지도 못했으며 별다른 영향력을 행사하지도 못했다. 그러나 뒤를 잇는 많은 제자들에 의해 광채를 내게 된다.

그 광채는 본연(本然)의 빛이었지만 오랜 세월이 지나면서 희미해
지지 않고 더 커지며 더욱 찬란하게 빛났다.

3. 공자의 교육 방법

아무리 좋은 옥(玉)이라도 쪼아 다듬어야만 물건이 되는 것처럼 사람이 배우지 않으면 바른길을 알 수가 없다.[114]

공자는 자신이 호학에 면학한 교육자였다. 가르침과 배움은 동시에 진행되기에, 공자 자신의 면학은 곧 그의 교육이라고 말할 수 있다. 공자 자신이 면학하지 않았다면 그 많은 제자들 개개인에게 알맞은 교육을 할 수 없었을 것이다. 공자의 교학(敎學) 방법은 무엇이었는가? 여기서는 배움으로 이끄는 교육 방법에 관한 내용을 다룬다.

*박문약례(博文約禮)

〈옹야(雍也)〉편의 '博學於文(박학어문), 約之以禮(약지이례)'[115]

---

114 《예기 學記》 …玉不琢, 不成器. 人不學, 不知道. 故古之王者 建國君民, 敎學爲先~(琢은 쪼을 탁. 쪼아 다듬다)

115 《논어 雍也(옹야)》 子曰, 君子博學於文, 約之以禮, 亦可以弗畔矣夫!

와 〈자한(子罕)〉편의 '博我以文(박아이문), 約我以禮(약아이례)'[116]
는 모두 '博文約禮(박문약례, 학문으로 학식을 넓히고, 예로 행실을 바
로잡다)'로 축약할 수 있다. 그렇다면 두 편의 뜻이 같은가? 아니
면 다른가?

〈옹야〉편의 '博學於文(박학어문), 約之以禮(약지이례)'는 군자
의 일반적인 수양으로 시서예악(詩書禮樂) 등 전적(典籍)의 학식을
축적하고, 예(禮)로 행실을 바로잡으면 정상적인 행실에서 이탈하
지 않아 도리에 어긋남이 없을 것이다'라는 일반적인 해석이다.

이 경우 '約之以禮'의 之는 군자(君子)를 지칭하는가? 아니면
군자가 학습한 문(文)을 예(禮)의 근본에 맞춰 제약하는가? 이는
약간 해석상의 차이라고 볼 수 있다. 이 경우 박(博)과 약(約)은 두
가지 일이고, 문(文)과 예(禮)는 두 가지 사물이다.

〈자한〉편의 '博我以文, 約我以禮'도 문장의 큰 뜻은 같으나
문장에서 지칭하는 대상이 안회(顏回)에게 한정한다.

'박아이문(博我以文)'은 지식의 확장이다. 여기서 문(文)은 학
문이나 지식을 지칭한다. 단순한 문자의 습득을 의미하지 않는
다. 그리고 '약아이례(約我以禮)'는 지식이 많은 사람의 일반적인
병폐에 빠지는 일이 없도록 깨우쳐주고 이끌어준다는 의미로 받
아들여야 할 것이다.

---

116 《논어 子罕(자한)》顏淵喟然歎曰, 仰之彌高, 鑽之彌堅. 瞻之在前,
忽焉在後. 夫子循循然善誘人, 博我以文, 約我以禮, 欲罷不能. 旣
竭吾才, 如有所立卓爾. 雖欲從之, 末由也已.

* 온고지신(溫故知新)

공자가 말했다.

「옛것을 거듭 익히고, 새 것을 알면 남의 스승이 될 수 있다.」[117]

    온고지신(溫故知新)은 교사와 학생 모두에게 적용되는 학습방법이며 새로운 것을 창출하는 과정이다. 온고(溫故)는 이전에 배운 지식과 기술을 반복하여 완전히 내 것으로 소화하는 과정이며, 이 과정에서 새로운 의문과 방법을 생각하게 된다.

    그리고 앞서 간 수레의 전복(顚覆)은 뒤따라오는 수레의 귀감이 된다(前車之覆전거지복, 後車之鑑후거지감. 覆은 엎어질 복, 鑑은 거울 감, 본보기)

    앞일을 잊지 않는 것이 뒷일의 스승이고(前事不忘전사불망, 後事之師후사기사), 지난 일을 교훈 삼지 않으면 뒷일은 또 실패한다(前事不戒전사불계, 後事復覆후서복복. 다시 복, 엎어질 복, 실패).

    지신(知新)은 온고를 바탕으로 새로운 영역으로의 확산이며, 변화의 추구이다. 스승은 자신이 아는 것만을 계속 반복 되풀이할 수 없다. 세상이 변하고 새로운 지식이 창출되는데, 어찌 옛것을 반복하겠는가? 엊그저께 영양 만점의 식사로 마음껏 배를 채웠다 하여 2, 3일 굶어도 되는가? 오늘 새로운 지식을 습득했다 하여 앞으로 1년은 공부 안 해도 되는가?

---

117 《논어 爲政》子曰, 溫故而知新, 可以爲師矣.

온고지신은 새로운 변화에 적응하면서 보다 나은 발전을 이룩하려는 의지이다. 온고지신의 의지와 노력이 없다면 교육자가 될 수 없고, 선배도 될 수 없으며, 사부(師傅)라는 존칭을 들을 수도 없을 것이다.

공자의 학습방법은 온고(溫故)와 지신(知新)이었다.

본래 교육이란 옛 전통이나 기술의 습득이었다. 아버지한테 농사를 배우는 것은 곧 전통 기술의 습득, 즉 온고에 해당한다. 그러한 농사를 하다가 그를 바탕으로 새로운 농사기술을 생각해 적용하는 것이 바로 지신이다.

온고를 단순한 답습과 반복이라고 인식하면 잘못이다. 온고에도 반드시 그럴 이유와 타당성을 체득해야 한다. 그러하다면 지신이 과거의 전통이나 기술을 통째로 부정하는 것이 아니라는 것을 알 수 있다.

이 온고지신의 방법에서 결코 빼놓을 수 없는 것이 학문과 사유(思惟)를 함께 하는 것이다. 공자는 "배우면서 생각하지 않으면 허망하고 생각만 하고 배움이 없다면 위태롭다."[118]라고 말했는데, 이는 곧 배움과 사색을 함께하는 학사병진(學思竝進)의 학습방법이다.

---

[118] 《논어 學而》子曰 學而不學則罔 思而不學則殆.

*절문근사(切問近思)

「박학(博學)하고 독지(篤志)하며, 절실(切實)하게 묻고(切問) 천근(淺近)한 것부터 사색하면(近思), 거기서 인(仁)을 찾을 수 있다.」[119]

이 구절은 학문과 사색으로 인(仁)을 터득할 수 있는 방법을 설명한 자하(子夏)의 말이다.

박학(博學)은 글자 그대로 널리 깊게 배우는 것이다. 요즈음 말로 폭넓고 깊이 있는 독서를 말한다. 독지(篤志)는 그 지향(志向)을 돈독히 하면서 부단한 탐구를 지칭한다. 절문(切問)은 자신이 모르는 것을 절실하게 물어 배우는 것이다.

근사(近思)는 가까운 데서부터 점차 생각의 넓이와 깊이를 더하면서 스스로 사색하여 완전히 자신의 것으로 소화하는 과정이다.

이러한 학문 과정을 좀 더 심화 구체화한 것이 《대학(大學)》의 격물(格物) – 치지(致知) – 성의(誠意) – 정심(正心) – 수신(修身) – 제가(齊家) – 치국(治國) – 평천하(平天下)의 8조목(八條目)이다. 그리고 성리학 집대성자인 남송(南宋)의 주희(朱熹, 朱子, 1130 – 1200)의 《근사록(近思錄)》은 이 구절에서 서명(書名)을 따왔다.

---

119 《논어 子張》子夏曰, 博學而篤志, 切問而近思, 仁在其中矣.

* 순순선유(循循善誘)

순순선유(循循善誘)는 '순차대로 잘 이끌어주다'라는 뜻이다. 이 말이 나오는 원문은 아래와 같이 좀 길지만 풀이하며 설명하려 한다.

《논어 자한(子罕)》顔淵喟然歎曰, "仰之彌高, 鑽之彌堅. 瞻之在前, 忽焉在後. 夫子循循然善誘人, 博我以文, 約我以禮, 欲罷不能."

안연(顔淵, 顔回)이 스승의 교육 방법을 생각하며 크게 탄식하였다.

「우러러 볼 때마다 더욱 높고(仰之彌高앙지미고), 연찬할 때마다 더욱 견고해진다(鑽之彌堅찬지미견). 홀연 눈앞에 보이다가(瞻之在前첨지재전) 홀연 뒤에 있는 것 같다(忽焉在後홀언재후). 부자(夫子)께서는 한 걸음 한 걸음 나를 잘 이끌어주셨으며(夫子循循然善誘人부자순순연선유인), 학문으로 나를 넓혀주셨고(博我以文박아이문), 예(禮)로 나의 행실을 바로잡아주셨으니(約我以禮약이이례), (학문을) 그만두려는 생각을 할 수가 없었다(欲罷不能욕파불능). ~」

앙지미고(仰之彌高, 彌는 두루 미, 널리, 더욱)는 고개를 들어 바라보면 더욱 높아진다는 뜻이다. 찬지미견(鑽之彌堅, 鑽은 뚫을 찬)은 공자의 학문, 인격이 심오하여 연찬하면 할수록 더 깊고 견고하게 느껴진다는 뜻이다. 공자의 진정한 제자가 아니라면 이런 말을 못할 것이다.

첨지재전(瞻之在前, 볼 첨)과 홀언재후(忽焉在後)는 마치 무협소설의 투명인간 술법을 쓴 것 같지만, 쉬운 말로 표현하면 아무리 봐도 잘 모르겠다는 뜻이다. 너무 큰 것은 그 전체를 볼 수가 없고, 너무 깊으면 그저 까마득하게 보일 뿐, 어떤 형상으로 그려낼 수가 없다는 뜻이다. 안연은 마치 시인이나 소설가처럼 공자의 위대한 모습을 서술했다.

순순(循循)은 '일정한 절차대로 따라가다(따라오게 하다)'의 뜻이고, 유인(誘人)은 '사람을 이끌어 주다'의 뜻이다. 이는 교육 방법에 속한다. 흥미를 유발시켜 남을 따라오게 하는 것이 유인이다. 흥미를 유발시켜 스스로 의지를 갖게 하고 개성을 고려하여 속도나 강도를 조절해야 한다. 단순하게 '이것을 하라', '하지 말라'가 아니다. 공자의 교육은 사부의 입장에서 교육이 아니라 배우는 제자의 입장을 우선하는 교육이었다.

본래 위대한 사람은 특별하지 않다. 공자의 이웃은 공자가 위대한 사람인 줄 모른다는 말이 있다. '글쎄요! 이웃에 공구(孔丘)라는 노인이 있어 젊은 사람들이 많이 찾아오는데… 왜 그래요?'라고 물었을 것이다.

그리고 노자(老子)는 「대백(大白)은 더러운 것 같고, 대방(大方)은 모서리가 없는 것 같으며(無隅)」,[120] 「대성(大成)은 무엇인가

빠진 것 같고, ~, 대직(大直)은 굽은 것 같고, 대교(大巧)는 솜씨가
아주 부족한 것 같다.」¹²¹ 라고 하였으며, 또 대용(大勇)은 겁쟁이
같고(大勇若怯대용약겁), 대지(大智)는 어리석어 보인다(大智若愚
대지약우).」고 하였다.

*거일반삼(擧一反三)

거일반삼(擧一反三)¹²²은 공자 교육 방법론의 하나이다. 이는
스승이 한쪽 모서리를 들어주면, 다른 3개 모서리도 같이 따라와
야 한다. 하나를 일러주면, 다른 셋을 스스로 알아야 한다는 뜻이
다.

공자는 찾아오는 모든 사람에게 가르침을 주었다.¹²³ 스승에
게 가르침을 요청할 때 제자가 성의(誠意) 표시로 들고 오는 간단
한 예물을 속수(束脩)라고 하는데, 보통 스승을 처음 찾아갈 때,
말린 꿩고기 육포(肉脯) 묶음을 예물로 바쳤고, 다른 사례금이나

120《노자도덕경》41장, 上士聞道, 勤而行之 ~ 大白若辱, 大方無隅,
大器晩成, 大音希聲, 大象無形~.

121《노자도덕경》45장, 大成若缺, 其用不弊 ~ 大直若屈, 大巧若拙,
大辯若訥. ~.

122《논어 述而》子曰, "不憤不啓, 不悱不發. 擧一隅, 不以三隅反, 則
不復也."

123《논어 述而》子曰, 自行束脩以上 吾未嘗無誨焉.

수업료는 없었다. 그 당시에 보통 15세 이상이면 속수를 들고 스승을 찾아간다고 하였다.

공자는 가르침을 청하는 모든 젊은이를 다 수용하였다.

원문의 불분불계(不憤不啓)의 분(憤)은 괴로워하다. 힘들어하다의 뜻인데, 모르는 것이 답답해서 마음속으로 몹시 알고 싶어 하는 모양이다. 제자가 그런 상황이 아니라면, 곧 스스로 분발하지 않는다면 깨우쳐주지(啓는 열 계, 啓發) 않는다는 뜻이다.

곧 자발적인 학습의지가 없다면 애써 일러주지 않겠다는 뜻이다. 不悱不發(불비불발)의 悱는 표현 못할 비, 곧 입으로 말을 하려해도 확실치 않아 어떻게 표현 못하는 모양이다. 조금 알 것도 같아 말하고 싶지만, 뜻대로 표현하지 못해 안타까워하는 모습이다.

학습의지가 있고 조금 알 것도 같다면, 어떤 자극이나 암시를 주거나(啓는 열 계), 말문이 트이게 연관된 한두 가지를 일러주어야 한다(發은 깨우칠 발). 바로 이것이 계발(啓發)이다. 계발은 스승의 일이지만 그 바탕에 학생의 학습의욕이나 의지가 있어야 한다는 뜻이다.

어떤 사물을 사각형에 비유했을 경우, 한 모서리(一隅일우, 隅는 모퉁이 우. 一角)를 말해주거나 설명해 주었다면(擧一거일) 배우는 자가 나머지 세 모서리를 알 수 있어야 한다(反三반삼). 여기서 반(反)은 회보(回報)로 '따라오다'의 뜻이다.

곧 하나를 배웠으면 그것을 가지고 더 많은 사실을 추론하려는 노력이 있어야 한다는 뜻이다. 곧 스스로의 노력이 뒤따르지 않아 다시 가르쳐주지 않는 것은 배우는 자의 자율적 노력을 중시하고 기대했다는 뜻이다. 그런 노력과 성의가 없다면 다시 더 반복할 필요가 없을 것이다.

자공이 공자에게 빈자(貧者)와 부자의 아첨과 교만을 물었을 때, 공자는 "가난하지만 낙도(樂道)하고, 부유하나 호례(好禮)하는 것만 못하다."고 일러주었다. 그러자 자공은 「《시경(詩經)》의 '여절여차(如切如磋), 여탁여마(如琢如磨)'를 말씀하시는 것입니까?라고 스스로 한 발 더 나아갔다. 그러자 공자는 자공은 같이 시를 논할 수 있다. 지난 것을 말해주었더니 앞일을 알고 있다.」고 칭찬하였다.[124]

이처럼 공자가 '거일(擧一)'하자, 자공은 '반삼(反三)'하였다. 공자의 생각에 자공은 정말 가르칠만한 제자였을 것이다.

이처럼 자율적 학습의지는 배우는 사람에게도, 또 가르치는 사람에게도 다 같이 중요하다. 비유가 적합할지 모르겠는데, 귀여운 손자 아이를 안아주려고 할 때 아이가 안겨오면 쉽게 안아올

---

124 《논어 學而》子貢曰, 貧而無諂, 富而無驕, 何如? 子曰, 可也, 未若貧而樂, 富而好禮者也. 子貢曰, 詩云, '如切如磋, 如琢如磨', 其斯之謂與? 子曰, 賜也, 始可與言詩已矣, 告諸往而知來者.

릴 수 있다. 안겨오기를 거부한다면 안아올리기가 더 힘들기에 안아주지 않을 것이다. 이는 학생 스스로의 자발적인 노력이 있어야 교육 효과를 충분히 올릴 수 있다는 뜻이다.

공자 자신은 「묵묵히 깨우치고, 배우되 싫증을 느끼지 않고, 가르치기를 게을리하지 않는 일은 나에게 어려운 일은 아니었다.」[125]라고 겸손하게 말했다.

공자만큼 위대한 학인(學人)이며 훌륭한 교육자가 없었다는 것은 모두가 아는 주지(周知)의 사실이다.

＊ 인재시교 (因材施教)

공자는 찾아오는 제자를 결코 마다하지 않았으니, 제자의 빈부나 신분을 가리지 않았다.[126] 이를 유교무류(有敎無類)라고 말한다. 심지어 문제가 있다 생각하여 제자들도 만나기를 꺼리는 젊은이도 공자는 모두 포용하였다.[127]

공자는 제자를 교육하면서 학생의 능력과 바탕에 따라 적절한 방법으로 교육했다. 곧 배우는 제자에 따라 가르치는 방법을 달

---

125 《논어 述而》子曰, 默而識之 學而不厭 誨人不倦 何有 於我哉.

126 《논어 衛靈公(위령공)》子曰, 有敎無類.

127 《논어 述而》互鄕難與言, 童子見, 門人惑. 子曰, 與其進也, 不與其退也, 唯何甚? 人潔己以進, 與其潔也, 不保其往也.

리하였으니(因材施教인재시교), 이는 배우는 제자의 눈높이 맞춤 교육이었다.

　또한 제자의 자발적 노력과 적극적인 호응을 중시하면서도, 제자에게 적절한 동기유발로 교육 효과를 크게 고양하였다.

　인(仁)이란 무엇이며, 인(仁)을 어떻게 체득하고, 어떻게 실천하는가에 대하여 공자는 제자에게 각각 다른 내용으로 설명해 주었는데, 이는 묻고 배우는 제자들의 수준이나 개성이 다르기 때문이었다.

✽ 불치하문(不恥下問)

　불치하문(不恥下問)은 아랫사람에게 묻기를 부끄러워하지 않는다[128]는 말이다.

　세상에 공부 좀 했다고 티내는 사람을 중국어로 '먹물 먹은 사람(喝過墨水的갈과묵수적, 喝, hē 마시다)' 이라고 말한다. '뱃속에 먹물이 들어있지만 쏟아도 나오지를 않는다' 는 말은, 학문과 지식이 있어도 써먹지 못한다는 뜻이다.

　공자는 「세 사람이 길을 간다면 꼭 나의 스승이 있다.」고 하였으니,[129] 사실 가는 곳마다 마음을 쓰면 모두가 배울 것이 있는

---

128 《논어 公冶長(공야장)》 子貢問曰, 孔文子何以謂之文也? 子曰, 敏而好學, 不恥下問, 是以謂之文也.

법이다. 그런데 보통 사람들은 배우기보다는 남을 가르치기를 좋아한다. 그래서 맹자도 「사람들의 걱정거리는 다른 사람을 가르치려드는 것이다.」[130]라고 말했다.

남을 가르치려는 사람들이 하도 많으니, 우리나라에서 가장 흔한 호칭이 '아저씨'나 '사장님'이 아닌 '선생'이라는 농담도 있다. 누구보다도 똑똑하다고 난체하는 그런 사람이 자기보다 젊은 사람, 자신보다 하급자에게 모르는 것을 물어보겠는가?

그런데 위(衛)나라의 공문자(孔文子, 본명은 공어孔圉, 文은 시호, 子는 존칭)는 배움에 민첩하고(敏而好學민이호학) 아랫사람에게 묻고 배우는 것을 부끄러워하지 않았다(不恥下問불치하문). 그래서 시호가 문(文)이라고 공자가 자공에게 설명해 주었다.

남을 아는 사람은 지혜롭고, 자신을 아는 사람은 명철한 사람이다. 어떤 일이 그러한 줄은 알지만, 왜 그러한지는 모른다면 물어 배워야 한다.

수놓는 바늘과 쇠기둥은 각자 크기대로 유용한 곳이 있다. 그러한 것처럼 내가 모르는 것을 다른 사람이 잘 아는 경우가 있다. 그런데 그 아는 사람이 나보다 나이가 어리다고 묻지 않는다면 바보가 아니겠는가. 몰라서 묻는데, 무엇이 부끄러운가? 하문(下

---

129 《논어 述而》子曰, 三人行, 必有我師焉, 擇其善者而從之, 其不善者而改之.

130 《맹자 離婁章句(이루장구) 上》人之患 在好爲人師.

問)도 못하는 그 어리석음을 부끄러워해야 한다.

부끄러움을 아는 것은 용기와 비슷하다(知恥近乎勇 지치근호용, 恥는 부끄러울 치). 알지 못하는 것을 부끄럽게 생각지 말라(不以不知爲恥 불이부지위치). 다만 배우려 하지 않는 것을 부끄럽게 생각해야 한다(要以不學爲愧 요이불학위괴, 愧는 부끄러워할 괴). 천리마가 늙은 황소를 찾아와 인사하는 것이 바로 불치하문이 아니겠는가!

✱학이불사즉망(學而不思則罔)

배우되 생각하지 않으면 남는 것이 없다.[131] 배운 것은 사색을 거쳐 내면화하여 자기 것으로 저장하여야 한다. 망(罔 그물 망)은 본래 짐승이나 새를 잡는 그물이다. 그물 안에 들어갔어도 빠져나갈 수 있으니, 여기서는 깨닫는 것이 없다(無, 亡)는 뜻이다.

그리고 많이 생각하지만 배우지 않으면 그 사색은 위태롭다(殆 위태로울 태)고 하였다. 특별한 재능이나 두뇌를 가진 사람들이 가끔 엉뚱한 비행(非行)을 저지르는 것은 머릿속으로 자유롭게 생각하지만, 윤리나 도덕 등을 배우거나 익히지 않았기에 일어날 수 있는 폐단이다.

---

131 《논어 爲政》子曰, 學而不思則罔, 思而不學則殆.

곧 배움에는 학습(學習)과 사색(思索)이 다 같이 중요하다. 물론 배움의 과정에서 학습자의 노력이 수반되어야 한다. 쉽게 얻으면 쉽게 잃어버리듯 각고의 노력이 없는 배움은 오래 남지 않는다.

배움과 사색은 어디까지나 함께 가야 한다. 배운 뒤에 깊이 사고하여 내 것으로 만들지 않는다면 남는 것이 없다. 또 생각만 골똘히 하면서 배우려 하지 않는다면 이론적 바탕이 없고, 합리적 사고를 할 수 없기에 그 사색은 위험할 뿐이다.

공자는 "나는 먹지도 않고 또 밤새워 사색했으나 아무 실익(實益)이 없었으니, 배우는 것만 못했다."[132] 하여 학습과 학문의 중요성을 강조하였다.

＊일지기소무(日知其所亡)

「모르던 것을 날마다 알아나가고(日知其所亡), 달(月)마다 자신이 잘하는 것을 잊지 않는다면(月無忘其所能), 가히 호학한다고 말할 수 있다.」[133]

《논어》의 이 구절은 호학과 온고지신(溫故知新)을 함께 설명하고 있다. 원문에 '日知其所亡(일지기소무)'의 亡는 '없을 무'로 읽

---

132 《논어 衛靈公》子曰, 吾嘗過不食, 終夜不寢, 以思無益, 不如學也.
133 《논어 子張》子夏曰, 日知其所亡(無), 月無忘其所能, 可謂好學也已矣.

고 새겨야 한다. 새로운 지식의 부단한 확대가, 곧 지신(知新)이다. 그리고 다음 구절 '月無忘其所能(월무망기소능)'의 無는 毋(말무)의 뜻이니, 자신이 잘 알고 익숙한 것을 한 달 두 달이 가도 잊지 않는다. 곧 계속 온고한다는 뜻이다. 곧 날마다 달마다 신지식의 습득과 축적한 지식의 숙려(熟慮)와 심화(深化)가 있어야 한다.

청(淸)나라 고증학(考證學)의 대가인 고염무(顧炎武, 1613 – 1682)의 명저《일지록(日知錄)》의 제목은 여기서 따온 것이다.

＊학습 (學習)

우리가 학습(學習)이라는 말을 자주 하는데, 이 학습에는 배움과 동시에 반복적인 연습이라는 뜻이 결합된 말이다. 이처럼 배움에 있어 연습은 매우 중요하기에《논어》의 첫 구절은 바로 "배우고 또 수시로 익히면 즐겁지 아니한가?"[134]라는 공자의 말로 시작한다.

이러한 반복적인 연습은 충분히 알 때까지 계속해야 한다는 배움의 의지를 포함하고 있다. 사람의 본성이야 서로 비슷하지만 기질이나 습성은 차이가 많다. 배운 것을 쉽게 빨리 잊어버리는 사람과 덜 잊는 사람이 있고, 잊은 것을 다시 노력해서 배워 채우려는 사람과 잃어버린 다음에 다시 얻으려 하지 않는 사람이 있다.

134《논어 學而》子曰 學而時習之 不亦說乎. ~

사실 이런 것을 잘 살펴 가르치는 사람이 유능하고 진실한 스승이라 할 수 있다. 다른 사람이 한 번에 얻을 수 있는 것을 나는 열 번에 얻었더라도 얻는 것은 마찬가지이다. 곧 천성적으로 우수한 사람이나 좀 못한 사람이라도 학습에 의한 터득의 결과는 마찬가지이다.[135]

때문에 공자는 학습자의 부단한 노력을 중시하였다. 예를 들어, 「흙을 날라다가 산을 만들 때 마지막 한 번을 못 채워 포기하는 것도 나의 포기이고, 흙을 깔아 평평하게 하면서 한 번을 더 나르는 것도 나의 성취이다.」[136]라 하여, 학습자의 중단 없는 노력을 강조하였다.

이렇듯 일을 우물파기에 비교할 수 있다. 아홉길(九仞구인, 성인 남자의 키가 1仞. 한 길) 우물을 팠더라도 물이 나올 때까지 파지 못한다면 우물파기를 포기한 것과 같다.[137]

---

135 《중용 13장》 ~ 或生而知之 或學而知之 或困而知之 及其知之一也. ~.

136 《논어 子罕(자한)》 子曰, 譬如爲山 未成一簣 止 吾止也. ~.

137 《맹자 盡心 上》 孟子曰, 有爲者, 辟若掘井. 掘井九仞軔不及泉, 猶爲棄井也.

4. 스승과 제자

　스승은 제자가 뛰어나기를 바라고(師願徒出衆사원도출중), 아버지는 자식이 인재로 자라나길 바라는(父願子成才부원자성재) 것은 고금(古今)이 마찬가지이다.

　그 스승에 그런 제자가 나온다(有其師必有其弟유기사필유기제) 하였으니, 스승과 제자는 마치 부자(父子)와 같다. 엄한 스승 아래 고명한 제자가 나오며(嚴師出高徒엄사출고도), 사부가 똑똑치 못하면 제자는 멍청하고(師傅不明弟子濁사부불명제자탁), 스승이 뛰어나지 않으면 제자도 난쟁이라(師不高弟子矮사불고제자왜) 하였으니, 교사의 수준이 제자의 수준이다. 그러나 꼭 그런 것만은 아니다.

＊ 군자삼락(君子三樂)

　「군자에게 3가지의 즐거움(快樂쾌락)이 있는데, 천하의 왕(王) 노릇하기는 여기에 들어있지 않다.

부모님이 모두 살아계시고, 형제에게 변고가 없는 것이 첫 번째 쾌락이다. 하늘을 올려다보아 부끄럽지 않고, 땅을 굽어보아 남에게 부끄럽지 않다면 두 번째 쾌락이다. 그리고 천하의 뛰어난 영재(英才)를 얻어 가르친다면 그것이 세 번째 즐거움이다. 군자에게 이런 세 가지 쾌락이 있지만, 천하를 다스리는 일은 여기에 끼지 못한다.」[138]

세상에 백락이 있은 연후에 천리마가 있다(世有伯樂세유백락, 然後有千里馬연후유천리마). 천리마는 언제나 있지만(千里馬常有천리마상유), 천리마를 알아보는 백락이 늘 있는 것은 아니다(而伯樂不常有백락불상유). 백락이 한번 돌아보니 말 값이 열 배로 뛴다(伯樂一顧백락일고, 馬價十倍마가십배). 천리마도 천리마를 탈 수 있는 사람이 있어야 한다.

영재(英才)는 찾아내 키워야만 영재이다.

비록 명마가 있더라도, 노비나 마부의 손에 끌려 욕이나 먹고 채찍으로 얻어터지며 자갈로 덮힌 비탈길에 소금 수레를 끌어야만 한다면, 천리마는 눈물만 흘릴 것이다.

천리마는 한끼에 콩 한 가마니를 먹는다고 하였다. 그런데 볏

---

138 《맹자 盡心章句(진심장구) 上》孟子曰, 君子有三樂, 而王天下不與存焉. 父母俱存, 兄弟無故, 一樂也. 仰不愧於天, 俯不怍於人, 二樂也. 得天下英才而教育之, 三樂也. 君子有三樂, 而王天下不與存焉.

짚 한단으로 주린 배를 채워야 한다면 천리를 내달릴 힘이 어디서 나오겠는가?

그러니 뛰어난 재능을 드러낼 수도 없고, 보통 말과 어울려 짐수레를 끌지도 못한다. 울어도 그 뜻을 전할 수도 없으며, 좁고 더러운 마굿간에서 비참하게 죽어갈 것이다.

정말로 천리마가 없을까? 천리마를 알아보는 백락(伯樂)은 왜 없는가?

백락이 왜 없겠는가? 학교교육이 불신당하고, 교사를 푸대접하는 풍토에서는 백락이 나오질 못한다. 그러니 백락이 없다면서, 또 천리마가 없다고 탄식하는 사람만 있을 것이다.

* 문일지십(聞一知十)

공자가 자공(子貢)에게 "너와 안회(顏回) 중 누가 더 낫다고 생각하느냐?"고 물었다.

공자가 이재능력(理財能力)이나 언변 등 어떤 특정 영역을 지칭하지 않고 물었다. 여기에 자공의 대답이 정말 걸출하였고, 또 공자조차 그런 명답이 나오리라 생각하지도 못했을 것이다.

이에 자공이 대답했다.

"제가 어떻게 안회를 따라가겠습니까? 안회는 하나를 배워 10개(전체)를 알지만(聞一以知十), 저는 하나를 들어 겨우 두 개를 알 뿐입니다."

이에 공자는 "너는 안회만 못하다. 나도 네가 안회만 못하다고 생각한다."[139]라고 말했다.

자공은 공자가 묻는 뜻을 알고 있었다. 자신에게 안회를 부지런히 따라가라고 격려하는 뜻이었을 것이다. 그래도 자공은 역시 자공이다. 안회는 전체를 다 파악할 수 있다고 안회의 능력을 인정하면서 "저도 두 개 정도는 알 수 있습니다."라고 자신을 인정해 달라는 뜻을 말했다.

원문에서 '十'은 숫자로 10이면서도 전체를 뜻한다. 중국인에게 가장 큰 숫자는 '九'이다. 9보다 더 큰 10이 있다지만 10보다 더 큰 90이 있다. 九는 하늘의 숫자이고, 여기에 땅을 의미하는 一을 더한 수가 十이다. 따라서 十은 충족된 수이다. 완전하여 부족하지 않다는 뜻이 포함되어 있다. 곧 어떤 개수나 물건, 상황, 구성원 전체를 지칭한다. 완벽한 전체라는 뜻을 강조하기 위해 十에 全을 보태어 '十全'이라는 말이 통용된다.

그렇다면 안회가 문일지십(聞一知十)한다는 뜻이 명백해진다. 문일지십은 거일반삼(擧一反三)보다 더 뛰어난 능력이다.

---

139 《논어 公冶長》子謂子貢曰, 女與回也孰愈? 對曰, 賜也何敢望回? 回也聞一以知十, 賜也聞一以知二. 子曰, 弗如也, 吾與女弗如也. 弗如의 弗(不…之)은 부정하는 뜻을 가진 부사로, 그 다음에 목적어를 생략할 수 있다. '吾與女~'의 女는 汝(너 여).

공자는 자공의 재능을 인정하지만 학행이나 인덕에서 아직 안 회만 못하다는(弗如불여) 것을 확실하게 밝혔다. 그러면서 제자 두 사람의 재능을 모두 인정하며 격려하였다. 이런 말 한마디에서도 스승 공자의 위대함이 돋보인다.

* 능자위존(能者爲尊)

독서인과 농부는 일찍 일어나고 늦게야 자리에 눕는다. 공자 앞에 나가 고개 숙여 절한 적이 없다면 학교에서 공부한 적이 없다는 말이니, 곧 무식하다는 뜻이다.

가난이란 선비의 일상(日常)이다. 곧 공부하는 사람에게 가난은 부끄러운 일이 아니다. 다만 사람의 가난이야 두렵지 않지만 가난 때문에 큰 뜻을 못 가지는 것이 두렵다. 가난하면 큰 뜻을 품지 못하거나(人貧志短 인빈지단), 재능을 갖고서도 뜻을 펼 기회를 얻지 못한다.

옛날에 우리나라 농촌에서, 그 얼마나 많은 수재들이 가난 때문에 뜻을 펴보지도 못하고, 흙 속에 묻혀버렸던가! 그러나 몸은 궁핍하더라도 품은 뜻은 가난할 수 없다(身窮志不貧 신궁지불빈).

바탕이 좋은 사람은 때리지 않아도 사람이 되지만, 바탕이 나쁜 사람은 죽도록 맞아도 사람이 못 된다. 옛날이나 지금이나, 사람이 부지런히 독서하면 복을 받고, 독서하지 않으면 빌어먹게 된다.

크고 푸른 산 아래서 살면 땔나무 걱정은 안 해도 된다. 그러나 게으른 사람의 집에는 식량도 땔나무도 없어 늘 춥고 배고프다. 그러니 사람이 산속에 살더라도 부지런해야 한다. 책을 읽고 공부하는 사람이라면 늘 부지런해야 한다.

배운 뒤에야 부족함을 안다(學然後知不足학연후지부족). 《예기 학기(學記)》.

학문, 학문 하지만 잘 배우려면 잘 물어야 한다. 학문에는 나이 서열이 없나니(學問無大小학문무대소), 능력 있는 사람이 어른이다(能者爲尊능자위존).

어미 닭이 부뚜막에 올라가면 병아리도 부뚜막에 올라간다. 스승과 제자는 아버지와 아들의 관계와 같다. 하루 스승일지라도 죽을 때까지 부친처럼 모시고, 하루 동안의 사제간이라도 백 일간 은정이 있다. 사부가 제자를 거느리고 교육에 들어가면, 수행은 각자에게 달렸다. 곧 학문적 성공은 자신에 달려있다. 사부는 길을 안내해 주는 사람에 불과하다.

엄한 스승 아래 고명한 제자가 나온다. 가르침이 엄하지 않다면 스승이 게으른 탓이다. 엄격한 스승 아래서 학문을 이루지 못한다면 제자의 허물이다.

3할이 가르침이라면, 7할은 스스로의 공부에 의한 성취이어야

한다. 곧 스승의 가르침도 있어야 하지만, 제자 스스로의 노력이
더 중요하다.

*청출어람(青出於藍)

제자가 꼭 스승만 못한 것이 아니고(弟子不必不如師제자불필불
여사), 스승이 제자보다 꼭 현명해야 되는 것은 아니다(師不必賢
於弟子사불필현어제자).

이 유명한 말은 당(唐)나라의 대문장가인 한유(韓愈)의 〈사설(師
說)〉에 나오는 말이다. 하여튼 스승이나 제자가 얼마나 성실하며,
어떤 품덕을 갖고 가르치고 배웠느냐가 문제일 것이다.

얼음은 물이 언 것이지만 물보다 더 차가웁고(氷出於水寒於水
빙출어수한어수), 청색은 쪽풀에서 나오지만 쪽빛보다 진하다(青
出於藍而勝於藍청출어람이승어람). 남에게 물 한 그릇을 주려면
(要給一碗水요급일완수), 먼저 물 한 통이 있어야 한다(先有一桶
水선유일통수).

그러니 선생에게는 많은 지식의 축적이 있어야 한다.

하나의 정도(正道)는 온갖 사도(邪道)를 이긴다(一正壓百邪 일정
압백사). 군자는 타인의 좋은 점을 살려준다(君子成人之美군자성
인지미). 곧 군자는 다른 사람이 좋은 일을 성취하도록 도와주다.
이는 《논어 안연(顔淵)》에 나오는 말이다. 따라서 군자는 다른 이

의 악행을 돕지 않는다(君子不成人之惡군자불성인지악). 그러나 소인은 이와 반대이다. 제자는 스승이 제일 잘 안다.

* 후생가외(後生可畏)

공자가 말했다.

「후생(後生, 後輩후배)들의 역량이 뛰어나 두렵나니(畏두려워 할 외), 어찌 뒷날의 그들이 지금만 못할 것이라고 할 수 있겠는가? 그러나 40, 50이 되어도 그들이 널리 알려지지 않았다면, 두려울 것이 없을 것이다.」[140]

사실 십 년이나 어린 사람이라면 지금이야 나보다 학식이나 능력이 부족할지라도 그들이 힘써 노력하면 나를 훨씬 뛰어넘을 것이다. 이는 틀림없다. 그러나 그 후생이 40, 50에도 뛰어나다는 평판을 못 듣는다면 나보다 나을 것이 없을 것이다.

그리고 공자는 나이 40에 남의 미움을 받는다면 그 인생은 끝난 것[141]이라고 했다. 이처럼 공자에게 40은 인생에 있어서 중요한 고비였고, 그 40세에 공자는 미혹에 빠지지 않았다고 회고하였다.

후생가외란 말은 공자가 젊은 제자들을 격려하는 뜻이었다.

140《논어 子罕》子曰, 後生可畏, 焉知來者之不如今也? 四十五十而無聞焉, 斯亦不足畏也已.

141《논어 陽貨》子曰, 年四十而見惡焉, 其終也已.

지금 젊은 너희들은 나보다 더 나아야 한다는 뜻이다. 곧 청출어
람(靑出於藍)을 기다리는 스승의 깊은 뜻이고 격려이다. 그리고
동시에 젊어 애써 노력하지 않으면, 늙어 다만 슬픔뿐이라는 사
실도 일러주려고 했을 것이다.

　　나중에 난 소 뿔은 먼저 자란 소귀보다 길고, 나중에 난 수염이
눈썹보다 길다. 공자도 후생이 두렵다고 했거늘, 대장부라도 젊
은이를 경시할 수 없는 법이다.
　　하여튼 공자는 많은 제자들이 자신을 넘어서 뛰어나기를 염원
했다.

*정문입설(程門立雪)

　　엄격한 가르침은 사랑이고(嚴是愛엄시애), 총애는 해악이다(寵
是害총시해). 애정이 깊기에(愛之深애지심), 책망도 엄한 것이다
(責之切책지절). 말하자면, 귀여운 자식이기에 엄히 가르치는 것
이다.
　　엄한 가르침은 효자를 만들고(嚴敎出孝子엄교출효자), 응석받
이 교육에 버린 자식 많다(溺愛多敗子익애다패자). 그러나 엄한
아버지라도 서른 살 먹은 자식을 가르치지는 않는다(嚴父不敎三
十子엄부불교삼십자).

송대(宋代)의 유학(儒學)을 송학(宋學) 또는 이학(理學)이라고 부르는데. 이학의 토대를 마련한 소옹(邵雍, 강절康節), 장재(張載, 횡거橫渠), 주돈이(周敦頤, 무숙茂淑), 정호(程顥), 정이(程頤) 등을 세칭 '북송오자(北宋五子)' 라고 한다.

특히 중국 하남(河南)의 정호(程顥, 1032 – 1085, 顥는 클 호, 명도선생明道先生. 대정大程)와 동생 정이(程頤, 1033 – 1107, 頤는 턱 이, 伊川선생, 小程) 형제는 모두 주돈이(周惇頤)를 모시고 배웠다.

학문이 대성(大成)하자 두 형제는 사문(斯文)[142]을 옹호하는 일을 자신들의 임무로 여겼다.[143]

정씨 형제는 "《예기(禮記)》의 《대학(大學)》과 《중용(中庸)》을 바탕으로 배움을 시작하여, 《논어》와 《맹자》를 체득하여야 한다." 고 강조하였다. 정씨 형제의 이학(理學)은 주돈이에 비하여 분명 더 철저하게 진일보하였고, 이학은 정씨 형제에 의하여 그 체계가 확립되었다.

정호, 정이 형제의 영향은 매우 컸기에 그 제자들이 많았으며

---

142 사문(斯文) – 斯는 이것 사. 이 글. 이 道. 儒의 學問, 또는 儒道. 사문난적(斯文亂賊)은 유학의 근본을 흔들거나 儒道에 어긋나는 행동을 하는 자. 여기서는 '斯文을 지키고 擁衛(옹위)하는 일'

143 二程은 儒學의 참 뜻을 찾아내고 道를 확실하게 밝히는 것은 자신들의 임무라 생각하였다. 二程의 학문과 사상체계는 남송의 주희(朱熹, 朱子)에 계승되고 성리학으로 대성되었다.

천하 곳곳에 그 형제의 학문이 알려졌다. 정씨 형제 문하(門下)의 제자 중에서도, 가장 유명한 4인을 '사선생(四先生)'이라 불렀다.

정문 사선생(程門 四先生)은 사량좌(謝良佐, 생졸년 미상), 양시(楊時, 1053－1135), 유초(游酢, 1053－1123), 여대림(呂大臨, 생졸년 미상)인데, 그중에서도 사량좌와 양시가 널리 알려졌다.

양시(楊時. 號는 구산선생龜山先生)는 지금의 복건성(福建省) 출신으로, 북송(北宋) 낙학(洛學)의 대가(大家)로 알려졌다. 양시는 어려서부터 신동으로 소문이 났었다. 양시는 29세에 정호(程顥, 1032－1085)를 스승으로 모시고 배웠다. 나중에 양시는 다시 정호의 동생인 정이(程頤, 1033－1107)를 찾아가 배웠다.

양시가 동학(同學)인 유초(游酢, 1053－1123)와 함께 이천(伊川) 선생을 사부(師傅)로 모시고자 찾아갔다. 마침 이천 선생은 눈을 감고 자는 듯 조용히 앉아있었는데, 두 사람은 뜰 아래에 시립(侍立)하고 기다렸다.

한참 뒤, 정이가 눈을 뜨니 두 사람이 뜰에 서있는데 무릎 아래로 눈이 한 자(尺)나 쌓여있었다. 이를 정문입설(程門立雪)이라 하여 제자의 스승 공경의 사례로 널리 알려졌다.

* 일자사(一字師)

일자사(一字師)란 말은, 시문(詩文)에서의 결정적인 한두 개의 글자(一字), 곧 잘못된 글자 한 자를 잡아줄 수 있는 스승을 말한다.

만당(晚唐) 시절, 법명(法名)을 제기(齊己)라 하는 시승(詩僧)이 있었다. 그가 〈조매(早梅)〉라는 시를 지어 가지고 시단의 선배이면서 교우(交友)인 정곡(鄭谷, 851−911?)에게 가르침을 청했다.
정곡이 읽어보니,

「앞마을 깊게 쌓인 눈 속에(前村深雪裏),
밤사이 매화 몇 가지 피었네(昨夜數枝開).」

라는 구절이 있었다.
정곡은 "매화가 여러 가지(數枝)에 피었다면 '제목에 이르다(무이를 조)'라 할 수 없으니, '한 가지(一枝)'라고 고치는 것이 좋겠다."고 말해주었다.
제기는 정곡의 말을 듣고 깊이 탄복하면서 말했다.
"바꾸니 좋네(改得好)! 바꾸니 묘하네(改得妙)!"
그리고 자신도 모르게 크게 절을 올렸다. 제기는 글자 하나의 위력이 어떠한 가를 절감했다. 이후 제기는 정곡을 '일자사(一字師)'라 높여 불렀다. 이후 이런 사실이 널리 알려지면서 지금까지 전해오고 있다.

배울 學 — 성취

제7장 배울 學 - 성취

사람에게 학식이 없다면, 나무에 뿌리가 없는 것과 같다.

뿌리가 깊으면 잎도 무성하지만(根深葉必蕪근심엽필무), 뿌리가 바르지 못하면 싹도 바르지 않다(根不正苗歪근부정묘왜, 歪는 삐뚤 왜). 나무에 꽃이 많지 않으면 열매도 많지 않다.

뿌리가 깊으면 바람에 흔들릴 걱정 없고, 사람의 학식이 뛰어나면 저절로 빛이 난다. 사람이 늙으면 병이 나고, 나무가 늙으면 뿌리가 드러난다. 사람이 늙으면 자신도 모르게 그 학식 바탕이 드러나게 된다.

날이 가물어도 뿌리 있는 풀은 죽지 않고, 돌 틈에서도 만년송(萬年松)이 자란다. 산에 돌이 많은 것만 보지 말라. 솔을 심어 가꾸면 온 비탈이 모두 푸를 것이다.

들꽃은 심지 않아도 해마다 자라고, 번뇌는 뿌리가 없어도 날마다 자란다. 이런 번뇌를 끊을 수 있는 방법은 오직 학문 연마뿐이다.

---

1. 공자의 호학(好學)과 면학(勉學)
   * 충신독학(忠信篤學)
   * 위편삼절(韋編三絶)
   * 공자의 시교(詩敎)
   * 발분망식(發憤忘食)
   * 하학상달(下學上達)
   * 면장이립(面墻而立)

2. 공자가 왜 위대한가?
   * 평범한 시작
   * 성인 공자(聖人 孔子)
   * 사다리로 오를 수 없는 하늘
   * 최고의 성취
   * 넘겨다 볼 수 없는 담장
   * 한유(韓愈)의 〈사설(師說)〉

3. 부지런히 공부하기
   * 끈기와 노력
   * 지성감천(至誠感天)
   * 오거서(五車書)와 만권서(萬卷書)
   * 학여불급(學如不及)
   * 견현사제(見賢思齊)

4. 배움의 결과
   * 괄목상대(刮目相對)
   * 승당입실(升堂入室)
   * 자수성가(自手成家)
   * 어약용문(魚躍龍門)
   * 능면백난(能免百難)

1. 공자의 호학好學과 면학勉學

공자가 배우기를 좋아하고 열심히 공부했다는 것은 누구나 다 인정해야 한다. 공자 자신이 즐겨 배웠고 열심히 노력했기에 그에 따른 성취가 있었으며, 그만한 학문적 바탕이 있었기에 자기 철학을 확실히 할 수 있었고, 제자들에게 호학과 면학을 권했을 것이다. 공자의 호학과 면학은 어느 정도였으며, 어떤 영향을 남겼는가?

* 충신독학(忠信篤學)

'열다섯에 배움에 뜻을 두었다(吾十有五而志于學오십유오이지우학)' 는 말은, 노인인 공자가 자신의 일생을 되돌아보면서 한 말이지만, 지금 시대에도 통하는 말이다. 적어도 중학교 3학년이나 고등학교에 입학했다면 자신의 삶의 방향을 정해야 할 것이다.

「어느 작은 마을이라도 나처럼 성실한 사람이야 있겠지만, 배우기를 나만큼 좋아하지는 않을 것이다.」[144]

이 말은 공자의 호학(好學)을 가장 단적으로 증명한 말이다.

곧 어느 곳이든 성실히 노력하는 사람은 많이 있겠지만, 나는 누구보다도 배우기를 좋아했다는 뜻이다. 이는 공자의 호학에 대한 자부심의 표현이면서, 공자가 독학자(篤學者)였음을 말해주고 있다.

공자의 학습능력이 어느 정도였는가는 그때나 지금이나 알 수 있는 방법이 없다. 다만 《논어》를 읽다 보면 청년 공자의 성실하게 노력하는 모습이 연상된다. 공자가 생계유지의 방법으로 필요에 의한 배움을 시작했지만, 공자는 그 한계를 스스로 넘어선 것이다.

이러한 호학(好學)의 자세는 일상생활에서도 그대로 강조되었다.

곧, 「군자는 배불리 먹고 편히 쉬는 것만을 추구하지 않는다. 일을 열심히 하면서 신중하게 말하고, 바른길을 찾아 자신을 바로잡는다면 배우기를 좋아하는 사람이다.」[145]

이는 배움의 길을 걷는 사람의 일상(日常)을 언급한 것이다.

다른 사람과 똑같이 배불리 먹고 편안히 쉬고서야 언제 배우겠

---

144 《논어 公冶長(공야장)》子曰, 十室之邑, 必有忠信如丘者焉, 不如 丘之好學也.

145 《논어 學而》子曰, 君子食無求飽 居無求安 敏於事而慎於言 就有 道而正焉 可謂好學也已.

는가? 꾸물대면서 일하고 함부로 말하며 바른 행실을 갖지 못한
다면, 그런 사람에게 누가 가르침을 줄 것이며, 또 그런 사람이
어찌 배움을 성취할 수 있겠는가?

배움은 목표이기도 하지만 그 자체가 과정이라 말할 수 있다.
그 과정이 성실하지 않다면 성과를 거두지 못하는 것이 배움이
다.

*발분망식(發憤忘食)

청년 공자는 당시의 유명 인사라 할 수 있는 동주(東周) 왕실에
근무하던 노자(老子), 위(衛)의 거백옥(蘧伯玉), 제(齊)나라의 안평
중(晏平仲, 晏子), 정(鄭)나라의 자산(子産), 노나라의 대부 맹공작
(孟公綽) 등을 찾아보거나 아니면 사숙(私淑)하며 자신의 학문 지
평(地平)을 넓혀갔다.[146]

공자는 30대에 제(齊)나라에 여행한 것으로 알려졌는데, 제나
라에서 순(舜)임금의 음악인 소(韶)를 듣고 기뻐서 배우는 3개월
간 고기 맛을 몰랐고 「음악이 이런 경지에까지 이를 줄은 생각하
지 못했다.」[147]는 말을 하였다.

---

146 《논어 公冶長》子謂子産, 有君子之道四焉 ~ / 子曰, 晏平仲善與
人交 久而敬之.

147 《논어 述而(술이)》子在齊聞韶 三月 不知肉味, 曰, 不圖爲樂之至
於斯也.

이처럼 다방면에 걸쳐 몰입의 경지에 이르는 것이, 공자의 호학이었다.

공자의 박식에 대하여 제자들이 거의 경탄할 정도였는데, 공자 자신은 태어나면서부터 아는 것이 아니며 다만 옛것을 좋아하며 배우는 데에 부지런했으며 열심이었다고 말했다.[148]

공자의 높은 학문 수준에 대하여 제자들이 '나는 노력해도 안 될 것이야' 하면서 스스로 한계를 긋고 포기할 수도 있는 것이다. 때문에 공자 자신은 결코 '태어나면서부터 지식을 갖춘 사람'이 아니라는 것을 강조하였다.

사실 학문에 있어 '태어나면서부터 아는 경지(生而知之생이지지)'는 있을 수 없다. 아무리 많이 아는 사람이라도 그것은 불완전한 지식일 수밖에 없다.

아는 만큼 모르는 것도 보이기에, 많이 아는 사람일수록 더 많은 노력을 기울이는 것이다.

공자는 '배움에 도달하지 못할 것처럼 노력하지만 그래도 잃는 것이 많을까 두려워한다.'[149]라고 말하였는데, 이런 말을 할 수 있는 공자는 학문의 속성을 가장 잘 알았고 진정으로 학문을 한 사람이라고 평가해야 한다. 공자의 호학은 일생동안 지속되었다.

---

148 《논어 述而(술이)》 子曰, 我非生而知之者 好古敏以求之者也.
149 《논어 泰伯》 子曰, 學如不及 猶恐失之.

섭공(葉公, 잎 엽, 성씨일 때 音은 섭)이 자로(子路)에게 공자에 대해 물었지만, 자로가 대답하질 못했다.

그런 일을 전해들은 공자가 자로에게 말했다.

「너는 왜 말하지 못했느냐? 그분은 발분(發奮)하면 먹는 것도 잊어버리고 즐거워 근심을 잊어버리기에 늙는 줄도 모르는 사람이라고 하면 되는데!」[150]

공자는 이처럼 학문에 푹 빠진 사람이었으니, 마치 구도자(求道者)와 같은 생활이었다고 보면 될 것이다. '배우면서 늙으면 늙는 줄도 모른다(學到老학도노, 不會到老부회도노).'라는 중국 속담이 있는데, 이는 아마 공자의 이러한 경지를 두고 한 말일 것이다.

＊ 위편삼절(韋編三絶)

위편삼절(韋編三絶, 韋는 다듬은 가죽 위)이란 말은《논어》에 있는 말이 아니다.《사기 공자세가》에는「공자는 만년에 역(易, 주역周易) 읽기를 좋아하여 주역의 내용을 해설하는 글을 지었고, 가죽 끈이 세 번이나 끊어질 정도로 많이 읽었다.」[151]라고 기록했다.

위편(韋編)은 죽간(竹簡)이나 목간(木簡)을 꿰매는, 곧 책(册)을

---

150 《논어 述而》~ 子曰, 女奚不曰 其爲人也 發憤忘食 樂以忘憂 不知
老之將至云爾.

151 《史記 孔子世家》孔子晚而喜易 序彖, 繫, 象, 說卦, 文言, 讀易 韋編
三絶. 曰, 假我數年 若是 我於易則彬彬矣.

제본하는 가죽끈이다. 옛날 종이가 발명되기 전에, 글자가 쓰여 있는 목간이나 죽간을 하나씩 넘겨가며 독서를 하다 보니 그 가죽끈이 닳아서 세 번이나 끊어졌으니 얼마나 열심히 독서했는가를 알 수 있다.

공자의 일생을 훑어보면, 공자는 처음부터 제자 교육과 학문 연구의 길을 걷고자 한 사람은 아니었다. 그는 사회의 혼란과 무질서를 극복하기 위한 방법으로 옛 문물이나 예악의 복구에 의한 평화롭고 안정된 사회를 이룩하려 했다.

따라서 그러한 옛 제도나 문물에 대한 관심과 연구는 당연한 과정이었고 그런 내용을 또한 교육했다. 옛 제도나 문물에 대한 식견을 가진 제자들이 정치 일선에서 활약하기를 기대하며 교육하고 연구했다고 보아야 한다.

실제로 공자는 농사에 관한 것을 묻는 제자에게 「나는 늙은 농부만 못하다.」[152]고 가르치기를 거부한 것은 공자의 관심이 윤리나 도덕, 정치에 집중되었다는 증거이다.

공자는 박학다식(博學多識)이 중요하지만 그것은 현실과 연결되어야 한다는 입장을 견지했다고 볼 수 있다. 그리고 현실적인 박학다식을 위해서는 꾸준한 호학과 면학을 강조하였다. 위편삼

---

152 《논어 子路》 樊遲請學稼. 孔子曰, 吾不如老農. 請學圃, 曰, 吾不如老圃.

절이란 말은 공자의 호학과 면학을 강조한 하나의 에피소드이다.

＊하학상달(下學上達)

공자의 박학다식(博學多識)은 제자들은 물론 당시의 위정자들에게도 널리 알려졌었다. 때문에 위정자들이 공자에게 이런 저런 많은 질문을 했고, 공자는 그때마다 적절한 답변이나 깨우침을 주었다. 스승의 이런 모습에 제자들은 태어나면서부터 박식한 것이라[153] 생각했지만, 공자 자신은 결코 그렇지 않으며 자신은 부단히 노력했다고 강조했다.

공자는 제자들의 학습과 교육에서 남의 탓이 아닌 자신의 노력과 단계적 학습과 실천을 강조하였다. 곧 가장 쉬운 것으로부터 어려운 것으로, 또는 자기 주변으로부터 이웃이나 한 나라에 이르도록 넓혀나가야 한다고 생각하였으니, 이를 하학상달(下學上達)이라 한다.

여기서 공자의 하학(下學)은 구체적으로 부모에 대한 효도와 형제간의 우애와 공경, 곧 효제(孝悌, 悌는 공경할 제) 교육이라고 말할 수 있다. 효제에 대한 교육과 실천은 인생 최초의 인성교육이면서 평생에 걸쳐 이루어지는 평생교육의 내용이라 할 수 있다.

---

153 《논어 述而》子曰, 我非生而知之者 好古敏以求之者也.

효제를 바탕으로 가정이 화평하고 바로 서며 이웃과 향촌으로 확산되면 온 나라가 바로 설 수 있을 것이다. 때문에 효제 교육은 인(仁)을 알고 실천하는 밑바탕이라 할 수 있다.

그리고 자신이 효제를 생활에서 실천하는 것은 남에게도 영향을 주니, 그 효과는 위정자의 교화와 같은 효과가 있으며 그 자체가 정치라고 생각한 공자였다.

그리고 공자가 생각한 상달(上達)은 오십 세에 지천명(知天命)하고 육십에 이순(耳順), 칠십에 마음대로 행해도 법도에 어긋나지 않는 종심소욕불유구(從心所欲不踰矩, 踰 넘을 유, 矩 법도 구)의 경지를 뜻하며 구체적으로는 천도(天道)와 일치하는 경지라고 할 수 있다.

이 하학상달의 교육은 공부의 방법론이면서 동시에 실천방법론이라 할 수 있다. 수양은 자신의 의지와 노력이지만 실천은 상대가 있어야 한다. 말하자면, 혼자 하학상달하는 것이 아니라 타인과 더불어 실천해야 하기 때문에 거부를 당하거나 실패할 수도 있을 것이다.

공자는 「하늘을 원망하지도 않고 남을 탓하지도 않으며, 아래부터 배워 위로 통달하니 하늘은 나를 알아줄 것이다.」[154]라고 말했다.

---

154 《논어 憲問》 子曰, 不怨天 不尤人 下學而上達. 知我者其天乎.

이는 공자의 면학과 교육 활동에 대하여 남이 알아주느냐 몰라주느냐는 문제가 되지 않는다는 자신감의 표현이라고 생각한다.

＊ 공자의 시교(詩敎)

유가(儒家) 삼경(三經)의 하나인 《시경(詩經)》은 고대 중국의 가장 오래된 시가집이다. 서주(西周) 시대 조정에서는 관리를 각 제후국에 보내어 민가(民歌)를 채집케 하였고, 이를 주(周) 왕실의 사관(史官)이 정리하여 왕에게 올렸으며, 왕은 이를 통하여 각 제후국의 기풍이나 민정을 파악했다. 그런 시를 어떤 형태로든 모아 편찬하였을 것이고 그 분량이 결코 적지 않았을 것이다.

이처럼 《시경(詩經)》은 처음에 정치적 목적으로 편집되었지만 그 본질은 시가(詩歌)라는 문학 형식이고, 거기에 지식인의 이런저런 윤식(潤飾)이 보태지면서 주(周) 귀족 자제의 교재로 활용되었다. 그래서 귀족 자제들은 13세가 되면 악(樂)과 시(詩)를 배웠다고 한다. 이런 시를 배우면서 우아하고 고상한 언어로 자신의 뜻이나 여러 사실을 표현하였고 교제와 외교에서도 시를 인용하게 되었다.

공자는 주(周) 문화의 계승자임을 자처한 사람이다. 때문에 주대(周代)의 시가를 공부했을 것이고, 그런 시가의 방대한 분량을 과감하게 정리하고 깎아 없애어, 배우고 외울 수 있는 적당한 분량으로 재편했다. 이런 주장을 공자의 산시설(删詩說, 删은 깎을 산)이라고 한다.

공자는 자신이 누구에게서 《시(詩)》를 배웠다고 말하지 않았다. 그러나 《논어》의 곳곳에서 시에 대한 언급이 있다. 가장 대표적인 공자의 말이 「《시경(詩經)》 3백 수의 시를 한마디로 '그 생각이 사(邪)하지 않다' 고 개괄할 수 있다.」[155]라는 언급이다.

'사무사(思無邪)' 의 사(邪)는 도덕적으로 옳지 않은 것이니, 정(正)의 반대 개념이다. 악(惡)이나 사(詐, 거짓, 속임수), 또는 위(僞 가짜. 眞의 반대)와는 다른 개념이다. '思無邪(사무사)' 는 《시경 노송(魯頌) 경(駉)》의 구절인데, 공자는 이 말로 《시경》의 대의를 총괄하였다.

공자는 《시(詩)》를 공부하면 어떤 이득을 얻을 수 있는가에 대해서도 공자는 구체적으로 언급하였다.

「너희들은(小子) 왜 시를 배우지 않는가? 시를 통하여 감흥(感興)을 일으키고(可以興가이흥), 사물을 제대로 볼 수 있으며(可以觀가이관), 함께 어울려 즐기고(可以群가이군), 정치적 원망을 은근히 표현할 수 있다(可以怨가이원). 가깝게는 부모를 모시고, 나아가 주군을 받들며, 새나 짐승, 초목의 이름도 많이 알 수 있다.」[156]

---

155 《논어 爲政》子曰, 詩三百, 一言以蔽之, 曰, 思無邪.

156 《논어 陽貨》子曰, "小子何莫學夫詩? 詩, 可以興, 可以觀, 可以群, 可以怨. 邇之事父, 遠之事君, 多識於鳥獸草木之名. 子謂伯魚曰~."

또 공자는 "시삼백(詩三百)을 외우더라도 정사를 맡아 처리하지 못하고, 사방에 사절로 나가 대응하지 못한다면, 비록 많이 외운다 하여 어디에 쓰겠는가?"라고 시의 실용성을 강조하였다.[157]

그리고 공자는 「시(詩)로 흥을 깨워주고(興), 예(禮)로 사회생활 기준을 정하고(立), 악(樂)으로 인격도야를 완성한다(成).」[158]고 하여 시와 예악(禮樂)의 상관성(相關性)을 강조하였다.

아울러 공자는 아들 리(鯉)에게 「시를 배우지 않으면 말을 할 줄 모른다.」라고 하면서 《시경(詩經)》를 공부하라[159]고 훈계하였다.

공자는 시를 통한 인격도야와 바른 심성의 계발과 감정의 교류를 강조하였으며, 사회생활 등 실용적인 면에서도 시를 알아야 한다고 시교(詩敎)의 중요성을 강조하였다.

현대에서도 마찬가지이다. 젊어서 누구나 시를 읽어 감동하고, 시와 함께 교감하며, 자신의 감정을 나름대로 표현하면서 시와 함께 생활하였다. 개인이건 집단이든 정감을 함께 나누고 감정의 교류 속에 조화를 이루며 미화(美化)와 진(眞)과 선(善)을 추

---

157 《논어 子路》子曰, "誦詩三百, 授之以政, 不達, 使於四方, 不能專對, 雖多, 亦奚以爲?"

158 《논어 泰伯》子曰, 興於詩, 立於禮, 成於樂.

159 《논어 季氏》陳亢問於伯魚曰, 子亦有異聞乎? 對曰, 未也. 嘗獨立, ~ '不學詩, 無以言.' 鯉退而學詩. ~.

구하게 된다.

덕치(德治)는 온화한 마음을 바탕으로 한다. 온화한 마음으로 덕치를 하든, 덕치의 감화를 받아 온화하게 변하든, 마음에 기쁨과 평화를 얻은 사람은 행복할 것이다.

시(詩)로 감정을 순화하고, 예(禮)로 사회생활의 조화를 꾀하며, 음악으로 인성을 도야한다면 나라와 사회의 무엇이 걱정이겠는가?

그렇다면 2500년 전에 시의 중요성을 알아 제자를 가르친 공자는 참으로 성인이셨으니, 이처럼 훌륭한 교육자가 또 누구였겠는가!

*면장이립(面墙而立)

공자는 《詩》를 연구하고 정리하였으며(刪詩산시) 《詩》의 실용성과 《詩》에 의한 교화를 중시하였기에 제자들에게 《詩》를 공부하게 시켰다. 아울러 아들 공리(孔鯉, 백어伯魚)에게도 《詩》의 중요성을 여러 번 강조하였다.

공자가 아들에게 말했다.

「너는 〈주남(周南)〉과 〈소남(召南)〉¹⁶⁰을 공부하였는가? 사람

---

160 《詩經》의 첫 번째 편명은 國風 〈周南〉이며, 두 번째 편명은 〈召南(소남)〉이다. 〈주남〉에는 〈關雎(관저)〉 등 11편의 詩歌가, 〈소남〉에는 〈鵲巢(작소)〉 등 14편의 시가가 실려 있다.

이 〈주남〉과 〈소남〉을 모르면 마치 담(牆, 담장)에 얼굴을 바짝 맞대고 서있는 것과 같다.」¹⁶¹

원문의 면(面)은 '얼굴을 마주 대하다'로 동사로 쓰였다. 담에 바짝 얼굴을 대고 서있으니 무엇을 볼 수 있겠는가? 아무것도 볼 수 없고, 아무 데도 갈 수가 없다.

공자가 아들 리(鯉)에게 《詩》 공부를 열심히 하라고 당부한 것은, 아버지의 아들에 대한 사랑이 아니겠는가?

이외에 《논어》에서 부자간 가정생활이나 교육을 언급한 곳은 없다.

그러나 아들의 입장에서 보면, 많은 제자의 존경을 받는 부친이지만, 자신은 부친의 기대에 별로 부응하지 못하기에 정신적으로 스트레스 좀 받았을 것이다. 그러나 공리의 아들 공급(孔伋, 子思)은 영특했다.

본래 군자(君子)는 손자는 안아주지만, 아들을 안아주지 않는다(君子抱孫不抱子군자포손불포자)고 하였다. 또 세상에 손자, 특히 장손을 귀여워하며 영특하다고 생각하지 않는 할아버지가 없다.

그래서 중국에 '남의 마누라가 더 예쁘고, 남의 며느리가 더

---

161 《논어 陽貨》 子曰, 小子何莫學夫詩? 詩, 可以興, 可以觀, 可以群, 可以怨. 邇之事父, 遠之事君, 多識於鳥獸草木之名. 子謂伯魚曰, 女爲周南召南矣乎? 人而不爲周南召南, 其猶正牆面而立也與?

착하지만, 내 손자가 제일 영특하다.' 는 속담이 생겼을 것이다. 이런 상황에 맞춰 중국인들이 우스갯소리를 하나 지어내었다.

공자와 아들, 그리고 손자가 한자리에 앉아있었다. 아마 아들인 공리가 제일 어색하고 안절부절 못했을 것이다.

이에 공리가 말했다.

"아버님은 저보다 훌륭하시고, 내 아들도 나보다 영특합니다만, 아버님이나 또 내 아들보다 내가 더 나을 것입니다."

그러자 공자가 빙그레 웃었다.

아마 마음속으로 '얘가 오늘은 왜 이러지?' 라고 생각했을 것이다.

공리가 아버지에게 말했다.

"아버님은 똑똑한 아들이 없지만, 저는 있으니, 아버님보다 제가 더 낫습니다."

그리고는 아들을 보고 말했다.

"네 아버지는 내 아버님만큼 현명하지 못하다. 그러니 너보다 내가 더 낫다."

2. 공자가 왜 위대한가?

 기원전 6세기에서 5세기라면 前 599년에서 400년 사이이다. 이 시기에 석가모니(釋迦牟尼, 기원 前 563-483년)와 공자(孔子, 前 551-B.C. 479년), 그리고 노자(老子, 前 6세기 초에서 5세기 초)가 비슷한 시기에 살았다는 것이 진정 경이(驚異)라 아니할 수 없다.

 그리스의 소크라테스(前 470-399년)는 이들보다 100년 전후로 좀 늦지만 이들이 각자 자신이 속한 문명에서 정신문화의 원류가 되었다는 공통점이 있다.

 공자는 지금부터 대략 2500년 전 사람이다. 그런데 당시의 사상이 지금도 통하면서 공자를 성인(聖人)이라고 칭하는데, 공자가 높은 벼슬을 했기에 위대한 인물인가? 아니면 훌륭한 정치적 치적이나 불후의 저술이 있어 위대하다고 하는가?

 공자의 위대한 점은 무엇인가?

*평범한 시각

중국인들의 공자에 대한 칭호는 매우 많다.

공자는 신분적으로 평민은 아니었지만, 평민과 가장 가까우며 지배 구조의 맨 아래인 사(士) 계층에 속했다. 따라서 공자는 모든 것을 스스로의 능력과 노력으로 해결해야만 하는 신분이었다.

그러나 공자 사후에, 북송(北宋)에서는 공자를 높여 '대성지성문선왕(大成至聖文宣王)' 이라는 공식 칭호를 부여하였다. 명(明)에서는 공자가 '성인(聖人) 중의 성인(聖人)' (至聖지성)이며 '교육자로서 모든 스승들보다도 앞선 분(先師)' 이라는 의미로 '지성선사(至聖先師)' 로 호칭하였고, 황제도 공자를 제사하는 의식인 석전(釋典)에 참여하였다. 곧 공자는 만인지상(萬人之上)인 황제가 올리는 제사를 받는 중국 최고의 영광된 신령(神靈)이 되었다.

그러나 공자는 한 나라의 통치자가 아니었고, 고급 관리로 명성을 누리지도 못했으며, 거만(巨萬)의 재산을 축적하지도 못했다. 공자는 위대한 사상가로 저술과 교육활동을 지속하다가 일생을 마쳤으니, 세속적으로는 그저 평범한 사람이었다.

공자는 자신감을 가지고 자신의 경륜과 포부를 실현하기 위하여 적극적 정치 참여와 관직을 원했지만 그의 포부는 실현될 수 없었다. 《논어》에는 공자가 역임한 관직에 대한 언급이나 직무 수행에 따른 치적에 대한 기록이 하나도 없다.

공자 이전에 모든 학문은 귀족들의 독점물이었고, 관리는 귀족 자제 중 후임자를 뽑아 필요한 지식을 전수하는 교육이 행해졌다. 이런 시대에 공자가 평민을 대상으로 학문을 교육한 것은, 곧 중국에서 최초의 사학(私學)을 개창했다는 것은 참으로 획기적이며 위대한 발전이었다.

공자는 제자들에게 덕행을 닦고 인을 체득하고 실천하라는 교육을 실시했다. 공자의 이러한 교육내용은 《논어》에 실린 대화 내용을 통해 알 수 있다. 《논어》에는 공자가 자신의 사상을 제자들에게 강요한다거나 타 학설을 강하게 비판하는 내용도 없다. 그리고 제자들에게는 언제나 가장 쉬운 말로 능력에 맞추어 가르치는 교육을 폈다.

*최고의 성취

위대한 사상이란 가장 보편적이면서도 타당성이 있어 모두가 받아들일 수 있고 실제에 적용되어야 한다. 한 시대나 한 지역 또는 일부 특정한 사람들에게만 적용되는 사상이라면 진정 위대한 사상일 수 없다. 이는 힌두교가 인도인에게, 유태교가 유태인들에게만 적용된다는 사실과 비교하면 쉽게 이해할 수 있을 것이다.

공자의 학문과 주장은 그의 제자들뿐만 아니라, 또 춘추시대의 중국뿐만 아니라 21세기 세계 어디서나 다 수용될 수 있고 적용

될 수 있기에 위대한 것이다.

평생 동안 일관된 신념을 끝까지 견지하는 일이 결코 쉬운 일
은 아니다. 공자는 역경에서도 자신의 주장을 굽히거나 바꾸지
않았다. 때문에 공자의 제자들은 스승을 진심으로 존경했다.

공자의 직접 가르침을 받지 않은 우리가 《논어》를 읽고 또 유
가 경전을 통해 공자의 신념을 존경하고 공자의 사상에 공감하는
것은 그가 불굴의 의지를 가진 사람이었기 때문이다. 《논어》를
통해서 알 수 있는 공자의 모습은 초인적인 성인도 아니고 우리
가 쉽게 볼 수 있으며 이해할 수 있는 그런 사람이었다.

*성인 공재(聖人 孔子)

모든 사람들이 공자를 성인(聖人)이라고 부른다.

성인은 모든 것을 다 알고 신통한 능력을 가진 사람으로 생각
하지만, 공자는 자신이 성인이라고 생각하지도 않았으며, 태어나
면서부터 모든 것을 다 아는 사람이 아니라고 분명히 말하면서,
자신은 옛 법도를 좋아하면서도 부단히 노력하며 배우는 사람이
라고 말했다.[162]

사실 배움을 통해서 무엇인가를 깨우치게 되는데 배우고 깨우

---

162 《논어 述而》 子曰, "我非生而知之者 好古敏以求之者也."

치는 정도에 따라 그 단계를 생각할 수 있다.

「태어나면서부터 많은 것을 알고 있는 사람(生知)은 가장 위(上)이다. 배워서 아는 사람(學知)이 다음이고, 모르면 살기가 힘들기 때문에 시작하는 배움(困學곤학)은 또 그 아래에 속하지만, 몰라서 고생하면서도 배우지 않는 사람은 하류에 속하는 하우(下愚)이다.」[163]라고 하였다.

여기에서 생지(生知), 학지(學知), 곤학(困學)이라는 말이 나왔지만, 사실은 안다는 점에서는 마찬가지일 것이다. 이런 학문의 단계에 대하여 유가에 속하는 순자(荀子)는 분명한 정의와 함께 학문의 필요성을 절실하게 설명했다.

「지금은 천(賤)하지만 귀(貴)한 사람이 되고, 어리석은 이가 똑똑해지며, 가난한 사람이 부유해질 수 있는가? 그것을 가능케 하는 것은 오직 학문이다. 배운 것을 실천하면 사(士)가 되고, 더 성실하게 애쓰면 군자가 되며, 사물의 이치를 통달하면 성인이 된다. 위로는 성인이 될 수 있고, 아래로는 사(士)나 군자가 되려는 나를 누가 막을 수 있겠는가?」[164]

이를 본다면, 성인은 지식의 최고 경지에 이른 사람이라고 보

---

163 《논어季氏》孔子曰, "生而知之者上也 學而知之者次也 困而學之
又其次也 困而不學, 民斯爲下矣."

164 《荀子 儒效》我欲賤而貴 愚而智 貧而富 可乎? 曰 其唯學乎. 彼學
者 行之 曰士也. 敦慕焉 君子也. 知之 聖人也. 上爲聖人 下爲士
君子 孰禁我哉.

아야 한다. 공자가 성인이라는 것은 그만큼 열심히 배우고 실천했다는 의미이지 기적을 행하는 초능력자라는 의미는 아니다.

* 넘겨다 볼 수 없는 담장

공자의 수제자 중 한 사람인 자공(子貢)은 정치적으로도 매우 활동적이 유능했으며 많은 재물을 모은 부자였다. 자공은 자신을 비유하자면, 겨우 어깨 높이의 담이라서 밖에 있는 사람들이 담 너머 화려한 집안의 모습을 보면서 감탄할 수 있다고 했다.

그러나 스승 공자는 여러 길 높이의 높은 담이라서 대문을 통해 들어가야만 집안의 화려함을 제대로 볼 수 있다고 했다.[165]

아래는 《논어 자장(子張)》에 실린 이야기이다.

숙손무숙(叔孫武叔)이란 사람이 조정에서 다른 대부에게 "자공(子貢)이 공자보다 더 현명하다."라고 어떤 사람이 자공에게 말했다.

그러자 자공이 말했다.

"궁장(宮牆, 궁궐의 담)에 비유하자면, 나의 담은 어깨 높이라서 다른 사람이 집안의 멋진 내부를 다 볼 수 있습니다. 그러나 부자(夫子, 스승)의 담은 몇 길(仞인)이나 되어 대문 안으로 들어가지 않으면 안에 있는 종묘의 아름다움이나 수많은 백관 등을 볼 수가

---

165 《논어子張》 叔孫武叔~ 子貢曰, "譬之宮牆 賜之牆也及肩 闚見室家之好. 夫子之牆數仞 不得其門而入 不見宗廟之美 百官之富."

없습니다. 많은 사람이 지나가지만, 어쩌다가 몇 사람이 대문 안에 들어옵니다. 그런 사람이니 그렇게 이야기 할 수 있습니다."

仞(길 인)은 성인 남자의 신장을 뜻하며 보통 7~8척의 길이이다(前漢代의 1尺은 23cm정도). '열 길 물속은 알아도~' 라고 말할 때, 열 길은 성인 남자 열 사람의 키 높이이다. 또 '1만 길이 넘는 책의 산은 의지가 있어야 오를 수 있다(書山萬仞志能攀서산만인지능반).' 는 속담도 있다.

담이 어깨 정도의 높이면 안을 들여다보고 또 짚고 넘어갈 수도 있다.

공자의 학덕을 직접 접하지 않은 사람이 공자의 학문과 인격을 어찌 알 수 있겠는가? 자공이 담의 높이로 자신과 공자의 차이를 설명한 것은 정말 뛰어난 비교이며 화술(話術)이다. 그래서 자공이 언어에 뛰어난 것이고 재능이 탁월하다 했을 것이다.

오늘날은 어떤 일을 할 때 적절한 해결 방법을 찾아내지 못하면 '그 문에 들어갈 수가 없다(不得其門而入부득기문이입)' 라고 비유하여 말한다.

이처럼 공자의 학문은 낮은 담 너머로 넘겨다볼 수 있는 그런 학문이 아니었다. 공자의 학문은 대문을 제대로 열고 들어가야 비로소 볼 수 있는 것이다. 이는 학문을 제대로 하지 않는 사람이라면 공자 학문의 위대한 성취를 전혀 알 수 없다는 뜻이다.

사실 아래에서 또는 멀리서 산을 쳐다보면 산속에 있는 길이 하나도 안 보인다. 산속에 들어가야만 많은 길이 보이고, 어느 길을 택하든 본인이 스스로 힘써야만 정상에 오를 수 있다. 공자 사상에 입문(入門)도 하지 않았다면, 또 대문을 열고 들어가지 않았다면, 어찌 그 사상의 위대함이나 부잣집의 화려한 내부 살림을 알 수 있겠는가?

공자가 세상을 떠난 뒤, 복상(服喪)을 마친 문하의 제자들은 각자의 길을 찾아 나섰다. 그 제자들은 공자로부터 배운 인과 예를 실천하고 육예의 학문을 널리 보급했다. 이러한 제자나 제자의 가르침을 받은 제자들의 노력은 전국(戰國)시대 제자백가에 의한 백화제방(百花齊放)의 직접적인 원인이었다.

*사다리로 오를 수 없는 하늘

몰락한 귀족의 아들로 태어난 공자에 의해 고대문화의 정수라 할 수 있는 육예(六藝, 六經)의 학문은 더욱 심오해졌다. 공자는 자신의 노력으로 교육과 사상과 실천에서 위대한 업적을 남겼기에 중국 역사상 유일한 성인으로 추앙받고 있다.[166]

---

166 成均館 大成殿에 공자의 配位에 4인을 사배(四配)라 하는데 복성(復聖)인 안자(顏子), 宗聖인 증자(曾子), 술성(述聖)인 子思, 아성(亞聖)인 맹자(孟子)를 지칭한다. 말하자면 聖人은 공자 한 사람이고, 사배는 성인에 준하는 경지에 이르렀다는 평가이다.

공자는 전통가치가 붕괴하는 시대적 상황에서 인간 본연의 참모습을 잃어서는 안 된다는 자신의 믿음을 견지하면서 도덕적 자각과 실천, 곧 인과 예와 덕행의 실천으로 선왕(先王)의 도(道)를 회복해야 한다고 주장하였다. 그리고 인본주의의 사상과 정치를 강조하고 선양했으며, 그러한 주장은 뒷날 큰 시대조류가 되었으니, 이 또한 공자의 위대한 공헌이라 할 수 있다.

공자 사상의 핵심은 인(仁)이고, 인(仁)을 일상생활에서 보다 더 구체화한 실천적 덕목은 예의나 덕치, 효제(孝悌)이다. 공자는 특히 지배계층, 곧 위정자가 인의를 실천하고 덕치를 베풀어야 한다고 주장하였다.

공자는 민중이 아니라 위정자들의 노력으로 하층민의 안정적 생활을 보장하고 사회 발전을 이룩할 수 있다고 믿었다. 공자는 언제나 백성들 편에서 위정자들의 바른 정치와 덕치를 끝까지 요구했던 유일한 사상가였다.

공자의 유가사상과 대비하여 도가(道家)의 사상은 인간 사회의 현실적 문제를 외면하는 경향이었고, 후일 법가 사상이나 병법가들은 당시의 지배자들을 옹호하는 사상으로 전제 정권에 협력적이었다.

그 당시 하층민들의 교육과 생활문화의 수준은 지금과 견줄 수 없을 만큼 비참하고 저급했다. 그런 시대에 극소수의 위정자에게 백성들을 위한 정치를 하라고 요구한 것은 정말 용기 있는 주장이었고 혜안이었다. 이런 점에서 공자는 중국의 어느 사상가보다도 위대하였다.

평지에서는 바퀴를 이용하면 빨리 움직일 수 있다. 수레는 평지에서의 빠른 이동을 위해 만들어졌다. 그러나 경사가 급한 곳에서는 바퀴가 무용지물이다. 그래서 계단을 만들었으니 사다리나 에스컬레이터는 계단을 활용한 것이다. 그렇다 하여도 하늘을 계단이나 사다리로 오를 수는 없다.

보통 사람의 현명함이나 성취는 언덕과 같아 오를 수 있지만 공자의 위대함은 해와 달과 같다고[167] 말한 제자가 자공(子貢, 子贛)이다. 해가 뜨겁다고 해를 욕하는 사람이 어리석은 것처럼 해와 달과 같은 공자의 인격은 다른 사람이 헐뜯는다 하여 허물어지지 않는다.

공자의 제자들은 스승 공자를 「따라갈 수 없는 분이며, 마치 사다리로 올라갈 수 없는 하늘과 같은 분이라.」[168]고 말했다. 이 말은 21세기에도 그대로 통한다.

---

167 《논어 子張》叔孫武叔毁仲尼. 子貢曰, "~ 仲尼不可毁也. 他人之賢者 丘陵也 猶可踰也, 仲尼 日月也 無得而踰焉."

168 《논어 子張》陳子禽謂子貢曰 ~, 子貢曰, "~ 夫子之不可及也 猶天之不可階而升也. ~."

*한유(韓愈)의 <사설(師說)>

○ 한유의 일생 요약

당대(唐代) 문장가로, 당송팔대가(唐宋八大家)의 한 사람이며 시인으로 유명한 한유(韓愈, 768-824. 愈는 나을 유)의 자(字)는 퇴지(退之)이다. 출생지는 하남(河南) 하양(河陽, 수 하남성河南省 초작시焦作市 관할 맹주시孟州市)이고, 조적(祖籍)이 창려군(昌黎郡, 지금의 요녕성遼寧省 중서부 금주시錦州市)이기에 자칭 창려 한유(昌黎 韓愈)라 하였으며, 사람들은 한창려(韓昌黎)라고 불렀다.

만년에 이부시랑(吏部侍郎)을 역임했기에 '한이부(韓吏部)'라 하며, 시호가 문공(文公)이기에 '한문공(韓文公)'이라고도 지칭한다. 또 유종원(柳宗元)과 함께 당시의 고문(古文)운동을 주도했기에 두 사람을 한유(韓柳)라 병칭한다. 한유는 산문(散文)과 시에서 골고루 유명하며, 그의 문집으로《창려선생집(昌黎先生集)》이 있다.

한유가 3살 무렵에 부모 모두 돌아가셨기에, 큰형 한회(韓會)와 형수의 손에 양육되었다. 한유는 7세에 독서를 시작하여 13세에 문장을 지었다. 그러나 과거에는 3번 실패한 뒤에 덕종 정원(貞元) 8년(792)에, 진사(進士) 급제하였지만 이부(吏部)의 시험에는 3차례나 합격하지 못했기에 '고관(考官)에게 창피를 당했다.'고 말했다.

한유는 덕종 정원(貞元) 17년(801)에야 국자감사문박사(國子監

四門博士)가 되었고, 정원 19년(803)에 유명한 〈사설(師說)〉을 지었다. 나중에 조카 한노성(韓老成)이 세상을 뜨자, 한유는 〈제십이랑문(祭十二郎文)〉을 지어 애도하였다.

당 헌종 영정(永貞) 원년(805) 8월 헌종(憲宗)이 즉위했고, 이후 한유는 지방관을 전전하였다. 헌종 원화(元和) 6년(811) 국자박사(國子博士)가 되어 〈진학해(進學解)〉를 지었고, 예부낭중(禮部郎中)으로 발탁되었다. 815년에 형부시랑(刑部侍郎)으로 승진하였고 〈평회서비문(平淮西碑文)〉을 지었다. 한유는 형부시랑 재직 중인 원화(元和) 14년(819)에 헌종(憲宗)이 석가(釋迦)의 사리(舍利, 佛骨)를 영접하는 것을 반대하는 〈간영불골표(諫迎佛骨表)〉를 올렸다가 지금의 광동성(廣東省)의 조주자사(潮州刺史)로 폄직되었다. 한유는 조주에서 치민흥학(治民興學)에 힘썼고, 유명한 〈제악어문(祭鱷魚文)〉을 지었다.

한유는 목종(穆宗) 즉위(821) 후에 장안으로 돌아와 국자감(國子監) 제주(祭酒, 국립대학장)와 병부시랑과 이부시랑(吏部侍郎), 경조윤 겸 어사대부(御史大夫)로 근무하였다. 이어 목종 장경(長慶) 4년(824)에 병고로 사직한 뒤, 12월에 57세로 별세하였다.

○ 한유의 〈사설(師說)〉

한유의 문장인 〈사설(師說)〉은 스승의 도리와 스승과 제자, 강학과 학습의 관계를 밝힌 문장이다. 이 글은 한유가 그의 제자에게 지어준 글이다.

글을 지은 배경 : 당대(唐代)의 사대부들은 문벌을 중히 따지면서, 대관(大官)이 아닌 사부(師傅)에게 물어 배우는 일을 수치라고 여겼다. 이는 반드시 고쳐야 할 불량 기풍이라고 한유는 배척하였다.

〈사설〉의 요지 : 한유는 학습활동에 대한 정의를 내리고, 학습자의 태도와 스승 존중, 스승의 수업과 의혹을 풀어주는 역할을 강조하였다. 한유는 도리(道理)가 있는 곳이 곧 스승이 있어야 할 곳이라 역설하였다. 그러면서 공자가 노자(老子, 노담老聃), 사양(師襄), 담자(郯子), 장홍(萇弘) 같은 사람에게 물어 배운 사실을 예로 들면서, 성인(聖人)은 일정한 스승이 없이(聖人無常師 성인무상사) 누구에게나 물어 배웠다고 강조하였다. 그러면서 관직의 대소, 연령의 고하를 따지지 말고 배워야 한다고 주장하였다. 그러면서 제자라 하여 꼭 스승보다 못하거나(弟子不必不如師 제자부필부여사), 스승이라 하여 반드시 제자보다 뛰어나야(師不必賢於弟子 사부필현어제자) 하는 것은 아니라고 주장하였다.

다만 누가 먼저 도(道)를 알고 깨우쳤는가 그 선후에 따라, 그리고 전문분야의 수준 여하에 따라 곧 능자(能者)가 존중받는 스승이라고 강조하였다. 그러면서 젊은이는 반드시 스승에게 물어 배우며 노력해야만 성취할 수 있다고 교육과 학습의 성취를 크게 천명하였다.

*〈사설(師說)〉

옛날에 배우려는 사람에게는 꼭 스승이 있었다. 스승이란(師者) 바른 도리를 전(傳)하고, 학업을 가르치며, 제자의 의혹(疑惑)을 풀어줄 수 있는 사람이다. 사람이 태어나면서 모두를 알고 있는 사람이 아니라면 의문이 없는 사람이 누구겠는가?

의문이 있는데도 스승을 찾아 묻지 않다면 그 의문은 끝내 해결할 수 없을 것이다(惑而不從師혹이부종사, 其爲惑也기위혹야, 終不解矣종부해의).

나보다 앞서 태어났기에, 그 사람이 나보다 앞서 도(道)를 알았다면 나는 그를 따라 스승으로 모셔야 한다. 그러나 나보다 늦게 태어났더라도 그가 도(道)를 깨우침이 나보다 먼저라면 마찬가지로 스승으로 삼아야 할 것이다. 도를 따라 배워야 하는데, 어찌 스승의 나이가 많고 적음을 따질 수 있겠는가?

이런 까닭에, 신분의 귀천을 따지지 않고, 나이의 많고 적음이 아니라 도를 깨우쳐 알고 있는 사람이, 곧 스승일 뿐이다.

아! 사도(師道)가 전해지지 않은 바가 오래되었도다! 사람들이 의혹을 풀어주는 일은 어려운 일이다.

옛날의 성인(聖人)은 보통 사람보다 훨씬 뛰어났어도, 여전히 스승을 따라 배웠다. 그러나 지금의 많은 사람들은 성인보다 한

참이나 아래이고 뒤떨어졌지만 스승을 찾아 묻는 일을 부끄럽게 여긴다. 이 때문에 성인은 더욱 지혜로워지지만, 어리석은 자들은 더욱 어리석어진다. 성인은 더욱 지혜로우나 어리석은 자는 더욱 우매한데, 그 차이는 아마 스승을 찾아 배우느냐에서 시작될 것이다.

자식을 사랑하기에, 스승을 모셔다가 가르치게 하면서도, 그 자신은 스승을 찾아 배우기를 부끄럽게 여기니 이해할 수 없는 일이다. 어린 자식의 스승은 경전의 문장을 가르치는 사람이지, 내가 말하는 도(道)를 전수하거나 의혹을 풀어주는 사부가 아니다. 경전의 문장을 읽지 못하거나 그 뜻을 풀이하지 못한다면, 스승에게 배우게 하거나 아니면 몰라도 그냥 넘어가는데, 이는 작은 것을 배우나 크고 중요한 것을 버려두는 것이기에, 나는 이를 현명하다고 생각하지 않는다.

무당(巫)이나 의원(醫), 악사(樂師), 백공(百工)과 같은 사람들은 서로를 스승으로 모시는 일을 부끄럽게 생각하지 않는다. 그러나 사대부 족속은 누가 사부이고 제자라 하면 무리를 지어 비웃는다. 왜 그런가 까닭을 물으면, 저 사람들은 나이와 도(道)가 서로 비슷하다고 말한다. 또 스승이란 사람의 지위가 낮으면 부끄럽다 생각하고, 높은 관직이라면 찾아가 아첨하며 스승이라 생각한다.

오호(嗚呼)라! 사도(師道)가 제대로 자리잡지 못했음을 알 수 있도다. 사대부들이 무당(巫)이나 의원(醫員)과 장인(匠人)들을 업신여기지만, 오히려 사대부들이 그들보다 부족한 것이니 참으로 이상한 일이로다.

성인(聖人)에게는 일정한 사부가 없다고(無常師) 말하는데, 공자는 담자(郯子), 장홍(萇弘), 사양(師襄), 노담(老聃, 노자)에게 배웠다. 담자 같은 사람은 그 명철함이 공자에 훨씬 부족한 사람이었다.

공자(孔子)는 "3인이 길을 가더라도 반드시 나의 스승이 있다."고 말하였다.

그래서 제자가 반드시 스승만 못하지도 않고(是故弟子不必不如師 시고제자불필부여사), 스승이 제자보다 꼭 더 현명해야 할 까닭도 없다(師不必賢於弟子 사부필현어제자). 다만 도를 배우고 깨우치는 일에 선후가 있고(聞道有先後 문도유선후), 기술이나 직업에 전공이 있기에(術業有專攻 술업유전공) 이와 같을 것이다.

이씨(李氏)의 아들 반(蟠)은 나이가 17살인데 고문을 좋아하고(好古文 호고문), 육예(六藝, 六經)의 경전을 모두 익혀 통달하였다. 그러면서 시속에 구애받지 않고 나에게 배움을 청하기에, 또 젊은 사람이 옛 도를 지키려 하는 뜻을 가상히 여겨 〈사설(師說)〉을 지어주었다.

3. 부지런히 공부하기

이 세상에 무명초(無名草)와 쓸모없는 삶은 없다고 한다.

실 한 가닥 또 한 가닥이 모여 아름다운 천이 되는 것처럼, 아무도 생각해주지 않는 이름 없는 교사들이 우리나라 어린 학생들을 깨우쳐 눈뜨게 했고, 어린 학생들에게 큰 뜻을 심어주고 발분 노력케 하였다.

우리나라에서 누가? 초 · 중고교 교사들을 유용(有用)한 인물이라고 주목했는가? 그런 사람은 결코 많지 않았다.

그러나 옛날 그 가난 속에서도, 농촌의 어린아이들에게 큰 꿈을 심어준 무명 교사들을 생각하지 않을 수 있는가? 그 선생님들은 열심히 공부해야만 가난을 벗어날 수 있다고 가르쳤고, 그래서 가난한 농촌의 아이들이 큰 나무로 자랄 수 있었다.

* 끈기와 노력

학문은 부지런해야 성취가 있다. 부지런하지 않으면 뱃속이

빈 것과 같다.

쇠몽둥이도 갈면 바늘로 만들 수 있고, 흙을 쌓아 산을 만들 수 있다. 불길이 닿지 않으면 밥이 익지 않고, 공부가 깊지 못하면 일을 이루지 못한다.

백 리를 가야 할 길이라면 90리가 절반이다(百里之行백리지행 九十爲半구십위반). 좋은 일을 배우기는 산을 오르듯 어렵지만, 나쁜 것을 배우기는 평탄한 길을 가듯 쉽다. 학문에는 항심(恒心)을 귀히 여기고, 수도(修道)에서는 진실을 깨우치는 것을 귀하게 여긴다.

배우면 익숙해지고, 하지 않으면 잊어버린다. 배움에는 의문을 귀하게 여긴다. 의문이 작으면 조금 진보하고, 의문이 크면 많이 진보한다. 배울 것을 배우고 물을 것을 물어라(學學問問학학문문). 하나를 배우면 둘을 물어라(一學二問일학이문). 학문의 길에서는 다만 중지하는 것을 걱정하지, 늦는 것을 걱정하지 않는다.

어려서 총명했다 하여 커서 꼭 현명하지는 않다. 그 까닭은 자신의 총명을 믿고 노력하지 않기 때문이다. 독서에는 모름지기 마음을 기울여야 하나니, 글자 한 자가 천금과도 같다.

마음은 모든 일의 주인이니, 모든 일은 마음먹기 달렸다. 마음만 굳다면 먼 길도 두렵지 않고, 굳은 결심이면 돌이라도 뚫는다. 넘어갈 수 없는 고개 없고, 건널 수 없는 강도 없으며, 지나가지 못하는 화염산(火焰山) 또한 없을 것이다.

사람보다 더 높은 산 없고, 두 발(脚, 다리 각)보다 더 긴 길은 없다. 머리를 대들보에 매어놓고(頭懸梁두현량) 송곳으로 허벅지를 찌르며(錐刺股추자고) 공부하였다.[169]

*학여불급(學如不及)

공자가 말했다.

「배움을 따라가지 못할까 걱정하고 잃을까 두려워하라.」[170]

「내가 종일 먹지도 않고, 밤새 자지도 않고 사색해 보았지만 아무 실익도 없었으니 배우는 것만 못하다.」[171]

학여불급(學如不及)은 배움에서 사부의 가르침을 이해 못 하고 따라가지 못할 것처럼 걱정하고, 배운 것을 잃을까 걱정하라(猶恐失之유공실지)는 뜻이다.

남을 스승으로 삼는다면 진보할 수 있다고 하였으니, 우선은 따라가야 한다. 따라가지 못하면 뒤처지는 것이고, 처지면 중단하고, 중단하면 아무것도 이룰 수 없다.

---

169 이는《戰國策 秦策》에 실린 종횡가 소진(蘇秦)의 이야기이다.

170《논어 泰伯》子曰, 學如不及, 猶恐失之.

171《논어 衛靈公(위령공)》子曰, "吾嘗過不食, 終夜不寢, 以思無益, 不如學也."

순자(荀子)도 그의 《권학(勸學)》 첫머리를 「학문은 그만둘 수 없다(學不可以已학불가이이).」라고 시작하면서 선왕(先王)의 가르침을 배우지 못하면, 학문의 깊고 위대함을 알지 못한다고 하였다.

남의 선행을 들으면 마치 따라 하지 못할까 걱정해야 하고, 나의 불선(不善)은 빨리 고쳐, 하루 한 때라도 불선(不善)에 머물러서는 안 될 것이다.

*지성감천(至誠感天)

마음이 급하면 뜨거운 죽을 먹지 못한다. 마음이 급하면 사람을 기다리지 못하고, 성급하면 고기를 낚지 못한다. 밑이 뾰족한 병은 서있지 못하고, 달리는 말 위에서는 《삼국지》를 읽지 못하며, 한줌 불로는 한솥밥을 익힐 수 없다.

고요한 가운데 움직임이 있고, 움직임 속에 고요함이 있다. 정좌한 연후에야 평일의 기운이 깨끗했는가를 알 수 있고, 침묵한 뒤에야 평상시 언사가 성급했음을 알 수 있다. 정좌(靜坐)하여 자신의 과오를 생각하고 한가한 담소라도 마땅히 옳고 그른가를 생각해야 한다.

*견현사제(見賢思齊)

「어진 사람을 보면 그와 같이 행동하려 하고, 어질지 못한 행동을 보면 스스로 반성해야 한다.」[172]

불인자(不仁者)는 역경이나 곤궁에 오래 견디지 못한다. 그렇다고 쾌락만을 추구하여도 오래 견디지 못한다. 인자(仁者)는 인(仁)에 안주하고, 지자(知者)는 인(仁)을 적절히 이용할 줄 안다.[173] 공자는 인자(仁者)만이 타인을 사랑하고 미워할 줄 알며,[174] 인(仁)에 뜻을 둔 자는 악(惡)이 없다 하였다.[175]

도덕과 학문으로 수양한 현자는 인(仁)을 실현하려고 노력한다. 그런 현인이 있다면 따라 배우고 같이 실천하려고 노력해야 한다. 그렇지 못한 자를 보았다면 '그래선 안 된다' 며 스스로 반성해야 한다.

도덕은 스스로 배우고 고쳐나가야 한다. 그 반면 교사가 불인자(不仁者)일 것이다. 견현사제(見賢思齊)는 자신을 위한 노력이다.

✱ 오거서(五車書)와 만권서(萬卷書)

책을 읽으면 유익하다(開卷有益개권유익 = 開卷有得개권유득).

172《논어 里仁》子曰, 見賢思齊焉 見不賢而內自省也.
173《논어 里仁》子曰, 不仁者不可以久處約, 不可以長處樂. 仁者安仁, 知者利仁.
174《논어 里仁》子曰, 唯仁者能好人, 能惡人.
175《논어 里仁》子曰, 苟志於仁矣, 無惡也.

모든 일이 하품(下品)이고, 오직 독서만이 고상한 일이다. 많은 책을 읽으면 저속한 습성을 고칠 수 있다. 곧 독서는 나쁜 습성을 고쳐준다.

도깨비를 그리기는 쉽지만 사람을 그리기는 어렵다. 제멋대로 행동하기는 쉽지만, 실사구시(實事求是)는 어렵다.

독서의 재미를 안다면 천 번도 부족하다. 책을 천 번 읽으면 그 뜻이 저절로 보인다.

부귀는 부지런하고 힘든 독서 끝에 얻어지나니(富貴必從勤苦得부귀필종근고득), 사나이라면 모름지기 다섯 수레의 책을 읽어야 한다(男兒須讀五車書남아수독오거서).

학예(學藝)를 갖춘 자는 어디를 가든 편안히 살 수 있다. 만약 능히 늘 수백 권의 책을 가질 수 있다면 천 년을 이어가더라도 결코 소인(小人)이 되지 않을 것이다.

재물 간수를 잘못하는 것은 도둑에게 일러주는 것이고, 얼굴 화장은 음행을 가르치는 것이다. 재주와 학문이 깊다면 자랑하지 말고, 날이 선 좋은 칼은 칼집에 감추어야 한다.

책을 모아두는 것이 많은 금을 모아두는 것보다 낫다(藏書勝於藏多金장서승어장다금). 만 권의 장서는 자손에게 유익하다(萬卷藏書宜子孫만권장서의자손). 10년 공부를 시켜도 부자가 안 되지만, 하루라도 가르치지 않으면 바로 가난해진다.

자손을 위한 땅은 다 사줄 수 없고, 자식을 위한 집은 다 지어 줄 수 없다. 만경(萬頃)의 좋은 땅이 넉 냥어치 얄팍한 복만 못하다.

4. 배움의 결과

봄비가 내리면, 겨우내 꽁꽁 언 땅속에 숨어있던 풀싹이 일제히 자란다. 봄날 비온 뒤의 대나무 순(雨後竹筍우후죽순). — 아주 빨리 곧게 자란다. 한여름 삼복 더위 속의 수수. — 마디마디가 위로 자란다.

7월의 강물 — 뒤에 오는 물이 앞 물을 밀어내다. — 배움도 그러하다. 그러니 후생가외(後生可畏, 두려워할 외)라는 말이 생긴 것이다.

*괄목 상대(刮目相對)

중국 삼국시대 동오(東吳) 손권(孫權)의 신하인 무장 여몽(呂蒙, 178-220)은 출신이 한미한 사람이었다. 뒷날 무장으로 입신출세하여 촉한의 관우(關羽)를 생포하였다. 여몽은 주유(周瑜), 노숙(魯肅), 육손(陸遜)과 함께 동오(東吳)의 4대도독(四大都督)이라 칭했다.

여몽은 빈한한 가정에서 성장했기에 젊어 학문을 하지 못했다. 그러나 손권의 장려에 힘입어 경전을 공부하고, 많은 책을 읽

어 전략(戰略)에 관한 안목을 틔웠고, 지용쌍전(智勇雙全)의 장수
가 되었다.

　그전에, 손권은 여몽과 다른 장수 장흠(蔣欽)을 불러 말했다.
　"경들은 지금 관직을 갖고 일하지만, 그래도 학문을 하여야 스
스로 앞길을 넓힐 수 있다."
　이에 여몽은 "군중(軍中)의 업무가 많고 힘들어 독서할 겨를이
없습니다."라고 말했다.
　이에 손권이 말했다.
　"내가 어찌 경들에게 경전을 전공하여 박사가 되라고 했는가?
그래도 지나간 일은 두루 읽어 알아야 한다. 경들이 일이 많고 힘
들어도 나만큼이야 하겠는가? 나는 젊었을 적에《시경(詩經)》,《서
경(書經)》,《예기(禮記)》,《좌전(左傳)》,《국어(國語)》를 읽었지만《역
(易)》을 읽지는 못했다. 국사를 주관하면서 나는《삼사(三史)》[176]와
여러 병법서를 읽었는데 크게 유익하다고 생각하고 있소. 경들은
천성이 영명(英明)하니 학문을 하면 크게 진보할 것인데, 그래도
하지 않겠는가? 그리고 응당 서둘러《손자(孫子)》,《육도(六韜)》,
《좌전(左傳)》,《국어(國語)》및《삼사(三史)》를 읽어야 하오. 공자께
서도 '종일(終日) 불식(不食)하고, 종야(終夜) 불침(不寢)하며 생각
해 보아도 무익하니 배우는 것만 못하다.'고 하였소(《논어(論語)

---

176 三史 - 史記, 漢書, 東觀漢記. 唐代 이후에는 史記, 漢書, 後漢書.

위령공(衛靈公)》). 또 광무제(光武帝. 후한 건국자 유수劉秀, 재위 서기 25-57년)도 병마(兵馬)의 격무 속에서도, 손에서 책을 놓지 않았소(手不釋卷수불석권). 조맹덕(曹孟德, 조조曹操)도 스스로 노이호학(老而好學)이라 하였소. 그러니 경들이 어찌 배움에 힘쓰지 않을 수 있겠는가?'

이에 여몽은 처음으로 학문을 시작하여 돈독한 의지로 게을리하지 않았으며, 그가 읽은 책에 대해서는 나이 많은 유생한테도 지지 않았다.

뒷날 노숙(魯肅)이 주유의 후임이 되어 여몽의 군영에 들려 의논할 때도 노숙은 여몽에 비해 자신이 부족하다고 느꼈었다. 그래서 여몽이 이렇듯 대략(大略)을 갖고 있는 줄 몰랐다고 감탄하였다.

이에 여몽이 말했다.

"사인(士人)이 헤어져 3일을 만나지 못했다면(士別三日사별삼일), 눈을 비비고 다시 보아야 한다(卽更刮目相待즉갱괄목상대, 刮은 비빌 괄, 눈을 비비고 다시 보다)고 하였습니다. 제가 알기로, 대형(大兄, 노숙)께서는 공근(公瑾, 주유周瑜)의 후임이시니 관우를 상대해야 하십니다. 관우 또한 어른이 되어서도 호학하여 《좌전》을 늘 읽는다고 하였습니다만, 관우는 자존심이 강하여 사람을 무시한다고 들었습니다. 그러니 응당 여러 가지로 대응이 있어야 하지 않겠습니까?'

괄목상대와 비슷한 뜻으로, 일취월장(日就月將)[177]이란 말이 있다. 나날이(日) 나아가고, 달(月)마다 크게 좋아진다는 뜻인데 본래《시경(詩經), 주송(周頌), 경지(敬之)》의 구절이다.

✽ 어약용문(魚躍龍門)

물고기가 용문을 뛰어올라가면 용이 된다(魚躍龍門어약용문, 過而爲龍과이위룡. 躍은 뛰어오를 약).

옛 중국 전설에 하수(河水, 황하)에 사는 잉어(鯉, 잉어 리)가 용문(龍門, 산서성山西省 중서부 하진시河津市의 황하 협곡峽谷)의 폭포를 뛰어올라가면 용(龍)이 되어 승천할 수 있다고 하였다.

잉어의 이런 도약과 승천은 과거시험에 합격, 갑자기 높은 관직에 승진 또는 발탁을 상징하는 쾌거에 비유되었다.

황하의 중상류에 해당하는 이곳 용문 협곡은 황토가 뒤섞인 매우 혼탁한 급류라서 다른 물고기들은 생존 자체가 어려운데, 잉어는 오염수에 강하며 또 다른 어종에 비하여 몸집과 비늘도 크며, 수염이 있어 물고기의 왕자(王者)처럼 생각하였다. 또 잉어는 물결을 거슬러 올라가는 습성, 곧 역경을 극복하는 의지가 있다고 생각하였다.

---

177 《詩經, 周頌, 敬之》「日就月將, 學有緝熙于光明.」(나날이 달마다 진보하여, 빛나 밝게 깰 때까지 계속 배운다. 여기 집희(緝熙)는 계속의 뜻.)

그리고 봄철이 되면 황하의 누런 흙탕물의 영향으로 잉어의 배가 황색으로 변하고, 또 복부 주변의 비늘도 황금색으로 변하기에 강자(强者)로 천운을 타고난 잉어만이 여기서 폭포수를 거슬러 올라 용이 되어 승천한다는 전설이 만들어졌을 것이다.

＊승당입실(升堂入室)

공자의 제자 자로(子路)가 현악기인 슬(瑟) 연주를 배워 연습하는데, 공자가 볼 때 상당한 수준에 도달했다.

이에 농담으로 "자로는 왜 내 집에 와서 슬을 연주하는가?" 하면서 연주가 대단치 않은 것처럼 말했다.

그 말을 전해들은 제자들이 자로를 약간 우습게 보았을 것이다. 이는 정확하게 보거나 평가하지 않고 그냥 대중심리에 휘말려 제대로 보지 못했다는 뜻이다.

그런 제자들을 보고 공자가 다시 말했다.

"자로는 마루(堂, 正廳)까지 올라왔지만, 아직 방에 들어온 것은 아니다."[178]

마당에서 섬돌을 딛고 다음에 마루에 올라선다(升은 오를 승, 즱의 뜻). 마루에 올라온 다음에 입실(入室)하게 된다. 마루까지

---

178 《논어 先進》 子曰, 由之瑟, 奚爲於丘之門? 門人不敬子路. 子曰, 由也升堂矣, 未入於室也.

왔다면 상당한 경지에 올랐다는 비유이다. 입실은 학문이나 기예가 최고의 심오한 경지에 도달했다는 의미로 칭찬과 선망의 뜻을 담고 있는 말이다. 등당입실(登堂入室)도 같은 말이다. 이는 학문이 놀랍게 진보하다.

곡식은 하늘이 낸다. 사람이야 희망을 갖지만, 수확의 많고 적음은 하늘의 뜻이다. 꽃을 심고 가꾸기는 1년(種花一年종화일년), 꽃을 보기는 열흘이다(看花十日간화십일).

오이를 심으면 오이를 얻고(種瓜得瓜종과득과), 콩을 심으면 콩을 거둔다(種豆得豆종두득두). 씨앗은 땅에 뿌리지만, 거두기는 호미로 한다. 호미 날 끝에서 황금이 나온다. 곧 매사에 열성이 있어야 하며, 밥을 먹여 키운 자신의 손과 발은 그냥 놀릴 수는 없는 일이다.

그러하기에 부지런한 농부는 빨리 걸어 자기 밭에 들어가 대소변을 해결한다. 동시에 똥 누면서 밭의 풀도 뽑는다. 머리 회전이 빠른 처녀는 뽕 따러 가서 임도 본다.

* 능면백난(能免百難)

한 걸음에 한 발자국, 그리고 무 뽑은 자리마다 구덩이 하나!
또 물 한 방울 떨어지면 거품 하나. 그러면서 물 한 방울을 흘리지 않다. 정확하고 틀림없다.

일 하나를 잘해놓으면, 학문이 깊으면, 백 가지 어려움을 면할
수 있다.

도덕과 인의는 예(禮)가 아니면 성립할 수 없다. 용기가 있는
것은 지혜만 못하고, 지혜가 있다 해도 학식만은 못하다.
사람에게 학식이 있다는 것은 나무에 가지와 잎이 무성한 것과
같다. 무성한 가지와 잎은 사람에게 그늘을 만들어준다. 학식이
많은 사람은 남에게 많은 도움을 준다.
정확한 사람은 정확하게 청산하고, 흐리멍덩한 사람은 계산도
흐리멍덩하다. 창문에 구멍이 뚫리면 풀로 붙여야 하고, 사람이
악한 짓을 한다면 제거해야 한다.

본래 말이란 그 사람 행실의 표현이고(言言, 身之文也신지문
야), 예(禮)는 그 사람의 행실이다(禮예, 身之幹也신지간야). 말 한
마디는 만금의 가치가 있고(一言値萬金일언치만금), 한번 승낙은
천금보다도 무거우니(一諾重千金일락중천금), 이미 한번 정해진
말은 천금을 준다 해도 바꿀 수 없다(一言已定일언이정, 千金不移
천금불이). 말 한 마디가 부실하다면 모든 일이 허사이니(一言不
實일언부실, 百事皆虛백사개허), 대장부가 뱉은 말 한 마디는 흰 천
을 검게 물들인 것과 같다.

* 자수성가(自手成家)

사람이 살려면 꼭 필요한 4개의 기(氣, 基, 技, 記)가 있어야 한다.

여기서 기(氣)는 기운(氣運), 곧 생명이다. 태어나고 자라는 힘이고, 체력이며, 건강이고, 끈기이다.

기(基)는 사람의 기본(基本), 인간으로 갖춰야 할 기본 밑바탕이다. 인의예지신(仁,義,禮,智,信)의 마음가짐이며 기본 양심과 도덕이다. 기본을 갖추지 못했다면 사람이 아니다.

기(技, 재주 기)는 재주, 기술이니 먹고 살 방법이다. 가수는 노래가, 목수는 뛰어난 솜씨가, 그리고 사기꾼에게는 뛰어난 머리와 속임수가, 곧 기본 기(技)이다.

다음의 기(記)는 기록이다. 무엇인가를 적어야 한다. 자신의 기술에 관하여, 또는 자신의 생활이나 생각한 바를(思考) 기록해야 한다. 축구선수 손흥민은 매일 자신의 훈련 과정을 일기로 기록했다. 그래야만 자신을 반성하고 앞으로 더욱 진보할 수 있으니, 이는 보다 나은 내일의 자신을 위한 밑천(본전本錢, capital)이다.

생활에 필요한 '4개의 기(氣, 基, 技, 記)를 갖춘 결과는 바로 '일어날 기(起)'이다. 곧 자신을 일으켜 세우고(起身기신), 가문을 일으킬 수 있다(起家기가).

기(起)는 자립이다. 공자 '나이 30에 자립했다(三十而立삼십이립)'고 하였다. 이는 경제적, 사회적인 자립은 물론 자신의 주관을 확립했다는 의미로도 풀이할 수 있다. 부자는 가업의 계승과 발전을, 가난한 사람의 자수성가(自手成家)가 바로 기(起)이다.

자수성가한 사람 중에 허약하거나 게으른 사람은 없다. 기본 예의도 없이 자수성가한 사람이 있던가? 자신의 직업도 없이, 먹고 살만한 솜씨나 재주 없이 어찌 자수성가하겠는가?

그리고 자수성가한 사람이 일자무식이던가? 자수성가한 사람이 학식 많은 사람을 멀리하던가? 자신의 분야에서 열심히 기록을 남기고 공부했기에 자수성가한 것이다.

자수성가한 사람은 5가지(氣 + 基 + 技 + 記 = 起)를 이루려고 노력했다. 그런 사람은 만년(晩年)에 자신의 삶을 되돌아보아도 부끄럽지 않을 것이다.

배울 學 – 포기

제8장 배울 學 - 포기

사람이 가난하면 큰 뜻을 못 가진다(人貧志短인빈지단). 곧, 뜻이 비루해진다. → 말이 수척하면 털만 길어 보인다.

나쁜 것을 배우기는 산이 무너지듯 쉽고(學壞如崩학괴여붕), 좋은 것을 배우기는 산에 오르듯 어렵다(學好如登학호여등). 좋은 것을 배우기에는 3년도 부족하나(學好千日不足학호천일부족), 나쁜 것을 배우기는 하루라도 남는다(學壞一日有餘학괴일일유여).

일은 욕심 때문에 시작하지만(萬事起於欲만사기어욕) 욕심 때문에 실패한다(萬事亦敗於欲만사역패어욕).

의지가 강한 사람은 멀리 내다보며 큰 뜻을 세우고 실천하지만 의지가 약한 사람은 늘 새로운 목표를 세운다. 그리고 아홉 길의 높은 산을 만들고서도 마지막 한 삼태기의 흙이 모자라 그간의 공을 무너뜨린다. 끝을 잘 거두기는 쉬운 일이 아니다.

---

1. 실패한 모양
   * 묘이불수(苗而不秀)   * 알묘조장(揠苗助長)
   * 과유불급(過猶不及)
2. 반구저기(反求諸己)
   * 자시자만(自恃自慢)   * 사심자용(師心自用)
   * 자화자찬(自畵自讚)   * 중도이폐(中道而廢)
   * 게으른 자식
3. 지족불욕(知足不辱)
   * 익자삼락(益者三樂)   * 착오(錯誤)
   * 무재(無才)   * 역경(逆境)

1. 실패한 모양

용의 눈은 여의주를, 봉황의 눈은 보배를, 소의 눈은 풀을 알아본다.

사실 학문을 좋아하고 새로운 지식에 기뻐하며 부지런히 노력하면 응당 나아지고 진보한다. 스승의 가르침에 기뻐하며 배우는데, 어찌 나태할 수 있겠는가?

멈추지 않기 때문에 진보하는 것이다. 일이 닥쳤을 때 두려워하면 꾀하는 일을 잘 마치기 어렵다. 시간이 짧은 것보다는 자꾸 중단되는 것이 두렵다.

꽃씨를 뿌렸어도 싹이 안 트는 경우가 있다. 싹이 텄어도 모두가 잘 자라 이삭이 패고 열매를 맺지 못하는 경우도 많다. 입학했어도 중간에 포기하는 학생은 얼마나 많은가?

우수한 학생만을 뽑아 입학시킨 일류 대학교에도 성적 불량 낙오자가 나온다. 성적이 부진한 학생이 많은 삼류 학교에서도 일류 대학 진학자가 나온다.

*묘이불수(苗而不秀)

그래도 우리 생활에서 농사와 관련된 순수한 우리말이 많이 남아있다. 그러나 이를 글로 기록했을 때 설명에 어려움이 많다.

옛 농촌의 생활용구 중에 키(箕)나 고무래(丁)를 본 적이 없어 모르는 사람이 많이 있다. 씨앗이 트고(苗싹 묘), 이삭(秀)이 패고(發), 여물다(實)와 같은 말, 그리고 농사나 절기에 관련된 용어나 속담 등도 그러하다.

싹은 곡식이 발아(發芽)하여 조금 자란 상태를 말한다. 수(秀, 穗는 이삭 수. 곡식의 열매)는 곡식이 자라 이삭이 나오거나 개화(開花)한 것이다.

공자가 아끼던 수제자 안회가 죽었을 때, 공자는 크게 비통했다. 그래서 말했다.

「씨가 싹텄지만 이삭을 패지 못하는 경우가 있다. 이삭은 팼으나 여물지 못하는 경우도 있다.」[179]

제목의 묘이불수(苗而不秀)는 공자가 안회(顔回)의 조사(早死)를 비유한 말이라고 한다. 그러나 안회의 죽음 말고도 수련이나 학문을 시작했지만 철저하지 못하여 중도에 포기했다면 '묘이불수'라고 말할 수 있다.

---

179 《논어 子罕(자한)》 子曰, 苗而不秀者, 有矣夫! 秀而不實者, 有矣夫!

벼 이삭이 다 패었어도(秀) 여물지 않으면(不實) 쭉정이가 된다. 쭉정이는 가축의 사료로도 못쓴다. 어려서 재능이 출중했던 사람이 좋은 결과를 맺지 못하고, 또 열심히 장기간에 걸쳐 공부를 했으나 아무것도 이루지 못한 고시낭인이나, 또 공부한답시고 도서관에서 시간이나 죽이면서 의욕을 상실한 도서관 폐인은 '수이부실(秀而不實)'이라고 말할 수 있다.

*알묘조장(揠苗助長)

흔히 '자식 농사'라는 말을 한다. 자식을 잘 키웠는가? 아니면 잘못 키웠는가는 마치 가을에 거두는 농사와 같다는 뜻일 것이다.

농사는 우선 그 시작이 중요하다. 미리 농사일을 계획하고 준비하여, 때에 맞추어 씨앗을 뿌리면 싹은 트게 되어 있다. 일단 싹이 트면, 그 새싹을 잘 보살펴 주어야 한다. 그냥 방치하면 잡초 속에 묻혀 시들어버린다. 그렇다고 너무 많이 보살펴주는 것이 좋은 것만도 아니다.

새싹에게 거름은 꼭 필요한 것이지만, 그렇다고 너무 많은 거름을 주면 싹은 노랗게 타 죽어간다. 비실비실 병든 싹은 가망이 없으니 '싹수가 노랗다'고 말한 것이다.

《맹자 공손추장구(孟子 公孫丑章句) 上, 丑의 音은 추)》에 곡식의 싹이 자라는 것을 도와준 어리석은 농부의 이야기가 나온다.

그 사람은 싹이 튼 곡식이 빨리 자라도록 조금씩 뽑아 올려주고서는 집에 돌아와 아내에게 말한다.

"오늘은 몹시 피곤하구나! 싹이 자라는 것을 도와주었도다."[180]

그 아들이 밭에 달려갔을 때, 모든 싹은 벌써 말라죽었다는 이야기다.

싹이 자라도록 도와주는 것, 이것을 조장(助長, 도울 조)이라 한다. 무리한 조장은 싹을 말라죽게 한다. 무리한 아들 교육은 자식 농사를 망친다. 새싹이 거름이 부족하여 비실비실해서도 안 된다. 그렇다고 자식의 싹수를 노랗게 만들어서는 더욱 안 된다.

처음에는 똑같이 싹트지만 모든 싹이 다 잘 자라는 것은 아니다. 농부의 손길과 정성에 따라 전혀 다르게 자란다. 자식을 낳았으니 아버지가 되었지만, 그 아버지가 얼마나 정성을 들이고, 어떻게 가르치느냐에 따라 자식은 다르게 자란다.

아버지가 농사의 주인이듯, 자식 교육의 중심은 아버지, 곧 가장(家長)이어야 한다. 아버지가 가르치지 않으면 그 자식은 싹수가 노랗게 된다.

---

180 알묘조장(揠苗助長) — 揠은 뽑을 알. 뽑아올리다. 苗는 싹 묘. 助는 도울 조.

* 과유불급(過猶不及)

사람의 얼굴이 다르듯 성격이나 개성이 다르다. 한 사람의 일생이나 성취는 그 성격에 따라 당연히 달라질 것이다. 차고 넘치거나 적극적인 것이 꼭 좋은 것이 아니고, 모자라거나 소극적인 태도가 꼭 나쁜 것도 아니다. 너무 꼼꼼한 것도 안 좋지만 대충대충 또한 좋지 않다. 모든 언어나 행실은 적당해야 한다. 사실 분(分)에 꼭 맞아야 하겠지만, 그게 쉬운 일은 아닐 것이다.

자공(子貢)은 세상살이에 달인(達人)이었다는 생각이 든다. 공자에게는 인정받는 제자였고, 정치적으로도 높은 자리에 올랐으며, 당시에 여러 나라를 돌며 외교적 수완을 발휘하였고, 거만(巨萬)의 재산을 축적한 상인으로 중국 '유상(儒商)'의 본보기였다.

과유불급(過猶不及, 猶는 같을 유)은 좀 지나친 것이나 좀 모자란 것이나 마찬가지라는 뜻이다. 왜냐면 둘 다 중용(中庸)에서 벗어났기 때문이다. 그러나 자식 농사에서는 과불여불급(過不如不及)이다. 곧 지나침은 부족함만 못하다는 말이다.

넘치는 것이 모자라는 것보다 꼭 좋은 것은 아니다. 빨리 가는 시계나 늦게 가는 시계나 시간 틀리기는 마찬가지이다.

농사에서 거름이 부족하면 늦게라도 거름을 주면 된다. 그러나 거름이 너무 많아 싹이 노랗게 되면 다시 살릴 수는 없다. 자식에게 교육은 꼭 필요하지만 지나친 교육이나 기대와 욕심은 자식을 삐뚤게 자라게 한다.

　한번 삐뚤어자란 나뭇가지는 바로잡기가 쉽지 않다. 부잣집이
나 권력가의 자식 중에 탕아(蕩兒)가 많은 것은 필요 이상 너무 많
이 주었기 때문이다.

　현재 우리나라에서 분에 넘치는 어린아이들의 조기(早期) 교육
이나 선수(先修) 학습이라는 것은 그 효과만큼이나 폐단도 많다는
것을 분명히 인식해야 한다.

2. 반구저기反求諸己

술이 지나치면 말이 많고, 말이 많으면 실언도 많다. 모든 일은 서두를 때 잘못된다(萬事皆從急中錯만사개종급중착).

실패와 잘못을 반성하며, 그 원인을 자신에게서 찾다. 이를 반구저기(反求諸己, 諸는 之於의 축약. 音은 저)라 한다. 남의 산에 있는 돌이라도 내 옥(玉)을 연마하는 데 쓸 수 있다(他山之石타산지석, 可以攻玉가이공옥). 이는 《시경(詩經) 소아(小雅) 작명(鶴鳴)》의 구절이다

한 번 구덩이에 빠지면(吃一塹흘일참, 吃은 말더듬을 흘, 먹다. 塹은 구덩이 참), 지혜가 하나 늘어난다(長一智장일지). 곧 사람은 실패한 경험에서 배운다. 작은 실패를 고치지 않으면 큰 낭패를 보고, 작은 도랑을 메우지 않으면 큰 골짜기가 된다.

✻ 자시자만(自恃自慢)

소인은 스스로 잘났다고 하며(小人自大소인자대), 작은 냇물이

소리가 크다(小水聲大소수성대).

나뭇잎 하나가 눈을 가리면, 산도 보이지 않는다. 콩알이 양쪽 귀를 막으면 천둥소리도 안 들린다. 잘못된 인식 차이로 학문적 오류를 범하다.

사소한 실수가 모든 것을 무너뜨린다. 그리고 욕심이 생기면 지혜는 혼미해진다.

곧 썩은 복숭아 하나가 온 광주리 복숭아를 모두 망친다. 생선 한 마리가 온 솥에 비린내만 풍긴다. 쥐똥 한 덩어리가 온 솥의 죽을 못 쓰게 만들다.

한번 잘못된 생각이 평생을 그르친다.

본래 물 반 통은 많이 흔들린다. 마치 자신의 부족한 실력을 알면서도 자랑하기와 같다.

노반(魯班)이 아무리 재주가 좋아도, 자기 능력에 맞추어 일을 한다. 노반의 집 앞에서 도끼를 들고 솜씨를 자랑하다(魯班門前弄大斧노반문전농대부). 자신의 역량을 알지 못하다. 자신의 학식이나 실력을 아무 데서나 자랑하다. 노반(魯班)은 춘추시대 노국인(魯國人)으로, 목수(木手), 기와쟁이(瓦匠와장), 장인(匠人, 기술자)의 조사(祖師)이다.

공자네 대문 앞에 와서 시문(詩文)을 팔지 말고, 공자 앞에서 삼자경(三字經)을 외우지 말라는 말도 있다. 공자 앞에서 문자 쓰거나, 달인(達人) 앞에서 어설픈 기량을 뽐내지 말라는 뜻이다.

자신의 학식이 뛰어나고 자신의 주장만 옳다며 다른 사람에게 뽐내거나 오만한 것이 바로 자시자만(自恃自慢, 恃는 믿을 시. 慢은 게으를 만, 거만하다)이다.

개가 달을 보고 짖는 까닭은 개가 높낮이를 모르기 때문이다. 개미가 큰 나무를 흔들려 마음먹고 덤비는 것은 자신의 능력을 헤아리지 못하는 가소로운 일이다.

＊사심자용(師心自用)

문을 걸어 잠그고 혼자 독서할 경우 깨우치지 못하는 부분이 있으면 어떻게 해야 하는가? 이끌어 줄 스승이 없을 때, 자신의 생각이나 결론이 가장 옳은 것으로 알고, 자기 마음을 자신의 스승으로 삼는 것을 사심자용(師心自用)[181]이라 한다.

"스스로 탐구하고 사색해야 한다. 그렇다고 혼자만의 생각으로 사심자용은 안 된다. 실제에 도달할 수 없다."

---

181 사심자용(師心自用)─자기만 옳다고 고집하고 남의 말에 귀를 기울이지 않다. 독선적이어서 제멋대로 행동하다. '師心'은 자기 마음(心)을 전적으로 따르며 타인의 가르침이나 이미 통용되는 법도를 따라가지 않는다는 뜻. 師心自任, 또는 사심자시(師心自是)와 같다. 師心은《莊子 人間世》에 보인다.

대롱(管)으로 하늘을 보아도 하늘은 보인다. 그렇다고 대롱으로 보이는 것만 하늘이라고 생각할 수는 없다. 표주박으로 바닷물을 헤아릴 수 있는가? 혼자만의 고행과 수련으로는 결국 위대한 깨달음, 곧 대관(大觀)을 얻을 수 없다. 전체를 보지 못한다면, 대도(大道)를 보지 못하나니, 대관을 얻을 수 있도록 노력해야 한다!

*자화자찬(自畵自讚)

족제비는 제 새끼한테서 향내가 난다고 자랑한다. 제 꿈을 제가 해몽하고, 제가 잘났다고 하면 옆사람들이 웃는다.

재주와 학문이 깊다면 자랑하지 말고(才學深 재학심, 不張揚 부장양), 날이 선 좋은 칼은 칼집에 감추어야 한다(寶刀利 보도리, 鞘裏藏 초리장). 능력이 모자란 사람일수록 자랑이 많고, 학문이 깊은 사람은 그 마음이 평온하다. 다른 사람 앞에서 제 자랑 하지 말고, 다른 사람 뒤에서 남의 허물을 논하지 말라.

*중도이폐(中道而廢)

염구(冉求, 字는 자유子有. 염유冉有)는 공문십철(孔門十哲) 중 정사(政事)에 이름이 올랐다. 염구는 다재다예(多才多藝)하고, 겸손한 성격이었다.

염구가 공자에게 말했다.

"제자 스승의 도(道)를 기뻐하지 않는 것은 아니지만 실천에 힘이 부족합니다."

그러나 공자가 말했다.

"힘이 부족한 자는 중간에 그만두게 된다(中道而廢중도이폐). 지금 너는 못할 것 같다고 스스로 줄을 그은 것이다."[182]

누구든 그 나이에 맞는 적당한 일을 해야 할 때, 힘이 넘쳐나는 사람은 없다.

'내게 힘이 부치는 일'이라고 생각하면 그런 핑계로 중도에 그만두게 된다.

공자는 염구가 스스로 선을 그어놓고 그 안에 안주하고, 그러면 결국 중간에 그만두게 된다면서 보다 더욱 노력하라고 격려하였다. 요즈음 널리 쓰는 '반도이폐(半途而廢, 途는 길 도)'도 같은 말이다.

방 안에서 연(鳶)을 띄우면 얼마나 올라가겠는가? 숲속에서 연을 띄우면 장애물이 많아 성취할 수 없다. 연은 연줄의 길이만큼만 올라간다. 자신을 줄에 묶인 연으로 생각하는 사람은 스스로

---

182 《논어 雍也(옹야)》 冉求曰, 非不說子之道, 力不足也. 子曰, 力不足者, 中道而廢. 今女畵. 女는 너 여(汝).

선을 긋고 안주하려는 소극적인 사람이다. 그러나 줄이 끊어진 연은 높이 멀리 날아간다.

산에 오르길 두려워해서는 안 된다. 산에 오르는 여덟 갈래 길이 있으면(上山八條路상산팔조로), 내려오는 길도 여덟 개가 있다(下山路八條하산로팔조).

학문을 하는 사람은 소털만큼 많지만(學者如牛毛학자여우모) 성취하는 사람은 기린의 뿔과 같다(成者如麟角성자여린각). – 매우 드물다.

'유리천정'이란 보이지 않는 장애물이고 한계라는 뜻이지만, 그것을 인정하고 두꺼워 깨지 못한다고 생각한다면, 언제 유리천정을 깰 수 있겠는가?

*게으른 자식

자식 키우는 것이 자식농사이다.

농사꾼은 그 어느 직업인보다도 부지런해야 한다. 농사에는 때가 정말 중요하다. 씨앗을 뿌리는 파종 시기는 물론 농약을 뿌리는 시기와 양, 방법 등 역시 중요하다. 그래서 농사에서는 특히 경험이 중요하다.

더군다나 사계절이 분명한 우리나라에서 농사는 때를 잘 맞춰야 하고 그때에 맞춰 해야 할 일을 꼭 마쳐야 한다. 이 때문에 농부는 매사에 부지런하고 또 때맞춰 서둘러야 한다.

자식을 키우는 아버지는 훌륭한 농부처럼 부지런해야 한다. 또 부지런함을 자식에게 가르쳐야 한다. 가장 좋은 가르침은 아버지 스스로 본보기가 되는 것이다. 자신이 부지런하지 않고서는 근면을 가르칠 수 없다.

게으른 농부가 농사에 실패하듯, 게으른 아버지는 자식농사를 망친다. 아버지가 진정 부지런하다면, 자식이 어찌 게으를 수 있겠는가? 내 자식이 게으르다면, 내 자식의 앞날에 대하여 기대할 수 없을 것이다.

어떤 사람은 이런 이야기를 할 것이다.

도시의 아이들은 농촌 아이들하고 다르다. 근면을 교육하고 실험할 여건이 되어있지 않다. 도시 아파트에서 아이가 부지런하면 무얼 얼마나 하겠는가? 농촌 아이들이야 바쁜 농사철에 부모를 도와 부지런히 일한다지만, 도시 아이들이 그런 것을 어디에 가서 겪어보겠는가? 옛날 나라 전체가 가난할 때는 부지런해야 목구멍에 거미줄을 안 쳤다. 지금은 적당히 게으름을 피울 수 있는, 곧 여유가 있어야 창조적인 아이디어가 나오고 그 때문에 큰 돈을 버는 것이다. 무조건 근면만을 강조하는 것은 구시대의 낡은 개념이고 이미 한물 간 20세기 초의 교육 이념이다.

사실, 서울이라는 대도시에서 살고 있는 필자 역시 그 주장에 조금은 동의한다.

그러나 필자는 다음과 같이 대답할 것이다.

"옛날에나 통했던 이야기로만 지금의 아이들을 가르칠 수야 없다. 더군다나 대도시의 아이들, 모든 것이 풍족하고 부족한 것이 없는 아이들에게 부지런하라는 가르침은 할아버지의 잠꼬대 같은 소리일 수 있다.

사실 요즈음 농촌에 있는 중·고등학생들도, 아들이건 딸이건, 집안일을 거의 돕지 않는다. 역시 제 공부만 하거나 아니면 잘 놀며 생활하고 탈선하는 학생도 많이 있다. 근면이란 미덕은 그저 나이 먹은 늙은이들의 가슴속에 남아 있는 아련한 향수(鄕愁) 같은 단어이며, 이제 곧 사전에서도 사라질 것 같은 말이라 생각되지만 꼭 그렇지는 않을 것이다.

서울이라는 이 대도시에서도, 내가 근무했던 학교에도 부지런한 선생님이 있었고, '애가 참 부지런하다' 고 느껴지는 학생이 분명히 있었다."

솔직히 말해, 아버지가 부지런해야 자식도 부지런하다. 부지런한 아버지가 부지런하게 자식을 교육해야 한다. 집에서 자식을 가르칠 시간이 없다고 말할 수는 없다.

사실 부지런하다고 꼭 농사에 성공하는 것은 아니다. 그처럼 아버지가 부지런하다고 모두 자식농사를 잘 짓는 것은 아니다.

그러나 게으른 농부에게 애당초 풍년 농사를 기대하기 어려운 것처럼, 게으른 아버지한테 좋은 결과를 기대하기는 그만큼 어려울 것이다. 다만 자식을 부지런히 가르치면 성공 가능성이 조금 더 많을 것이다. 그래서 근면을 강조하는 것이지 근면하다고 성공을 보장받을 수는 없다.

아버지는 근면한데 자식이 게으르다면, 어딘가 잘못된 데가 있는 것이다. 논둑에 큰 구멍이 났는데, 아무리 부지런히 논물을 댄다고 무엇이 되겠는가? 아버지의 교육이 먹혀 들어가지 않는다면 분명 그 원인이 무엇인가를 찾아내어 바로잡아야 한다.

3. 지족불욕知足不辱

지족이면 치욕이 없고(知足不辱지족불욕), 멈출 곳을 알면 위태롭지 않다(知止不殆지지불태). 벼슬이 높으면 위험이 많고(官大有險관대유험), 나무가 크면 바람을 많이 탄다(樹大招風수대초풍).

예술은 끝이 없고, 인생은 힘들고도 짧다. 바닷물은 퍼낸다고 마르지 않고, 학문에는 그 끝이 없다. 불에 날아드는 나방은 죽을 때까지 멈추지 않는다.

학문의 길에서는 다만 중지하는 것을 걱정하지(學問之事학문지사, 只患止지환지), 늦는 것을 걱정하지 않는다(不患遲불환지). 배울 것을 배우고, 물을 것을 물어라(學學問問학학문문). 하나를 배우면 둘을 물어라(一學二問일학이문).

* 익자삼락(益者三樂)

살면서 즐거움이 없다면 어찌 장수할 수 있겠는가? 적당한 오락이나 삶에서 느끼는 쾌락이 있어야 한다. 공자가 말한 3가지의 유익한 쾌락을 쾌락이라 생각하는 지금 사람은 많지 않을 것이다.

예악(禮樂)으로 절제되는 생활의 즐거움, 다른 사람의 선행을 이야기하는 즐거움, 그리고 현명한 친우가 많다는 즐거움은 우리에게 유익한 즐거움이라고 공자가 말했다.

대신 3가지 유해한 쾌락도 있다. 교락(驕樂, 오만방자한 쾌락), 일락(佚樂, 逸樂, 방탕의 즐거움), 그리고 안락(晏樂, 음식과 황음의 쾌락)은 유해한 쾌락이라고 했다.[183]

필자의 생각으로 교락은 부자가 돈을 뿌리고 권력자가 멋대로 행세하는 즐거움일 것이다. 약자를 괴롭힐 때 느끼는 쾌락도 여기에 속할 것이다.

일락은 일도 하지 않고 놀이만을 탐하거나 마음껏 게으름을 피울 수 있는 끝없는 유락(遊樂)일 것이고, 안락(晏樂)은 퇴폐적인 행위에서 느낄 수 있는 쾌락일 것이다.

*착오(錯誤)

말이 많으면 시비도 많고, 사람이 많은 곳에 시비도 많으니, 시

---

183 《논어 季氏》孔子曰, 益者三樂, 損者三樂. 樂節禮樂, 樂道人之善, 樂多賢友, 益矣. 樂驕樂, 樂佚遊, 樂晏樂, 損矣.

비가 벌어진 곳에 오래 머물 수 없다. 시비의 한가운데에서, 네가 입으로 말하면 나는 귀로 듣겠다.

붉은 입술, 붉은 혀에 말이 많고, 말이 길면 일을 망친다. 달고 쓴 것은 목에 삼켜버리면 느낄 수 없지만, 시빗거리가 입에서 나오면 고치기 어렵다. 시빗거리는 언제나 있지만, 듣지 않으면 저절로 없어진다. 미인에게는 이런저런 말이 많고, 과부네 집 앞에도 시빗거리는 많다.

과오를 알고 고친다면 이보다 더 좋은 선(善)은 없다(知過能改 지과능개, 善莫大焉선막대언). 잘못이나 과오가 있다면 고치고, 없다면 더욱 힘써야 한다(有則改之유칙개지, 無則加勉무칙가면).

잘못 간 길은 돌아오면 되지만, 사람을 잘못 보면 고생하게 된다. 호랑이를 풀어 산으로 돌려보내니, 후환이 끝이 없을 것이다. 판단 착오로 재앙의 씨를 뿌리다.

호랑이는 산이 높다고 걱정하지 않고, 용은 물이 깊은 것을 걱정하지 않는다.

파혼을 한 번 하면 3대가 곤궁하다. 하늘이 정해준 혼인이라면 몽둥이로 때린다 해도 깨지지 않는다. 집이 가난하면 어진 아내를 생각한다.

미련한 아내와 둔한 자식은 어찌할 도리가 없다. 아내의 부정은 가정파탄의 근본이고, 깨진 거울은 다시 둥글게 되기 어렵다.

갈라진 부부는 다시 합치기 어렵다.

자수성가하려면 소 두 마리를 키워야 하고, 집안을 망치려 한다면 두 아내를 거느린다. 모든 일을 망치는 데는 술보다 더한 것이 없다.

작은 돌멩이가 큰 항아리를 깨뜨린다. 물동이는 우물 근처에서 깨지기 십상이고, 장군은 싸움터에서 죽게 마련이다.

바탕이 좋은 사람은 때리지 않아도 사람이 되지만, 바탕이 나쁜 사람은 맞아 죽어도 사람이 못 된다. 힘든 훈련을 견디지 않고서는 훌륭한 대장부가 될 수 없다.

진도가 빠른 사람은 틀림없이 물러남도 빠르다. 빨리 뜨거워졌다 빨리 식는다. 글자는 검은 강아지이니, 덧칠하면 할수록 더 추해진다. 글자를 썼으면 덧칠하지 말고, 똥을 누었으면 다시 쳐다보지 말라.

물은 흐르지 않으면 썩고, 칼은 갈지 않으면 녹이 슨다. 머리에 지혜가 없으면 팔다리가 피곤하다. 사람이 한가하면 손톱만 자라고, 사람이 궁하면 두 발만 길다.

* 무재(無才)

부귀한 집에 재주 있는 아들 없다. 부자에게 어진 아내 없고(富無良妻부무양처), 빈자에게 살찐 말이 없다(貧無良駒빈무양구). 재물이야 온 세상에 어디든 있지만, 게으른 사내의 손에는 오지 않는다.

재물(財)은 재주(才)가 없으면 글자가 되지 않는다(財字無才寫不成 재자무재사불성), 곧 재주가 있어야 돈이 모인다. 재물이 없어지면 교제도 끝나고, 미인도 늙으면 첩실이 되기도 어렵다. 좋은 꽃이라도 푸른 잎이 받쳐주어야 한다

바람이 아무리 세게 불어도 태산을 넘어뜨릴 수 없지만, 앵두 같은 작은 입이(계집) 태산(많은 재산)을 다 먹어치운다. 좋은 말은 실족(失足)하지 않고, 좋은 소는 느리지 않다.

* 역경(逆境)

세상사 변화무쌍하나니, 늘 호경기는 아니다. 흰 구름이 갑자기 잿빛 개로 변하더니, 천둥이 사납게 치고 광풍이 불고, 물동이를 기울인 듯 비가 쏟아진다. 부서진 둥지 아래 깨지지 않은 알이 있겠는가?

부서진 배가 맞바람을 만나듯, 역경이 겹친다. 구름을 걷어내고 해를 보다. 장애를 제거하고 좋은 상황을 맞이하다. 역경을 이겨내니 밝은 세상이 오다.

남을 배신하여 좋은 일 없고(背人無好事배인무호사), 좋은 사람은 배신하지 않는다(好人不背人호인부배인). 동이를 엎으면 안에는 햇빛이 들지 못한다.

군자와 소인

제9장 군자와 소인

주(周) 왕조에서 주왕(周王, 天子)은 제후를 각 지역에 분봉(分封)하여 제후국을 세워(封建봉건) 백성을 통치케 하였다. 백성들은 이 제후를 국군(國君)이라 불렀고, 국군의 아들을 군자라고 불렀다.

제후국의 군자는 좋은 교육을 받았기에 학식에 문화적 소양과 함께 도덕적 의지를 가진 사람이었다. 때문에 학식과 고매한 인품을 가진 사람을 높여 군자라 부르기 시작했다.

이런 뜻의 군자는 일반적으로 귀족에 대한 통칭으로 쓰였고, 후대에는 사대부(士大夫)나 관리를 지칭하였다. 또한 군자는 생산활동에 종사하는 소인(평민)의 상대적 의미로도 쓰였다. 곧 공자는 군자의 의미를 세습적 신분으로 타고난 사람이 아닌, '바른 심성과 교양을 가지고 도덕적인 행동으로 모범이 되는 인간'이라는 가치지향적인 의미로 사용했다.

공자의 교육은 '사람을 군자로 만들기 위한 교육'이라고 생각될 정도로 《논어》에는 군자에 대한 언급이 많다. 공자가 생각한 군자는 누구든 교육과 자신의 노력으로 도달할 수 있는 인간의 보편적 이상형이라 할 수 있다.

곧 군자는 이상적 인간형이지만 현실과 동떨어진, 찾아보기 힘든 인간이 아니었다.

---

1. 군자(君子)와 소인(小人)의 구분
 * 군자는 지배 계층
 * 군자고궁(君子固窮)
 * 군자탄탕탕(君子坦蕩蕩)
 * 군자삼외(君子三畏)
 * 망지엄연(望之儼然)
 * 소인의 평계

2. 군자(君子)의 행실
 * 군자불기(君子不器)
 * 군자회덕(君子懷德)
 * 군자구저기(君子求諸己)
 * 군자화이부동(君子和而不同)
 * 군자삼계(君子三戒)
 * 군자구사(君子九思)
 * 군자유어의(君子喩於義)

3. 군자(君子)의 학문
 * 군자상달(君子上達)
 * 군자성인지미(君子成人之美)
 * 군자우도불우빈(君子憂道不憂貧)
 * 문질빈빈(文質彬彬)
 * 군자병무능언(君子病無能焉)
 * 명예와 칭송

1. 군자君子와 소인小人의 구분

물건을 서로 비교하면 그 차이가 확실해지며, 어떤 개념은 그 상대적인 개념을 찾아 설명해주면 뜻이 더욱 명확해진다. 이는 신사의 예절교육을 위해 비신사적 행위를 보여주는 것과 마찬가지이다.

공자는 군자가 해야 할 일이나 가쳐야 할 도덕규범, 또는 가치관을 자주 소인과 비교하여 설명하였다.

* 군자는 지배계층

일반적으로 군자는 신분이 고귀한 지배계층이었고, 소인은 생산에 종사하는 피지배층이었다. 군자(君子) 또는 대인(大人)이라 지칭하는 이들은 주(周)나라 지배계층으로 교육을 받고 통치하는 일에 종사하며 정신적 노동, 곧 노심(勞心)하며 예(禮)에 의하여 사회질서를 유지하려 했다.

군자는 백성의 신임을 얻은 뒤에야 백성을 부릴 수 있으니, 그렇지 않다면 백성은 군자가 자신을 괴롭힌다고 생각할 것이다. 군자는 신임을 얻은 뒤에 간언(諫言)을 올릴 수 있으니, 그렇지 않으면 윗사람은 헐뜯는다고 여길 것이다.[184]

이들 지배계층인 군자의 통치를 받으며 생산 활동에 종사하는 사람들을 민(民) 또는 서인(庶人, 庶民)이라 불렀는데, 이들은 군자나 대인에 대하여 소인(小人)이라 칭했다.

곧 소인은 지배계층을 위하여 육체적 노동, 곧 노력을 바쳐야 했기에 '관리들이 먹는 것은 모두 소인의 땀'이라는 말 그대로 소인은 '생산에 종사하는 사람'이었다.

백성을 뜻하는 글자 '民'의 상형(象形)은 눈을 찔린 형상, 곧 앞을 못 보는 형상에서 나왔다고 하는데, 때문에 처음부터 교육의 기회가 주어지지 않았기에 문맹자이면서 교양이 없는 사람들이었다. 그래서 생산활동에 종사하며, 학문적 지식이 필요하지 않았고 예(禮)를 지키거나 알아야 할 필요가 없었으며, 심지어 자기 조상에 대한 제사를 지낼 수도 없었다.

군자는 도덕을 갖추고 수양을 쌓았으며 예를 알고 실천하는 사람이었고 그렇지 못한 사람은 소인이었다. 따라서 소인은 도덕과 규칙을 따르지 않는 사람, 또는 고상한 인격이나 원대한 이상을

---

184 《논어 子張》子夏曰, 君子信而後勞其民, 未信, 則以爲厲己也. 信而後諫, 未信, 則以爲謗己也.

품지 못한 사람, 또는 자신만의 이익을 추구하는 사람이라는 뜻으로 통용되었다. 이런 점은 공자도 확실하게 선언하였다.

곧, 「군자이면서 불인(不仁)한 사람이 있을 수 있지만, 소인으로 인(仁)을 실천하는 사람은 없다.」[185]

* 군자삼외(君子三畏)

군자는 인격적이나 도덕적으로 완성된 사람이다. 그런 사람도 두려워하며 조심하고 피해야 할 것이 있다. 곧 천명(天命)과 대인(大人, 高官)을 두려워하고, 성인(聖人)의 말씀을 두려워해야 한다.[186]

대인(大人)은 고관이다. 고관의 욕심이나 착오, 감정에 따라 군자(君子)의 목숨은 한방에 혹 날아갈 수 있다.

성인의 말씀을 조심하라는 말은 정도(正道)를 걷지 않는다면 패가망신할 수 있다는 뜻으로 받아들이면 된다. 무술계의 교훈에 '대용(大勇)은 겁쟁이 같고(大勇若怯대용약겁), 대지(大智)는 어리석은 것 같다(大智若愚대지약우).'고 하였다. 군자는 조심하고 두

---

185 《논어 憲問》 子曰, 君子而不仁者有矣夫, 未有小人而仁者也.

186 《논어 季氏》 孔子曰, 君子有三畏, 畏天命, 畏大人, 畏聖人之言. 小人不知天命而不畏也, 狎大人, 侮聖人之言. 畏는 두려울 외, 狎은 친압한 압. 업신여기다. 철없이 함부로 까불다. 侮는 업신여길 모.

려워해야 한다.

군자의 두려움과 소인의 두려움은 차이가 있다. '멍청한 사내가 마누라를 무서워하고, 현명한 여자는 남편을 두려워한다.' 고 하였다. 그리고 소인은 천명이나 성인의 말씀을 모르기에 두려움을 몰랐고, 고관에게 기어오르기도 했다. 그래서 어느 한순간에 목숨을 잃는다. 그래서 자고로 '군자는 예의를 갖춰 대접하고, 소인은 형벌로 다스린다.' 고 하였다.

* 군자고궁(君子固窮)

기원 前 497년, 55세의 공자는 노(魯)를 떠나 각국을 여행한다. 공자가 노나라를 떠난 이유를 명확하게 설명한 사료도 없으며 오랜 기간의 외유(外遊)에 관하여 《논어》에도 극히 간단한 서술이 있을 뿐이다. 하여튼 공자는 당시 노(魯)의 실권자 계환자(季桓子)와 갈등이 있었다고 추정할 수 있다.

공자는 68세 되는 해까지 14년간 자신의 도(道)를 실현할 수 있는 나라를 찾아다녔다. 공자는 당시 노(魯)나라 주변의 약소국인 위(衛), 송(宋), 진(陳), 채(蔡) 등에 주로 머물렀고, 진(晉), 초(楚), 제(齊) 같은 큰 나라에는 가지도 않았다.

이러한 외유를 공자가 천하를 주유(周遊)했다고 표현하지만 사실은 많은 역경과 난관만을 겪었을 뿐 끝내 뜻을 이루지 못했다.

공자가 각국을 돌아다니는 동안 정(鄭)나라 성문에서는 일행과 떨어져 '상갓집의 개(喪家之狗상가지구)'[187]처럼 처량한 상황에 처하기도 했으며, 광(匡)이란 곳에서는 마을 사람들의 공격을 받아 목숨이 위태로웠던 때도 있었다. 뿐만 아니라 진(陳)과 채(蔡)의 접경 지역에서는 식량이 떨어져 7일 동안 굶기도 했었다.

이때 자로는 화가 나서 "군자도 이렇듯 쪼들려야 합니까?"라고 물었다.

이에 공자께서 말씀하셨다.

「군자는 본래 쪼들리게 마련이다. 소인은 쪼들리면 함부로 외람된 짓을 한다.」[188]

군자는 정도를 걷는 사람이다. 불의와 타협할 수 없다. 그러다 보면 관직에 진출도 못하고 때로는 쫓겨난다. 그런 다음은 가난이다. 군자의 가난은 숙명이라는 뜻이다.

---

187 《史記 孔子世家》에 나오는 표현이다. 상갓집의 개는 주인이 경황이 없어 먹을 것을 챙겨줄 수 없다. 떠돌아다니는 공자의 생활을 이렇게 표현한 것은 공자 같은 聖人일지라도 일상생활은 결코 쉽지 않았다는 점을 후세에 전해주기 위한 사마천의 의도였다고 생각한다.

188 《논어 衛靈公》明日遂行, 在陳絕糧, 從者病, 莫能興. 子路慍見曰, 君子亦有窮乎? 子曰, 君子固窮, 小人窮斯濫矣.

*망지엄연(望之儼然)

자하가 군자의 몸가짐에 관해 언급하였다.

군자는 3가지가 다르나니, 외모를 보면 엄숙하고, 가까이서 상대하면 온화하며, 그 말을 들으면 바르고 확실하다.[189]

공자의 처신(處身)은 「온화하되 분명하고, 위엄이 있으나 사납지 않으며, 공손하면서도 안온(安穩)하였다.」고 말했다. 공자의 몸가짐이 이러하였으니, 자하도 비슷한 말을 그 제자에게 언급하였다.[190]

원문에서 厲(엄할 려, 사나울 려)는 엄격하면서도 태도가 바르고 분명하다는 뜻이다. 보통의 경우, 사람이 온화하다면 유약(柔弱)한 일면이 있지만 자하가 언급한 군자의 말은 확실하면서도 분명하다는 뜻이다.

사실 내면의 수양 없이 겉모습(外表)을 가지려 해도 가질 수 없고 꾸미려 해도 꾸밀 수 없다. 백옥에는 무늬를 새기지 않고(白玉不雕백옥부조), 좋은 구슬은 꾸미지 않는다(寶珠不飾보주불식). 군자의 모습에는 아마 백옥이나 주옥 같은 존엄과 아름다움이 있을 것이다.

---

189 《논어 子張》子夏曰, 君子有三變, 望之儼然, 卽之也溫, 聽其言也厲.

190 《논어 述而》子溫而厲, 威而不猛, 恭而安.

✱ 군자탄탕탕(君子坦蕩蕩)

「군자는 심지(心志)가 넓고 너그럽고, 소인은 늘 불안하다.」[191]

원문의 坦蕩蕩에서 坦은 평평할 탄. 평탄한 모양이고, 탕탕(蕩蕩)의 蕩은 클 탕, 넓을 탕, 쓸어버리다의 뜻으로 심지(心地)가 광대하여 마음에 걱정이 없는 모양이다. 척척(戚戚)의 戚은 근심할 척, 슬플 척, 친할 척, 도끼 척 등 여러 가지 뜻이 있는데 근심하는 모양이다.

군자는 일신의 이득을 생각하지 않기에 늘 마음이 평정 속에 관대하다.

그러나 소인은 득실을 따지고 계산하기에 언제나 마음이 불안하고 근심이 많다는 뜻이다.

군자는 수양이 완성되었기에 오직 정도(正道)로 만사를 대하고 정정당당한 원칙이 확립되었기에 한없이 너그러울 수 있다. 그러나 소인은 매사를 이해득실로 따지기에 누구하고도 또 어떤 일이든 발끈하며 싸움닭처럼 목을 세우고 달려든다.

군자는 남들이 나를 알아주든 몰라주든 마음 쓰지 않고 화를 내거나 성질을 부리지 않는다.[192] 설령, 세상살이에 이해 못할 일이 있어도, 학문의 발전이 뜻대로 되지 않아도 하늘이나 남을 원

---

191 《논어 述而》 子曰, 君子坦蕩蕩, 小人長戚戚.

192 《논어 學而》 子曰, 學而時習之, 不亦說乎? ~. 人不知而不慍, 不亦君子乎?

망하지 않는다.[193]

사실 이 정도의 수양도 쉬운 일은 아니지만, 군자의 가슴은 가을 밤하늘에 높이 뜬 보름달과 같이 밝고 깨끗하다. 이렇게 열린 가슴을 가지려면 우선 매사에 긍정적인 자세가 필요하다. 그러나 소인은 이와 반대이다.

득실에 얽매이니 매사가 불안하고 부정적이다. 내 손안에 있는 것은 언제든지 작거나 부족하다. 늘 남이 떡이 커 보이니 불안하고, 손해 보는 것 같아 참을 수가 없다. 이것이 바로 소인의 장척척長戚戚이다. '장척척'은 병이다. 요즈음 사람들은 이것을 '스트레스'라고 말하며, '히스테릭한 반응'을 보인다.

군자는 소인과 같은 스트레스가 없으니 힐링(healing)이 필요 없다. 요즈음 관광지마다 툭하면 '힐링! 힐링!' 하며 힐링을 만병통치약처럼 아무데나 갖다 붙이지만 군자에게 무슨 힐링이 필요하겠나? 군자는 마음이 병들지 않았기에 치료를 받을 필요가 없고 또 지치지도 않았다. 힐링이 필요한 사람은 아마도 모두 소인일 것이다.

---

193 《논어 憲問》子曰, 莫我知也夫! 子貢曰, 何爲其莫知子也? 子曰, 不怨天, 不尤人, 下學而上達. 知我者其天乎!(怨은 원망할 원. 尤는 더욱 우, 원망할 우, 탓할 우)

* 소인의 평계

「소인은 잘못하고선 꼭 평계를 댄다(小人之過也必文소인지과
야필문).」[194]

원문의 過는 잘못, 곧 과오이다. 자식이 죄를 지었다면 아버지
는 일단, 응당 숨겨야 하고(子有過父當隱자유과부당은, 隱은 숨을
은, 숨기다) 아버지가 잘못을 저지른다면 자식은 응당 간쟁(諫諍)
해야 한다(父有過子當諍부유과자당쟁, 諍은 간할 쟁, 권고하다). 또
대인은 소인의 과실을 보지 않는다(大人不見小人之過대인부견소
인지과).

군자와 소인은 모든 면에서 틀리다. 군자의 과오는 일식이나
월식과 같아서 모든 사람이 다 쳐다본다. 그러나 군자가 그 잘못
을 고치면 모두가 우러러본다.[195]

그러나 소인은 잘못을 저지르고 그것이 알려지면 꼭 무슨 평계
를 댄다. 그 평계는 거의 다른 사람의 탓이다. 여기서 문(文)은 학
문의 문(文)이 아니고 꾸민다는 뜻이다.

자신의 허물을 숨기고 평계대면서 고치지 않다 보니 점점 거짓

---

194 《논어 子張》 子夏曰, 小人之過也必文.
195 《논어 子張》 子貢曰, 君子之過也, 如日月之食焉, 過也, 人皆見之,
更也, 人皆仰之.

말이 커지고 결국 완전히 잘못되기에 이른다. 이를 문과수비(文過遂非. 遂는 이를 수, 결국)라고 한다. 소인이 그러하다.

사람은 누구나 과오를 범하지만, 과오는 고치는 것이 중요하다. 소인은 핑계 대며 고치지 않으니 결국 엎지른 물이 된다. 엎지른 물은 담을 수 없다(覆水不返 복수불반, 覆은 뒤집힐 복).

2. 군자君子의 행실

배부르고 등 따시면 엉뚱한 일이 생긴다(飽暖生寒事포난생한사). 부자는 사치를 아니 배워도 사치하고, 빈자는 검소를 배우지 않아도 검소하다.

아궁이는 비어야 하고, 사람 마음은 차 있어야 한다. 대나무는 마디가 있고, 사람은 지조가 있다. 현량한 사람을 좋아하는 자는 번창하지만, 여색을 좋아하는 자는 망한다. 계란을 훔친 자는 닭도 훔칠 줄 알고, 바늘을 훔친 사람은 소도둑이 될 수 있다.

현자는 스스로 현명해졌고, 어리석은 자는 스스로 멍청해졌다. 현자에게 많은 재물은 그의 뜻을 손상할 수 있고, 어리석은 자에게 많은 재물은 그에게 과오를 저지르게 한다. 군자는 큰 일과 먼 장래를 알려고 힘쓰지만, 소인은 작은 것 가까운 것을 알려고 한다.

군자의 몸(행동)은 클 수도 작을 수도 있고, 대장부의 뜻은 굽힐 때도 펼 때도 있다.

* 군자불기(君子不器)

물건이나 액체를 담을 수 있는 그릇은 크기에 따라 용도가 제한된다. 대기(大器)는 만성(晩成)이고, 소기(小器)는 이영(易盈, 盈은 가득찰 영)하나니 곧 쉽게 채울 수 있다.

군자는 그릇처럼 그 용도가 제한되어서는 안 된다는 말이다. 기(器)란 그릇이나 연모로 쓰이는데 '옥도 다듬지 않으면 그릇(물건)이 되지 않는다(玉不琢옥불탁, 不成器불성기)'[196]라는 말은 아무리 바탕이 좋아도 교육을 받아야만 인재가 될 수 있다는 뜻이다.

공자의 '군자불기(君子不器)' 란 말이 나올 수 있었던 그 당시에는 지식의 범위가 넓지 않았다. 군자는 두루 널리 배워 많이 알아야 하고, 여러 가지 일을 담당할 수 있어야 한다고 생각했다. 따라서 박학(博學)을 권장한 공자였고, 공자의 박학은 누구나 인정할 정도였다.

그러나 공자는 박학에 예(禮)를 지켜 행실을 조심해야만 정상에서 벗어나지 않을 것이라고 주장하였다.[197]

공자 교육의 중점 내용인 문행충신(文,行,忠,信)은 곧 문헌적 지

---

196 《禮記 學記》 …玉不琢, 不成器. 人不學, 不知道. 故古之王者 建
　　國君民, 敎學爲先~.

197 《논어 雍也(옹야)》 子曰, 君子博學於文, 約之以禮, 亦可以弗畔矣
　　夫!

식과 행위규범(禮), 직무 충실과 신뢰할 수 있는 언행이었다. 이 정도가 갖춰지면 어디에서 무슨 일이든, 또 어떠한 경우라도 대처할 수 있을 것이다. 즉 군자불기의 경지에 도달한 것이라 볼 수 있다.

공자가 강조한 '군자유(君子儒)'와 '군자불기(君子不器)'는 같은 뜻이 아니겠는가?

✱ 군자삼계(君子三戒)

군자가 한평생 조심해야 할 3가지!

젊었을 때는 왕성한 혈기가 안정되지 않았기에 여색(女色)을 조심해야 한다(戒色계색). 장년이 되어서는 혈기가 한창 성할 때이니 다툼(鬪, 싸움 투)을 조심해야 하고(戒鬪계투), 늙어서는 혈기가 쇠퇴하는 대신 욕망만 남았으니 탐욕을 조심해야 한다(戒得계득).

이는 인간 본성의 문제가 아니라 혈기나 기운에 따라 인간의 욕망이 달라지고, 그에 따라 삼가고 조심할 내용이 달라진다. 공자는 인성의 선악을 단정적으로 언급하지 않았다. 다만 인간이 가진 욕망이나 악습은 예절이나 교육, 수양에 의해 향상되고 그래서 군자가 될 수 있다는 신념을 갖고 있었다.

모든 과오나 실수, 더 나아가 패가망신과 멸족에 이르기까지 그 근본은 욕심이다. 욕심이 생기면 지혜는 혼미해진다. 그래서 욕심이나 욕구를 잘 제어해야 한다.

젊었을 때 여색을 조심하라는 말은 많은 사람들이 잘 알고 있다. 본래 젊은 남녀의 색정은 비슷하다. 술과 여색은 사람을 다치게 하고 일을 그르친다. 술과 여색, 돈과 재물은 사람마다 다 좋아하지만, 그 얻는 방법이나 즐기는 방법이 문제가 된다.

본래 글자 貧(가난 빈)과 貪(탐할 탐)은 같은 모양이다. 곧 가난하면 생존욕구 때문에 욕심이 생길 수밖에 없다. 특히 노년에 기력이 쇠퇴하며, 젊었을 때 색정(色情)으로 향하던 욕구가 노년에 물욕(物慾)에 집중되기에 노탐(老貪)이란 말까지 생긴 것이다. 늙어서 재물욕에 평생에 이룬 공덕을 하루아침에 잃고 패가망신하는 경우를 지금 시대도 흔히 볼 수 있다.

공자의 군자삼계는 직접 체험이 아닌 견문에서 얻은 결론이라고 생각해야 한다. 여하튼 미끼를 탐하는 고기가 쉽게 낚시에 걸린다(貪魚易上鉤탐어이상구. 鉤는 갈고리 구. 낚시). 진정한 사나이는 여색을 탐하지 않고(好漢不貪色호한불탐색), 영웅은 재물을 탐하지 않는다(英雄不貪財영웅불탐재).

군자에게는 3가지 걱정거리가 있다(君子三患군자삼환. 患은 근심 환).

이름이 알려지기 전에는 알려지지 못할까 걱정하고(未之聞미지문, 患弗得聞也환부득문야), 알려진 다음에는 배우지 못할까 걱정하며(旣聞之기문지, 患弗得學也환부득학야) 배운 다음에는 실천하지 못할까 걱정한다(旣學之기학지, 患弗能行也환부능행야). (《예기(禮記), 잡기(雜記) 下》

* 군자희덕(君子懷德)

군자와 소인은 여러 면에서 상대적이다.

군자는 도덕을 생각하나 소인은 토지를 마음에 두고 있으며, 군자는 법도를 소인은 받을 은혜만을 생각한다.[198]

懷(품을 회)는 사념(思念)이다. 덕(德)은 도덕이니, 바른 이념이나 인의(仁義)의 실천을 지칭할 것이다. 소인(小人)의 회토(懷土)는 생리(生利), 곧 먹고 살아갈 궁리이다. 군자회형(君子懷刑)의 형(刑)은 법도(法度)이고, 소인회혜(小人懷惠)의 혜(惠)는 위에서 베풀어 주는 혜택만을 생각한다. 이 구절은 "군자는 대의를 밝히고, 소인은 이득을 추구한다."는 공자의 말과 같은 뜻이다.[199]

* 군자구사(君子九思)

공자는 군자의 일상에서 꼭 유념해야 할 9가지를 열거하였다.

「사물을 볼 때 내가 명백하게 잘 보는가를 생각하고, 명확하게

---

198 《논어 里仁》子曰, 君子懷德, 小人懷土, 君子懷刑, 小人懷惠.
199 《논어 里仁》子曰, 君子喩於義, 小人喩於利.

들었는가를 생각하고, 안색은 온화한가를 생각하며, 공손한 외모인가를 생각하고, 진실한 말을 했는가 생각하며, 웃어른에게 공경했는가를 생각하고, 모르는 일이 있을 때 가르침을 청했는가를 생각하며, 화가 났을 때라도 다음에 오는 곤경을 생각하고, 이득이 있을 때 의리를 생각해야 한다.」[200]

사물을 밝게 보아야 한다(視思明시사명)는 말은 어떤 편견이나 선입관을 가지고 보지 말라는 뜻이다. 명확하게 듣는 것도 상대방 말의 뜻을 새겨서 들으라는 뜻이며, 언사충(言思忠)의 忠은 충실한 말, 곧 진실된 말이며 거짓이 없는 진실을 말하라는 뜻이다. 분사난(忿思難)은 화가 났을 때 성질대로 대응한 다음에 일어날 수 있는 곤란한 문제를 생각하라는 뜻이다.

사실 군자가 지켜야 할 이런 9가지 행실을 모두 다 지키기는 정말 어려울 것이다. 목표를 여기에 두고 성실히 노력하라는 뜻으로 새겨들어야 한다. 처음부터 너무 높고 고상한 목표를 제시해주고 실천을 강요한다면 노력하기 전에 아예 자포자기할 수도 있다.

* 군자구저기(君子求諸己)

그전에 우리나라 가톨릭 교단에서 '내 탓이요' 하는 운동을 전

---

200 《논어 季氏》孔子曰, 君子有九思, 視思明, 聽思聰, 色思溫, 貌思恭, 言思忠, 事思敬, 疑思問, 忿思難(분사난), 見得思義.

개하면서 차량 뒤쪽에 스티커를 부착하고 다녔었다. 이는 아마 일종의 참회 문구였을 것이다.

　군자는 '내 탓이요' 하면서 문제를 자기의 수양으로 돌리고 나에게 무슨 결점이 있는가를 먼저 생각한다.[201]

　군자구저기(君子求諸己)에서 諸(모두 제)는 '지어(之於)', '지호(之乎)'의 축약으로 '저'로 읽는다.

　그러나 소인은 남의 탓으로 돌린다. '소인구제인(小人求諸人)'에서 人은 다른 사람, 곧 남이다. 소인은 자신의 잘못을 인정하지 않고, 잘못을 잘못이 아닌 것처럼 윤색(潤色)하거나, 더 나아가 모든 원인을 남의 탓으로 돌린다. 군자는 그래서는 안 된다는 뜻이다.

　먹을 것이 없다고 조상을 탓해서는 안 되고, 제 얼굴이 못생겼다면 거울 탓을 할 수 없다. 끝나버린 일은 다시 말하지 말고(成事不說성사불설), 지나간 것을 탓하지 말라(旣往不咎기왕불구, 咎는 허물 구)고 했다.[202]

　본래 남 말을 하는 입은 있어도(有口說別人유구설별인) 자신을 탓하는 말을 하는 입은 없다(無口說自己무구설자기)고 하였으니, '君子求諸己(군자구제기), 小人求諸人(소인구제인)'이라는 말이 얼

---

201 《논어 衛靈公》子曰, 君子求諸己, 小人求諸人.

202 《논어 八佾(팔일)》哀公問社於宰我. 宰我對曰, ～. 子聞之曰, 成事不說, 遂事不諫, 旣往不咎.

마나 절실한 말인가!

✽ 군자위어의(君子喩於義)

군자는 의리에 밝고, 소인은 이득에 밝다.[203]

여기서 군자와 소인은 관리 중에서도 대인과 소인, 백성 중에서도 대인과 소인이라는 뜻일 것이다. 喩는 깨달을 유, 깨우쳐 주다. '~에 밝다'로 해석할 수 있다. 곧 대의에 밝은 사람, 대의를 따르는 사람은 군자이고, 이득이나 이익만을 추구하면 소인이라는 뜻이다.

본래 군자와 소인은 공존할 수 없다(君子小人군자소인, 勢不兩立세부양립). 군자는 예(禮)를 논하지만 소인은 주둥이로 다툰다(君子爭禮군자쟁례, 小人爭嘴소인쟁취. 嘴는 부리 취).

또 어떤 일을 당하여 그 일의 대의나 타당성, 공익을 논하여 결정한다면 군자이나, 그런 일이나 사업이 자신에게 어떤 이익이 될까를 따져서 결정한다면 소인일 것이다.

온 나라에 온갖 일이나 사정, 형세, 단순한 일에서 복잡한 일까지 그런 일이 진행되고 복잡하게 얽혀있는데, 누가 군자와 소인을 구분하고 또 알아낼 수 있겠는가?

군자와 소인은 외모로 판단할 수 없다. 또 한두 번 만나고 대화

---

203 《논어 里仁》子曰, 君子喩於義, 小人喩於利.

한다 하여 금방 구별하거나 알아볼 수도 없다. 군자의 도량에 대장부의 마음이 진정한 군자이겠지만, 군자다운 외모에 소인의 마음을 가진 사이비(似而非) 군자가 많은 것도 사실이다.

＊ 군자화이부동(君子和而不同)

「군자는 화합(和合)하나 동화(同化)되지 않는다.」[204]

화합(化合)은 화학적 결합이다. A 성분과 B 성분이 본래의 성질을 버리고 새로운 결합물이 된 결과이니, 곧 갑(甲)과 을(乙)이 자신의 특성을 상실하고 똑같은 하나가 되는 것(同化)이다.

그러나 화합(和合)은 조화 속에 하나의 조직으로 새롭게 형성되는 것이다. 말하자면, 갑과 을은 여전히 자신의 특성이나 개성을 갖고 있으면서 조화를 이루어 보다 강한 새로운 조직체가 되는 것이다. 소금, 설탕, 식초, 참기름, 고추장 등 오미(五味)가 조화를 이루는 양념이나, 여러 악기의 오음(五音)이 하나의 아름다운 선율을 이루는 것이 조화이고 화합이다.

무림의 고수들이 그 전통과 무술을 달리하면서도 입지(立志)하고 협객의 정신으로 대의를 지키려고 함께 협력하는 것은 화합(和合)이다.

군자는 화합하지만 동화하지 않는다. 소인은 동화(同化)되지

---

204 《논어 子路》 子曰, 君子和而不同, 小人同而不和.

만, 개개인으로서 조화를 이루지 못한다는 뜻이다. 소인은 이득을 위해 맹목적으로 부화(附和)하나니, 말하자면 그냥 분위기에 휩쓸려버린다. 그렇지만 군자는 부화뇌동(附和雷同) 하지 않는다. 곧 화합(和合)하지만 같이 휩쓸려 떠내려가지 않는다(和而不流화이불류). 군자가 강한 것이 바로 이 때문이다.[205]

「군자는 다른 사람의 선행을 보면 자신도 따라 실천하고, 자신에게 잘못이 있다면 즉시 고친다.」[206]

군자의 가정은 부부가 화합한 뒤에야 가정의 법도가 서고(夫婦和後家道成부부화후가도성), 형제가 화목하면 가문이 번창한다(兄弟和睦家必昌형제화목가필창. 睦은 화목할 목). 그리하여 한 가정의 화목이, 곧 한 집안의 복(一家和睦一家福일가화목일가복)이니, 집안이 불화하면 남이 업신여긴다(家不和而外人欺가불화이외인기. 欺는 속일 기. 무시하다, 깔보다).

---

205 《중용 中庸》子路問强. 子曰, 南方之强與? 北方之强與? 抑而强與? ~. 故君子和而不流, 强哉矯! 中立而不倚, 强哉矯! ~.

206 《주역 益卦 象辭》君子以見善則遷, 有過則改.

3. 군자君子의 학문

군자와 소인은 극과 극의 차이가 있다. 소인(小人)은 덕이 없는 사람이고, 때로는 보통 백성을 의미한다. 소인에게 의식주 해결은 쉬운 일이 아니었다. 그러니 소인이 어느 세월에 학문을 하겠는가? 그런데 군자는 일단 의식주 걱정이 없다. 그런데도 학문을 하지 않아서야 되겠는가?

✳ 군자상달(君子上達)

군자상달(君子上達)의 達은 '도달하다'는 뜻으로, 과거의 습관이나 독서 또는 학습을 통하여 어느 정도 수준에 올랐다는 뜻이다. 따라서 상달은 고명하고 원대한 이상을 품고 있는 상황을 상달(上達)이라 하고, 현실적이고 미천한 문제를 잘 안다는 의미로는 상대적으로 하달(下達)이라고 했다.

군자는 인의를 알려고 노력하고 배워 실천하니, 지적이고 철학적 문제에 관심을 가지기에, 이를 형이상학적(形而上學的)이라 말할 수 있고, 상달(上達)이라 하였다.

그러나 소인(小人)은 현실적인 문제에 관심하여 의식주나 재물이나 이익에 관심을 가지고, 그런 물질적 문제에 관심을 집중하니, 공자는 이를 하달(下達)이라고 말했다.

군자는 큰일이나 원대한 일을 알려 힘쓰나, 소인은 자잘구레하고 비근한 일에 마음을 쓴다. 이런 사례는 우리 생활주변에서 쉽게 볼 수 있다.

* 문질빈빈(文質彬彬)

신석기(新石器) 시대 한강 가에 살던 사람이 진흙으로 토기를 만들었다. 토기의 본바탕(本質본질)은 흙이다. 토기의 표면에 빗으로 긁은 것 같은 무늬(文)를 그려 넣었는데, 그것이 바로 빗살무늬토기(櫛文土器즐문토기, 櫛은 빗 즐)이다.

질(質)은 바탕이다. 인간으로서 갖춰야 할 바탕이 있다. 부모를 섬기고 열심히 노력하며 성실하게 살아간다. 그런 착하고 순박한 사람을 질박(質朴)하다, 박실(朴實)하다고 말한다.

문(文)은 무늬이다. 비단옷도 좋지만 거기에 꽃무늬를 수놓으면 더 아름답다. 이는 겉으로 보이는 표현이다. 인간의 행위로 말하면 살아가는데 필요한 여러 가지 예(禮)이며 학식이나 문예, 그리고 인격적 수양과 같은 것이다.

공자는 인간 본연의 바탕이 어떤 예절이나 의식, 문화, 학식 등 곧 文보다 강한 특성이 나타난다면, 이를 '조야(粗野)하다' 아니면 '야인(野人)과 같다'고 생각하였다. 그러나 문(文)이 본성을 뛰어넘게 두드러지다면 그런 상황을 '부화(浮華)하다' 아니면 '꾸밈이 화려하다'고 생각하였다.

우선 사람으로서 인간으로서의 본성과 본질을 갖춘 군자의 인격 바탕은 인(仁)이다. 거기에 곧 예(禮)가 보태어진다면, 적절한 문화적 소양이 조화를 이룬다면, 그것을 '문질빈빈(文質彬彬)'이라 하였다. 여기 빈(彬)은 '빛날 빈'이니, 문(文)과 질(質)이 함께 조화를 이룬 상태이다. 그러한 사람이라면 군자이다.

문질빈빈은 물론 사람에 따라 주관이 다를 것이다. 그래도 바탕이 더 나아야 한다. 문채가 지나친 것은 차라리 모자란 것만 못하다 할 수 있다. 그러나 인간적 본바탕에서 벗어나지 않는다면 좀 더 문채가 나서 나쁠 것 없을 것이라고 생각할 수도 있다.

증자(曾子)가 말했다.

「사(士)는 그 뜻이 넓고 강해야 하나니(弘毅홍의), 임무는 무겁고(重) 실천할 길은 멀다(任重而道遠임중이도원). 인(仁)을 자신의 책무로 생각하니 무겁지 않은가? 죽은 다음에야 그 임무에서 벗어날 수 있으니 멀지 않은가?」

증자의 '임중도원(任重道遠)'은 군자지도(君子之道)를 설명하였고, 여기서 말하는 '문질빈빈(文質彬彬)'은 덕을 갖춘 군자의 모습이다.

　이 두 가지는 결코 분리해서 생각할 수 있다. 그런 다음에 《논어》 최후 결론에 「천명을 알지 못하면(不知命) 군자라고 생각할 수 없다(無以爲君子무이위군자).」에 다다를 수 있는 것이다.[207]

＊군자성인지미(君子成人之美)

　「군자는 남의 장점을 성취케 하나 남의 악행을 돕지 않는다. 소인은 이와 반대이다.」[208]

　간략히 '성인지미(成人之美)' 라 하여, 남을 도와 어떤 좋은 결과를 얻은 경우에, 관용어처럼 널리 쓰이는 말이다.

　군자는 남을 도와 좋은 일을 완성케 하고, 남의 나쁜 일을 돕지 않는다. 소인은 이와 반대이다. 남의 장점을 찾아내고 그런 일을 도와주기, 다른 사람의 선행을 도와 완성케 하는 일 역시 선행이다. 남의 악행을 방관하거나 남의 악행에 동참하지 않는 것은 군자의 당연한 의무이다.

　진위(眞僞), 선악(善惡), 미추(美醜)는 사실 주관적이고 어떤 표준이 없다. 사실 무엇이 선이고 악인가는 철학적인 개념이기에

---

207 《논어 堯曰》 孔子曰, 不知命, 無以爲君子也, 不知禮, 無以立也, 不知言, 無以知人也.

208 《논어 顔淵》 子曰, 君子成人之美, 不成人之惡. 小人反是.

한 마디로 설명할 수 없다.

그러나 사회생활에서 약자를 돕는다든지, 어려운 처지에서 벗어나게 해주는 등 선행을 말하기는 어려운 일이 아니다. 그런 도움의 결과로 나중에 더 나빠질 수도 있고 오히려 독이 될 수도 있지만, 눈앞의 선행은 우선 실천해야 한다.

본래 좋은 일은 소문이 잘 안나지만(善事不出門선사불출문), 추한 일은 천리까지 퍼진다(醜事傳千里추사전천리). 그래서 나쁜 짓을 해서는 안 된다.

교사는 학생의 소질과 장점, 좋은 인성을 찾아 더욱 권장하며 이끌어줘야 한다. 때문에 교사가 존경받을 수 있는 자랑스러운 직업이다. 공자가 바로 그 본보기이다.

그러나 학생의 교육에 소극적이거나 계산적으로 처신하는 교사라면 스승으로 절대 대우받지 못할 것이다. 공자는 그러하지 않았다.

* 군자병무능언(君子病無能焉)

공자가 말했다.

「군자는 자신의 무능을 걱정할 뿐, 다른 사람이 알아주시 않는 것을 탓하지 않는다.」[209]

―――――
209 《논어 衛靈公》 子曰, 君子病無能焉, 不病人之不己知也.

원문의 병(病)은 우려하다, 책망하다의 뜻이다. 군자는 다른 사람이 알아주지 않는 것을 걱정하지 않으며, 자신이 다른 사람을 알지 못하는 것을 걱정해야 한다고 하였다.[210]

바다가 마르면 결국 바닥이 보이지만(海枯終見底해고종현저), 사람은 죽어도 그 마음은 모른다(人死不知心인사부지심)고 하였으니, 다른 사람을 아는 것이 쉬운 일이겠는가? 내가 남을 모르는데 남이 나를 알아주지 않는다고 걱정해서야 되겠는가?

* 군자우도불우빈(君子憂道不憂貧)

군자는 도(道)의 실천을 걱정하고, 자신의 가난을 걱정하지 않는다.[211]

군자는 학문에 전념하고 의식(衣食)을 크게 도모하지 않는다. 농사를 지어도 굶주리나 학문에는 국록이 들어있다. 군자는 도(道)의 실천을 근심할 뿐 자신의 가난을 걱정하지 않는다.

---

210 《논어 學而》子曰, "不患人之不己知, 患不知人也."

《논어 里仁》子曰, "不患無位, 患所以立. 不患莫己知, 求爲可知也."

《논어 憲問》子曰, "不患人之不己知, 患其不能也."

211 《논어 衛靈公》子曰, 君子謀道不謀食. 耕也, 餒在其中矣, 學也, 祿在其中矣. 君子憂道不憂貧.

옛날 중국이나 우리나라에서 지식인(선비, 사대부)의 직업은 관리가 되는 길뿐이었다.

아마 동서양의 같은 세기(世紀)에 공부하는 사람이 많기로는 중국을 따라갈 나라가 없었을 것이다. 옛날의 학문은 과거시험 준비였고, 그래서 관직에 진출하면 먹고 살 길은 거기에 다 있었다. 뿐만 아니라 존경과 권위가 더 좋았을 것이다.

뼈가 부러지게 농사일을 하고도 굶주리는 사람은 언제나 농부였다. 가난한 사람이 부자가 되기로는 농사는 공장(工匠, 장인匠人)만 못하고, 공장은 장사만 못하다고 하였다.

실제로 농사꾼은 10년 내에 부자되기 어렵지만, 상인은 하루에도 큰돈을 벌 수 있다. 그러한 부상(富商)도 관리 앞에서는 힘을 못 썼다. 그러니 가난뱅이는 부자와 싸우지 말고, 부자는 관리와 다투지 말라는 속담이 생겼을 것이다. 이는 지금 시대에도 통하는 불문률(不文律)이다.

관리가 되면 녹봉을 받는다. 농사를 지어도 농민은 굶주리는데 농사를 배우고 싶다는 제자 번지(樊遲)의 말에, 공자는 "번지는 소인(小人)이로다! 윗사람이 호례(好禮)하면 공경치 않는 백성이 없을 것이다. 위에서 호의(好義)하면 감히 불복하는 백성이 없을 것이다. 위에서 호신(好信)한다면 감히 속이려는 백성이 없을 것이다. 이렇게 되면 사방의 백성이 자식을 강보에 싸안고 모여들 것인데, 어찌 농사를 지어야 하겠는가?"라고 말했다.

곧 군자는 가난을 걱정할 필요가 없었다.

사람마다 견해가 다르겠지만, 부귀(富貴) 중에 부유가 제일이고 다음이 벼슬아치(貴人)이라고 한다.[212] 모든 벼슬아치가 남의 생사(生死)를 좌지우지하지는 못한다.

사람은 어느 정도 자기 분수에 맞게 기예나 학문을 닦아 입신(立身)해야 한다. 그리고 분수를 지켜 자족(自足)하며 살아야 할 것이다.

＊명예와 칭송(仁)

「군자는 죽을 때까지도 칭송이 없는 것을 싫어한다.」[213]

본 구절 앞에 "군자는 자신의 무능을 탓할 뿐 남이 알아주지 않는 것을 걱정하지 않는다."라는 구절이 있다.[214]

이를 종합해 보면, '군자가 정도(正道)를 지키면 남이 저절로 알아주고 또 자연스레 명성이 날 것이다. 그런데 죽을 나이가 되었는데도 칭송을 듣지 못한다면, 그리하여 이름을 못 남기면, 이는 자신의 능력 부족이나 수양 부족이니 군자로서는 부끄러운 일

---

212 《史記 日者列傳》富爲上, 貴次之 ; 旣貴各各學一伎能立其身.(褚少孫의 補傳之言의 구절)

213 《논어 衛靈公》子曰, 君子疾沒世而名不稱焉.

214 《논어 衛靈公》子曰, "君子病無能焉, 不病人之不己知也."

이다.' 라는 뜻이다.

그런데 그 명성이 어느 정도 알려져야 하고, 또 얼마나 오래 알려져야 하는가? 역사적으로 볼 때 얼마나 많은 황제가 있었고, 얼마나 많은 고관이나 장군과 학자가 있었는가? 과거에 장원급제하여 이름을 날린 수재는 얼마나 많았던가? 그렇다면 그들은 모두 만족하며 죽었는가?

군자라 하여 꼭 명성이 나고 칭송을 들어야 하는가?

사람의 이름(명예)은 나무의 그림자와 같다고 하였으니, 나무가 곧으면 그림자도 곧은 것처럼, 사람의 행적 그대로 명성이 날 것이다. 그리고 종은 절 안에 있지만 소리는 밖에 들리고, '꽃이 담 안에서 피었어도 담 밖까지 향기가 퍼지는 것' 처럼 명성은 저절로 멀리 퍼져나간다. 그렇다면 억지로 얻으려 해서는 안 될 것이다. 명성이 없다고 걱정할 일은 아니다.

부귀와 공명이란 풀끝에 맺힌 이슬이고, 부귀는 귓가에 스치는 가을바람과 같은데, 그리고 부귀는 뜬구름 같다는 것을 간파한다면 얻었다 하여 기쁘고, 잃었다 하여도 걱정할 것이 못 된다.

기러기가 날아가며 소리를 남기지만, 누가 그 소리를 기억하는가? 사람이 떠나면서 이름을 남기지만, 누가 그 이름을 기억하겠는가? 또 그런 칭송과 기억이 죽은 본인에게 무슨 뜻이 있겠는가?

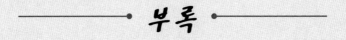

부록

《순자荀子 〈권학勸學〉》

배움과 가르침은 동시에 이뤄진다. 그리고 배운 다음에는 깊은 사색으로 배운 바를 내 것으로 만들어야 한다. 이 과정에서 그만두거나 성실하지 않다면 배움이나 가르침은 성취할 수 없다.

순자(荀子)의 〈권학(勸學)〉은 학문의 의의(意義)와 필요성과 학문을 하는 기본 태도와 방법 등을 논하면서, 초학자에게 강한 설득력으로 학문을 권장하고 있다.

공자는 학문에 관련한 제반 가르침을 폈고, 그 제자들은 스승 공자를 확실하게 추앙하며 따랐다.

순자의 학문에 대한 여러 견해, 곧 순자(荀子)의 〈권학〉에 필자가 공감하기에 순자의 〈권학〉을 우리 말로 옮기며, 원문을 수록한다.

본문의 단락 나눔은 필자의 뜻이다.

〈권학(勸學)〉(1)

군자(君子)가 말했다.[215]

"학문을 그만둘 수 없다. 청색은 쪽풀(藍)에서 얻지만, 청색은 쪽풀보다 더 파랗고, 얼음(冰)은 물이지만 물보다 더 차갑다."[216]

나무가 반듯하여 먹줄과 같더라도, 바퀴테에 맞춰 바퀴를 만들

---

215 《순자(荀子)》 − 순자(荀子. 풀이름 순. 前 313 − 235, 또는 前 316 − 237). 名은 황(況), 순경(荀卿)의 경(卿)은 존칭. 전국시대 제국(齊國) 직하학궁(稷下學宮)의 제주(祭酒)를 역임했고, 초국(楚國) 난릉현령(蘭陵令)을 역임했다. 趙國과 진국(秦國)에 유세하면서 儒學을 선양하고 六經을 전수(傳授)하면서 子思, 孟子 등 유가와 묵가, 도가를 비판하였다. 한비(韓非), 이사(李斯) 등 법가사상을 정치 실무에 적용하려는 제자를 두었다. 그의 저서로 《荀子》가 있다.
《순자(荀子)》는 전체 32장이다. 《논어》, 《孟子》와 달리, 《荀子》는 순자 자신의 직접 저술이라 알려졌다.
그 순자 저술의 첫 시작이 〈권학(勸學)〉인데, 이는 상당히 중요한 의미가 있다고 생각한다. 《논어》 20편의 첫 시작이 〈학이(學而)〉편이나, 〈學而〉에는 학문, 학습에 관한 공자의 언행만을 모은 편은 아니다. 〈學而〉는 「學而時習之면 不亦說乎아!」가 첫 구절이지만, 《荀子》는 「學 不可已以已!」로 시작한다. 공자가 학문의 기쁨을 먼저 말하여 제자를 깨우치려는 온화한 선생님의 모습이라면, 순자는 「학문을 중간에 그만두어서는 안 돼!」라고 단정적으로, 단호하게 결론을 먼저 말했다.

216 원문 「靑, 取之於藍而靑於藍. 冰, 水爲之而寒於水.」 − 이는 학문을 통하여 그 본래의 본성을 뛰어넘는 성취를 얻을 수 있다는 뜻을 말했다.

어, 굽은 정도가 원에 맞으면, 건조한 뒤에도 다시 곧아지지 않는 것은 구부려서 만들었기 때문이다.

그래서 나무는 먹줄을 받아 반듯해지고, 쇠붙이를 숫돌에 갈면 날카롭고, 군자가 널리 배운다면서 하루에 자신을 세 번씩 되돌아본다면, 지식은 명확해지고, 그 행실에 잘못이 없을 것이다.[217]

그래서 높은 산에 올라가지 않으면 하늘이 높다는 사실을 알지 못한다. 그리고 깊은 골짜기를 보지 못했다면 땅이 넓고 깊은 줄을 모른다. 또 선왕의 가르침을 배우지 않으면 학문의 유익함을 알 수 없다.[218]

---

217 원문 「故木受繩則直, 金就礪則利, 君子博學而日參省乎己, 則知明而行無過矣.」－《논어 學而》에 曾子曰, "吾日三省吾身, 爲人謀而不忠乎? 與朋友交而不信乎? 傳不習乎?"라고 했다. '三省吾身'하면 하루에 3차례 반성이라고 생각한다. 중국에서 三은 다수(多數)를 의미한다. 그렇기에 하루에 여러 번 반성한다고 해석해야 한다. 원문에 있는 3가지는 반성의 주제로 대표적인 예를 든 것이다. 꼭 이 3가지 영역만 매일 반성했다는 뜻은 아니다. 여기서 위에 3번째 주제 '傳不習乎'를 깊이 생각할 필요가 있다. 문장 뜻대로 하면 스승한테 배운 것을 반복해서 연습하거나 마음에 다시 생각한다는 뜻이다. 그런데 증자는 공자에게는 제자였지만, 증자도 문인을 교육했던 師傅(사부)이었다. 따라서 필자는 위 구절을 제자에게 '전수할 것을 깊이 생각하거나 연습하지 않았는가?'로 풀이하고 싶다.

218 원문 「故不登高山, 不知天之高也. 不臨深谿, 不知地之厚也. 不聞先王之遺言, 不知學問之大也.」－ 여기서 大는 유익하다는 뜻이

오(吳, 于)와 월(越), 동이(夷)와 맥족(貊)의 아이들은 태어날 때는 같은 소리로 울지만, 성장하면서 습속이 다른 것을 그렇게 배웠기 때문이다.

그래서 《시경(詩經)》에서 노래했다.

「아! 여러 군자(君子)들이여, 늘 편안하기를 바라지 말라. 직위에 맞는 일을 다하고, 정직하시오. 신명(神明)이 알아서 큰 복을 내릴 것이다.」²¹⁹

바른 교화보다 더 중요한 정신(神)은 없고, 화를 당하지 않는 것보다 더 큰 복은 없다.²²⁰

다. 보통 '위대하다'로 풀이하나, 선왕의 가르침을 처음 배우는 초학자가 학문이 위대함을 어찌 생각하겠는가? '배우면 써먹을 데가 있겠지!' 하면서 학교를 다니는 것이다.

219 원문 「嗟爾君子, 無恆安息. 靖共爾位, 好是正直. 神之聽之, 介爾景福.」-《詩》는〈小雅·小明〉편. 이는《詩經》의 시를 인용하여 근학(勤學)할 것을 강조하였다.

220 원문 「神莫大於化道, 福莫長於無禍.」-여기서 神을 神明, 곧 신령(神靈)의 의미로 번역하면 그 뜻이 쉽게 들어오지 않는다. 여기서는 '肉身의 작동'이 아닌 '정신적 활동'으로 이해하면 그 뜻이 분명해진다. 학문을 하다, 또는 정신적 탐구로 스스로 바른길을 찾아갈 수 있다. 곧 爲學하면 스스로 화도(化道, 바른길로 나아감)할 수 있기에, 이보다 더 큰 정신적 활동이 없다. 곧 학문의 효과가 제일 확실하다. 그리고 복(福)은 재앙이나 고생, 역경에 처하지 않는 것이 가장 큰 복이란 뜻이다. 학문으로 바른길을 찾을 수 있다면, 인위적인 재앙을 당하지 않는 것이니, 바로 최고의 복이 아니겠는가?

| 原文 |

君子曰, "學不可以已." 靑, 取之於藍而靑於藍. 冰,
水爲之而寒於水. 木直中繩, 輮以爲輪, 其曲中規, 雖有
槁暴, 不復挺者, 輮使之然也. 故木受繩則直, 金就礪則
利, 君子博學而日參省乎己, 則知明而行無過矣.

故不登高山, 不知天之高也. 不臨深谿, 不知地之厚
也. 不聞先王之遺言, 不知學問之大也. 于(吳), 越, 夷, 貉
之子, 生而同聲, 長而異俗, 敎使之然也.《詩》曰, "嗟爾
君子, 無恒安息. 靖共爾位, 好是正直. 神之聽之, 介爾
景福." 神莫大於化道, 福莫長於無禍.

여기까지는《순자 권학(荀子 勸學)》의 서문과 같은 도입 부분이다. 배
움(學)을 결코 중단할 수 없다는 대전제를 분명히 밝힌 다음에, 배움을
통하여 인간의 바탕이 만들어지며, 한번 형성된 습성이나 바탕은 나중
에 고치기 어렵다는 사실을 수레바퀴를 예로 들어 설명했다. 그러면서
같은 풍토이지만, 남방의 오(吳, 于)와 월(越), 동북방의 동이와 맥족의
습성의 차이로 교육과 배움의 결과를 설명했다. 그리고 배움에서 성실
한 노력을 결론처럼 강조하였다.

〈권학(勸學)〉(2)

그전에 나는 종일 생각에 생각을 계속했지만, 잠깐이라도 배우는 것만 못했으며, 내가 까치발로 서서 멀리 보려 했지만, 높은 곳에서 내려다보는 것만 못했다. 높은 곳에서 손짓으로 부른다면, 팔이 길어지는 것이 아니나, 먼 곳에서도 볼 수 있다. 바람결을 타고 소리치면 소리가 더 크지 않더라도 또렷하게 들을 수 있다. 수레나 말을 이용하는 사람은 달리는 능력이 뛰어나지 않더라도 천리를 갈 수 있으며, 배를 이용한다면 물에 서툴더라도 강을 건널 수 있다.[221] 이처럼 군자는 특별하게 태어난 사람이 아니고, 사물을 잘 이용한 것이다.

남방에 몽구(蒙鳩, 뱁새)라는 새가 있는데, 깃털을 모아 모아 둥지를 짓고, 머리카락을 주워다가 갈대 끝에 매어놓지만, 바람에 갈대가 꺾이면 알은 깨지고, 새끼들은 죽게 된다. 이는 둥지가 잘못된 것이 아니라 그런 곳에 묶어두었기 때문이다.

서쪽 땅에 사간(射干, 일명 오선烏扇)이란 나무가 있는데, 줄기 길

---

221 원문 吾嘗終日而思矣, 不如須臾之所學也는《논어 衛靈公》子曰, 「吾嘗過不食, 終夜不寢, 以思無益, 不如學也.」와 같은 뜻이다. 혼자만의 이런저런 생각보다는 짧은 시간이라도 직접 학문하는 것이 더 낫다는 뜻이다. 그리고 군자라도 다른 사람과 똑같으나 다만 학문을 통하여 여러 가지 외적 조건을 잘 이용하는 방법을 배우는 것이라고 설명하였다.

이는 4치(寸)이지만 높은 산꼭대기에 있어 백 길(百仞) 깊이의 연못을 내려다 볼 수 있는데, 이는 나무가 크지는 않으나 높은 곳에 있기 때문이다.

쑥이 삼밭에서 자라면 부축이 없어도 곧게 자란다. 향초인 난괴(蘭槐)의 뿌리가 바로 향료(芷향기풀 지. 지초芝草)인데, 그 난괴를 더러운 구정물(滫뜨물 수)에 담가두면, 군자도 가까이 갈 수 없고, 서민도 그런 뿌리를 차고 다니지 않는데(不服), 이는 바탕이 아름답지 않아서가 아니라 더러운 물에 잠겨 있었기 때문이다.

그러하기에 군자는 반드시 거처할 마을을 고르고(擇里택리),²²² 꼭 좋은 사람과 어울리는데, 이는 사악이나 편벽(偏僻)을 버리고 중정(中正)에 가깝도록 노력하기 때문이다.

---

222 원문의 택향(擇鄉)은 곧 택리(擇里)이다. 《논어 里仁》에도 子曰, 「里仁爲美. 擇不處仁, 焉得知?」 ("마을 기풍이 인자하니 아름답도다. 인자한 곳을 골라 거처하지 못한다면 어찌 지혜롭다 하겠는가?")
군자는 어디서 살아야 하나? 군자가 사는 마을을 고르는 것을 택리(擇里)라고 한다. 조선 英祖 때 이중환(李重煥)의 《擇里志(택리지)》는 아마 여기에서 제목을 따왔을 것이다. 이중환은 주거를 선정하는 기준으로는 地理(風水), 生利, 人心, 山水를 들었고, 이 중 하나라도 부적당하면 거주지로서 결함이라고 생각하였다. 사람들의 심성이 순박하고 온후하다면 인심이 좋은 것이니, 그런 곳이 바로 里仁이다. 山水에 따라 경제나 민심이 달라질 것이다. 군자가 거처를 선택하면서 그런 것을 고려하지 않는다면 명지(明智)라 할 수 없을 것이다.

세상 만물의 흥기에는 반드시 그 시작이 있다. 인간이 누리는 영욕(榮辱)은 그 사람의 덕에 딸려있다. 고기(육류)가 부패하면 구더기가 생기고, 어류(魚類)는 말려놓더라고 벌레가 생긴다. 사람이 게을러 신세를 망칠 정도가 되면 여러 가지 재앙이 찾아온다.[223]

굵고 튼튼한 나무는 기둥이 되고, 약한 가지는 다발로 묶는다. 사람이 사악하거나 추악하면, 남의 원망이 뒤따라온다. 나무 다발을 풀어 흩어서 마른 가지에 불이 붙고, 평평한 땅일지라도 그 축축한 곳부터 물이 고인다. 초목은 떼를 지어 자라나고, 짐승은 같은 무리끼리 떼를 지어 산다. 그리고 과녁을 내걸면 화살이 날아오고, 수풀이 무성하면 사람이 도끼를 들고 찾아오며, 초목이 무성하면 여러 새가 쉬려 찾아오고, 술이 시어 식초가 되면 쇠파리(蜹, 파리매 예, 구더기)가 모여든다. 그래서 말(言語)이 화(禍)를 불러들이고 행실에 따라 욕(辱)을 당하게 되니, 군자는 그 처신이나 배움에 신중해야 한다.

| 原文 |

吾嘗終日而思矣, 不如須臾之所學也, 吾嘗跂而望矣,

---

223 원문 「肉腐出蟲, 魚枯生蠹. 怠慢忘身, 禍災乃作.」-蠹는 좀벌레 두. 책이나 명주옷에 구멍을 뚫는 벌레. 찾아내기가 쉽지 않다.

不如登高之博見也. 登高而招, 臂非加長也, 而見者遠, 順風而呼, 聲非加疾也, 而聞者彰. 假輿馬者, 非利足也, 而致千里, 假舟檝者, 非能水也, 而絕江河. 君子生非異也, 善假於物也.

南方有鳥焉, 名曰蒙鳩, 以羽爲巢而編之以髮, 繫之葦苕, 風至苕折, 卵破子死. 巢非不完也, 所繫者然也. 西方有木焉, 名曰射干, 莖長四寸, 生於高山之上, 而臨百仞之淵, 木莖非能長也, 所立者然也.

蓬生麻中, 不扶而直. 蘭槐之根是爲芷. 其漸之滫, 君子不近, 庶人不服, 其質非不美也, 所漸者然也. 故君子居必擇鄉, 遊必就士, 所以防邪僻而近中正也. 物類之起, 必有所始. 榮辱之來, 必象其德. 肉腐出蟲, 魚枯生蠹. 怠慢忘身, 禍災乃作. 強自取柱, 柔自取束. 邪穢在身, 怨之所構. 施薪若一, 火就燥也. 平地若一, 水就濕也. 草木疇生, 禽獸羣焉, 物各從其類也. 是故質的張而弓矢至焉, 林木茂而斧斤至焉, 樹成蔭而衆鳥息焉, 醯酸而蚋聚焉. 故言有召禍也, 行有招辱也, 君子愼其所立乎!

여기까지는 인간 주변의 환경과 생활의 관계를 언급하면서 언행에 따라 화복(禍福)이 달라지니, 누구와 어울리고 무엇을 배우고 본받느냐가 중요하다는 사실을 강조하였다.

〈권학(勸學)〉(3)

흙이 쌓이면 산이 되고, 산에는 바람이 일어나고 비가 닥친다. 물이 모이면 연못이 생기고, 연못에는 교룡(蛟龍)이 살게 된다. 선행을 쌓으며 덕행을 이어가면, 신명(神明)을 터득하고 성심(聖心)을 갖추게 된다. 그래서 한걸음 한걸음 계속하지 않으면 천 리 길을 갈 수가 없다.[224]

작은 시냇물이 모이지 않으면(不積小流부적소류), 강이나 바다를 이룰 수 없다(無以成江海무이성강해). 천리마가 한 번 뛴다 하여 10보를 갈 수 없고(騏驥一躍기기일약, 不能十步불능십보), 둔한 말도 열흘이면 천리를 가는데, 이는 멈추지 않기 때문이다.[225]

자르려다가 중지하면 썩은 나무도 자를 수 없지만, 무딘 칼이라도 쉬지 않는다면 금석(金石)에도 글자를 새길 수 있다. 지렁이

---

224 천 리 길을 가려 한다면 첫걸음부터 시작하라(欲行千里 一步爲初). / 천 리 길도 한 걸음부터!(千里之行 始於足下)

225 원문 「駑馬十駕, 功在不舍.」─노마(駑馬)는 걸음이 느린 말. 십가(十駕)는 열흘간 수레를 끌다. 그러면 천리를 갈 수 있다. 이런 성공은 쉬지 않고 노력했기 때문이다.

는 발톱이나 이빨도 없으며 단단한 뼈도 없지만, 땅의 흙을 먹고 지하의 물을 먹고 사는데, 이는 오로지 한 곳에만 마음을 쓰기(用心一也) 때문이다.

게(蟹, 게 해)는 6개의 발과 2개의 집게발이 있지만, 미꾸라지 구멍이 없으면 몸을 숨기질 못하는 것은 게의 주의가 산만하기 때문이다.

이러하기에 굳은 의지가 없다면 밝게 깨우치지를 못하고, 묵묵히 정성을 다하지 않는다면 혁혁한 성공을 거둘 수 없다.[226]

네거리에서 헤매는 자는 목적지에 가질 못하고(行衢道者不至행구도자부지, 衢는 네거리 구) 양쪽의 주군을 섬기는 자는 어느 쪽에도 용납되지 못한다(事兩君者不容사량군자불용). 눈은 두 곳을 한 번에 볼 수 없기에 밝게 보고(目不能兩視而明목불능양시이명), 귀는 여러 곳의 소리를 다 구별할 수 없기에 밝게 들을 수 있다(耳不能兩聽而聰이불능량청이총). 용의 일종인 등사(螣蛇)는 다리가 없지만 하늘에 날아오르고, 날다람쥐(鼫鼠석서)는 다섯 가지 재주(五技, 날고, 기어오르며, 헤엄치고, 달아나며, 구멍을 팔 줄 안다)를 갖고도 곤궁하게 살아야만 한다.

《시경(詩經)》에서 읊었다.

「뽕나무에 둥지 튼 야생 비둘기(尸鳩시구), 새끼가 일곱이구나.

---

226 원문의 명명(冥冥) 혼혼(惛惛)은 묵묵히 정성을 다한다는 뜻. 소소(昭昭)나 혁혁(赫赫)은 밝게 빛나는 모양.

홀륭하신 군자는 그 행실이 한결같도다. 행실이 한결 같으니 마음이 한 곳에 매인 것 같네.」[227]

| 原文 |

積土成山, 風雨興焉, 積水成淵, 蛟龍生焉, 積善成德, 而神明自得, 聖心備焉. 故不積蹞步, 無以致千里, 不積小流, 無以成江海. 騏驥一躍, 不能十步, 駑馬十駕, 功在不舍. 鍥而舍之, 朽木不折, 鍥而不舍, 金石可鏤. 螾無爪牙之利, 筋骨之强, 上食埃土, 下飮黃泉, 用心一也. 蟹六跪而二螯, 非蛇蟺之穴無可寄託者, 用心躁也. 是故無冥冥之志者無昭昭之明, 無惛惛之事者無赫赫之功. 行衢道者不至, 事兩君者不容. 目不能兩視而明, 耳不能兩聽而聰. 螣蛇無足而飛, 梧鼠五技而窮. 《詩》曰, 「尸鳩在桑, 其子七兮. 淑人君子, 其儀一兮. 其儀一兮, 心如結兮. 故君子結於一也.」

여기까지는 배움에 그 환경이 중요하며, 아울러 좋은 환경에 있더라도 부지런히, 꾸준한 노력이 있어야만 배움의 성과를 거둘 수 있다는

227 원문《詩經 曹風 尸鳩(시구)》의 詩.

뜻을 여러 사례를 통하여 설명하였다.

〈권학(勸學)〉(4)

옛날에 호파(瓠巴)란 사람이 금(琴)을 타면 냇물의 물고기가 머리를 내놓고 들었고, 백아(伯牙)[228]가 금(琴)을 연주하면 천자의 수레를 끄는 말 6마리가 풀을 먹다가 고개를 들고 바라보았다. 그러하기에 소리가 아무리 작아도 들리지 않는 소리가 없으며(故聲無小而不聞고성무소이불문), 숨긴다 하여도 드러나지 않는 짓이 없다(行無隱而不形행무은이불형).

---

228 백아(伯牙, 前 387－299) － 춘추시대 晉國의 大夫. 伯氏, 伯雅로도 표기. 종자기(鍾子期)와 知音之交의 이야기가 널리 알려졌다. 유명한 교제로는 다음과 같은 말이 있다.

관포지교(管鮑之交) － 관중(管仲)과 포숙아(鮑叔牙)의 교우.

지음지교(知音之交) － 백아(伯牙)와 종자기(鍾子期)의 교우.

문경지교(刎頸之交) － 전국시대 趙 장군 염파(廉頗)와 文臣 인상여(藺相如)의 교우.

사명지교(捨命之交) － 전국시대 양각애(羊角哀)와 좌백도(左伯桃)의 의리.

교칠지교(膠漆之交) － 후한 진중(陳重)과 뇌의(雷義)의 사귐.

계서지교(雞黍之交) － 후한 장원백(張元伯, 張劭, 생졸년 미상, 字는 元伯)과 범거경(范巨卿)의 우정.

망년지교(忘年之交) － 후한 말기 공융(孔融)과 예형(禰衡)의 우정.

도원지교(桃園之交) － 후한 말, 유비(劉備), 관우(關羽), 장비(張飛)의 의리.

옥(玉)을 품은 산은 초목이 윤택하고, 주옥이 잠긴 연못에는 물이 마르지 않는다. 그러니 선행에 사악한 짓을 하지 않는다면, 어찌 좋은 명성이 드러나지 않겠는가?

학문은 어디서 시작하고 무엇으로 끝이 나는가?(學惡乎始학오호시? 惡乎終오호종? 惡는 어찌 오, 어디)

그 방법은(數) 경전을 외우는 데서 시작하여, 예(禮)를 실천하는 것으로 끝난다. 그리고 학문을 하는 뜻은(修身수신) 사인(士人)이 되어서 성인(聖人)이 되는 것으로 끝나게 된다.

오랫동안 노력을 계속해야만 그런 경지에 이를 수 있기에 학문은 죽은 다음에야 멈추게 된다(학문과 수신은 평생을 계속해야 한다). 그래서 학문에 끝이 있다고는 말하지만, 학문을 하는 참뜻은 잠시라도 중단할 수가 없다. 그런 노력을 계속할 때는 사람이지만 학문을 포기한다면, 곧 짐승(禽獸금수)이 된다.

그래서 《서경(書經)》은 정사(政事)의 기록이다(紀). 《시경(詩經)》은 음악에 맞춘 기록이다.[229] 《예(禮)》는 법(法)을 대분(大分)한 것이니 여러 일에 대한 기강이다(類之綱紀也유지강기야). 그래서 학문은 《예(禮)》에 이르러 멈추게 된다. 그래서 이를 일컬어 도덕의 극한(道德之極도덕지극)이라 한다.

---

229 원문 《詩》中聲之所止也. ─《詩》는 樂章이다. 성음으로 조절하여 中에 이르러 멈추니 지나침에 빠지지(流淫) 않게 하는 것이 《詩》를 배우는 목적이라는 뜻.

《예(禮)》는 공경의 학문이고, 《악(樂)》은 중화(中和)이다. 《시(詩)》와 《서(書)》는 광박(廣博)해야 하고, 《춘추(春秋)》는 미세한 인간사에 대한 포폄(褒貶)과 저지의 뜻이 있어 천지 간의 모든 일을 언급한다.

군자의 학문은 귀로 들어와(入乎耳입호이), 마음에 자리를 잡은 뒤(箸乎心저호심), 사체(四體)를 통하여 여러 가지 행동으로 나타나게 된다(形乎動靜형호동정). 군자의 단정, 미약한 말이나 미세한 동작은 그 모두가 하나의 법칙이 된다.

이에 비하여 소인의 학문은 귀로 들어와 (가슴에 남지 않고, 바로) 입으로 나오게 된다.[230] 입에서 귀까지는 불과 4치 정도이니, (그런 학문으로) 어찌 우리의 7자 몸을 윤택하게 만들 수 있겠는가!

옛 학자들은 자신을 위한 학문을 하였지만(古之學者爲己고지학자위기) 지금의 학자들은 남의 이목을 맞추려는 학문이다(今之學者爲人금지학자위인). 군자의 학문을 말하자면, 자신을 충실하기 위한 학문이나 소인의 학문은 남에게 보여주기 위한 학문이다.

다른 사람이 묻지도 않았는데 (소인이 자신을 드러낼 목적으로) 이야기를 한다면, 이는 떠드는 일이다(傲는 거만할 오. 훤조喧嘈). 그리고 하나를 물었는데, 두 가지 일을 이야기 하는 것을 '말

---

230 원문 「小人之學也, 入乎耳, 出乎口.」 ─ 이를 "今之學者爲人" 또는 "도청도설(道聽塗說)" 이라 표현하기도 한다.

이 많다(嚖, 讚. 多也)'고 하는데, 떠들어대는 오(傲)도 잘못이고, 말이 많은 찬(嚖)도 잘못이다. 군자는 다만 울림(상대방의 반응)과 같아야 한다(곧 상황에 따라 정도正道나 중정中正에 따라야 한다).

| 原文 |

昔者瓠巴鼓瑟而流魚出聽, 伯牙鼓琴而六馬仰秣. 故聲無小而不聞, 行無隱而不形, 玉在山而草木潤, 淵生珠而崖不枯. 爲善不積邪, 安有不聞者乎?

學惡乎始? 惡乎終?

曰 : 其數則始乎誦經, 終乎讀禮, 其義則始乎爲士, 終乎爲聖人. 眞積力久則入, 學至乎沒而後止也. 故學數有終, 若其義則不可須臾舍也. 爲之, 人也. 舍之, 禽獸也. 故《書》者, 政事之紀也.《詩》者, 中聲之所止也.《禮》者, 法之大分, 類之綱紀也. 故學至乎《禮》而止矣. 夫是之謂道德之極.《禮》之敬文也,《樂》之中和也,《詩》,《書》之博也,《春秋》之微也, 在天地之間者畢矣. 君子之學也, 入乎耳, 箸乎心, 布乎四體, 形乎動靜, 端

而言, 蝡而動, 一可以爲法則. 小人之學也, 入乎耳, 出
乎口. 口耳之間則四寸耳, 曷足以美七尺之軀哉!

古之學者爲己, 今之學者爲人. 君子之學也, 以美其
身, 小人之學也, 以爲禽犢. 故不問而告謂之傲, 問一而
告二謂之囋. 傲, 非也. 囋, 非也. 君子如嚮矣.

〈권학(勸學)〉(5)

학문에는 좋은 스승을 모시는 일이 제일이다.[231]

《예(禮)》와 《악(樂)》은 법도를 지키면서 빠트리지 않고,[232] 《시
(詩)》와 《서(書)》는 옛일을 기록했으나 천근(淺近)하지 않으며,
《춘추(春秋)》는 간약(簡約)하여 번잡하지 않다.[233]

바야흐로 스승을 따라 군자의 말씀을 익혀 모두 존중하면 세상
에 널리 통할 것이다(육경六經을 배우면서도 스승의 말씀을 따라
익혀야 한다). 그래서 학문에는 좋은 스승을 모시는 일이 가장 중

---

231 원문 「學莫便乎近其人.」 — 其人은 바로 그 사람. 여기서는 賢師.

232 원문 「法而不說」은 有大法이나 曲說하지 않다. 억지 설명을 하
지 않는다. 說은 여기서는 놓아줄 탈, 벗을 탈. 脫과 通. 불탈은
大法을 빠트리지 않다.

233 《春秋》는 그 文義가 잘 나타나지 않고 간약하여(隱約) 그 포폄(褒
貶)이 쉽게 알 수 없으니, 곧 사람으로 하여금 그 깊은 뜻을 금방
알지 못하게 한다.

요하다.

배움의 첩경(捷徑)은 훌륭한 스승을 좋아 따르는 일이 가장 빠른 길이고, 스승에 대한 존경은 다음의 일이다.[235]

위로는 스승을 따르지 못하고, 다음으로 융례(隆禮)도 실행하지 못한다면, 다만 여러 잡다한 기록이나 읽고, 《시(詩)》와 《서(書)》의 기록만을 외울 뿐이니, 세상이 다할 때까지 비루한 선비의 모습을 면치 못할 것이다.

(배우는 사람이) 장차 선왕의 법도를 바탕으로 하여, 인의(仁義)에 근본을 둔다면, 예의(禮儀)가 경선(經線)과 위선(緯線) 및 온갖 작은 길까지 바로잡아줄 것이다. 이는 마치 옷깃을 바로할 때 다섯 손가락으로 들어 올려 바르게 정돈하는 이치와 같으니 모든 일을 순조롭게 마칠 수 있을 것이다.

예의와 법도(禮憲예헌)을 말하지 않고, 《시(詩)》와 《서(書)》의 글귀를 따르는 것은, 마치 황하의 강물을 손가락으로 측량하려는 것과 같고, 창끝으로 기장의 껍질을 벗기려는 짓이며(以戈舂黍也이과용서야), 송곳으로 병 속의 음식물을 꺼내려는 짓과 같아(以錐飡壺也이추손호야), 결코 뜻대로 성과를 거두지 못할 것이다.

그래서 스승에게 융례를 다한다면, 비록 크게 깨닫지는 못하더라도 법도를 지키는 사인(士人)은 될 것이다. 그러나 융례도 행하

---

234 원문「學之經莫速乎好其人, 隆禮次之.」─ 학문을 성취하는 대경(大徑)은 현인을 친근히 하는 것이 그 첩경이고, 그 다음에 예를 갖춰 존경하는 일이다.

지 않는다면, 비록 사리에 밝더라도 허튼 사인(士人, 산유散儒)이
될 뿐이다.

비루한 일이나 묻는 자에게는 대답할 것도 없고,[235] 비루한 대
답을 하는 자에게는 묻지 말고, 비루한 말을 하는 자의 말은 듣지
도 말아야 하며, 힘으로 다투려는 자와는 아예 논쟁해서는 안 된
다. 그래서 그 도(道)를 같이 한 뒤에야 접촉하고, 그렇지 않다면
그런 사람은 피해야 한다.

그래서 예의를 지켜 공손해진 뒤에 함께 도(道)의 방도를 말해
야 하고, 언사가 순리에 따른 다음에 도의 이치를 함께 말할 수
있으며, 안색이 온유한 뒤에야 도(道)의 극치(極致, 끝)를 말할 수
있다.

함께 말할 수 없는데도 이야기를 하는 것은 장난질이고, 함께
말할 수 있는데도 말하지 않는다면, 이는 (속셈을) 숨기는 것이
며, (상대방의) 기색을 살피지 않고 말을 한다면, 이는 장님이라
할 수 있다.

그래서 군자는 장난 삼아 말을 하지도, 숨기지도 않으며, 기색
도 살펴 순리를 따라 행동해야 한다.

《시(詩)》에서는 「사귐에 소홀하지 않으니 천자(天子)께서 상을
내리셨네(匪交匪舒비교비서, 天子所予천자소여).」라고 읊은 것은

---

235 원문 「問楛者勿告也, 告楛者勿問也.」 — 楛는 거칠 고(苦와 同). 惡
也. 예의에 어긋나는 일을 묻다.

이를 언급한 것이다.(《시(詩) 소아(小雅) 채숙(采菽)》의 구절)

| 原文 |

　學莫便乎近其人.《禮》,《樂》法而不說,《詩》,《書》故而
不切,《春秋》約而不速. 方其人之習君子之說, 則尊以
徧矣, 周於世矣. 故曰學莫便乎近其人. 學之經莫速乎
好其人, 隆禮次之. 上不能好其人, 下不能隆禮, 安特將
學雜識志, 順《詩》,《書》而已耳, 則末世窮年, 不免爲陋
儒而已. 將原先王, 本仁義, 則禮正其經緯蹊徑也. 若挈
裘領, 詘五指而頓之, 順者不可勝數也. 不道禮憲, 以
《詩》,《書》爲之, 譬之猶以指測河也, 以戈春黍也, 以錐
飡壺也, 不可以得之矣. 故隆禮, 雖未明, 法士也. 不隆
禮, 雖察辯, 散儒也. 問楛者勿告也, 告楛者勿問也, 說
楛者勿聽也, 有爭氣者勿與辯也. 故必由其道至, 然後
接之, 非其道則避之. 故禮恭而後可與言道之方, 辭順
而後可與言道之理, 色從而後可與言道之致. 故未可與
言而言謂之傲, 可與言而不言謂之隱, 不觀氣色而言謂
之瞽. 故君子不傲, 不隱, 不瞽, 謹順其身.

《詩》曰, 「匪交匪舒, 天子所予.」此之謂也.

〈권학(勸學)〉(6)

백발(百發)에 한 발을 잘못 쏘았더라도 명궁(名弓, 善射)이라 칭하기에는 부족하다. 천리를 갔더라도 한 걸음이 부족하다면 완전히 마쳤다고 할 수 없으며, 여러 윤리에 통하지 못하거나 인의가 한결같지 못하다면, 뛰어난 학자라고 할 수 없을 것이다.

학문이라는 것은 본래 배움의 도리가 한결같아야 한다.

한쪽에 뛰어나지만 다른 한 면이 부족하다면, 길을 가는 보통 사람과 같다. 잘하는 바가 적고 나쁜 것이 많다면 그런 사람은 걸(桀)이나 주(紂), 또는 도척(盜跖)일 뿐이다.[236]

배움을 온전히 끝까지 마쳐야만 배웠다고 말할 수 있다. 군자가 온전하고 순수하지 못하다면, 모두를 갖추었다고 말하기에 부

---

236 도척(盜跖, 跖은 발바닥 척) ─ 공자가 존경했던 유하혜(柳下惠)의 동생. 무리 9천여 명을 거느리고, 태산을 근거지로 삼아 악행을 저질렀다. 유하혜는 魯의 대부로 본명은 展獲(전획)이고, 柳下를 식읍으로 받았고, 惠는 시호이다. 공자는 유하혜의 탁월한 재능을 칭찬하였다. 유하혜는 典獄官(전옥관)으로 현명하고 유능하였지만 관직에서 3번이나 쫓겨났다. 어떤 사람이 유하혜에게 "당신은 아직도 떠나지 않을 겁니까?"라고 물었다. 이에 유하혜가 말했다. "正道로 주군을 섬긴다면, 어디를 가더라도 3번쯤은 쫓겨나지 않겠습니까? 정도를 굽힌 枉道(왕도)로 섬길 것이라면, 하필 부모님이 살던 나라를 떠나겠습니까?"라고 말했다.

족하나니, 경서를 통째로 외우고, 깊이 사색하여 잘 이해하며 훌륭한 스승을 따라 같이 실천하려는 까닭은 나쁜 것을 버리고 참된 바를 유지 배양하려는 뜻이다.

그래서 눈으로는 올바른 도가 아니라면 보려 하지 않고, 입으로는 옳지 않은 바를 말하지 아니하며, 마음으로는 생각하지 않아야 한다. 그리하여 진정으로 학문을 좋아하면, 눈으로는 오색(五色)을, 귀는 오성(五聲)을, 입으로 오미(五味)를 즐기는 것보다 학문을 더 좋아하게 되고, 마음으로는 천하를 차지한 것보다 더 이롭다고 생각하게 된다.

이렇게 되면, 권력이나 이익으로도 학자를 쓰러트릴 수 없고, 군중의 힘으로도 학자의 뜻을 바꾸게 할 수 없으며, 천하의 그 무엇도 학자의 마음을 움직일 수 없게 된다.[237]

그래서 (군자는) 학문을 통하여 살아가고(生乎由是 생호유시), 이 때문에 죽을 수도 있나니(死乎由是 사호유시), 이런 상황을 이른바 덕조(德操, 덕행에 따른 지조)라 한다.

덕조에 이른 이후에 (군자의) 마음이 안정되고, 안정된 뒤에 만물에 적응하게 되니(應物 응물), 안정과 적응에 이른 사람을 이른바 성인(成人, 성취한 사람)[238]이라 한다.

---

237 원문 「天下不能蕩也.」 ─ 蕩은 쓸어버릴 탕. 動也. 학자의 진리추구를 바꾸게 할 수 없다.

238 成人 ─ 안으로 自定하고 밖으로 응물(應物)할 수 있어야 성취한 사람이다(成就之人也).

하늘은 그 광명을 드러내고, 땅이 광대(廣大)하듯, 군자는 온전
하게 성취한 덕(德)을 귀하게 여긴다(君子貴其全也군자귀기전야).

|原文|

百發失一, 不足謂善射, 千里蹞步不至, 不足謂善御,
倫類不通, 仁義不一, 不足謂善學.

學也者, 固學一之也. 一出焉, 一入焉, 塗巷之人也.
其善者少, 不善者多, 桀,紂,盜跖也. 全之盡之, 然後學
者也. 君子知夫不全不粹之不足以爲美也, 故誦數以貫
之, 思索以通之, 爲其人以處之, 除其害者以持養之, 使
目非是無欲見也, 使口非是無欲言也, 使心非是無欲慮
也. 及至其致好之也, 目好之五色, 耳好之五聲, 口好之
五味, 心利之有天下. 是故權利不能傾也, 羣衆不能移
也, 天下不能蕩也. 生乎由是, 死乎由是, 夫是之謂德操.
德操然後能定, 能定然後能應, 能定能應, 夫是之謂成
人. 天見其明, 地見其光, 君子貴其全也. 天顯其日月之
明, 而地顯其水火金玉之光, 君子則貴其德之全也.

저자 약력

陶硯 진기환陳起煥
E-mail : jin47dd@hanmail.net

도연陶硯 진기환陳起煥은 중국의 문학과 사학, 철학에 관련된 고전을 우리말로 국역하거나, 저술하였다.

중국문학 분야에서 다음과 같은 역·저서가 있다.
장회소설《수당연의隋唐演義》(全5권)(2023)와《유림외사儒林外史》(全3권)(1990)을 완역 출간하였다.《삼국연의三國演義 원문 읽기》(全2권)(2020)도 널리 알려졌다. 그리고《당시대관唐詩大觀》(全7권)(2020)−이는 당의 시인 200명의 시 1,400首의 원문을, 국역하며 관련된 일화를 수록한 唐詩 감상 사전이다.《신역新譯 왕유王維》(2016)−詩佛 왕유 시 원문과 국역 해설,《당시절구唐詩絶句》(2015),《당시일화唐詩逸話》(2015),《唐詩三百首》(全3권) 공역(2014)가 있다. 그리고《금병매金甁梅 평설評說》(2012)과《수호전水滸傳 평설評說》(2010),《삼국지 인물 평론三國志 人物 評論》(2010) 등이 있다. 또《중국인中國人의 속담俗談》(2008),《중국인中國人의 재담才談》(2023),《삼국지三國志의 지혜》(2009),《삼국지三國志에서 배우는 인생의 지혜》(1999),《삼국지 고사명언 삼백선三國志 故事名言 三百選》(2001),《삼국지 고사성어 사전三國志 故事成語 辭典》(2001)이 있다.

역사 분야에서는 2024년에 明文堂의《中國歷代史話》시리즈(全6권) 기획에 의거《춘추전국사화春秋戰國史話》와《진한사화秦漢史話》를 출간하였다. 그 이전에《전국책戰國策》(全3권)(2021),《완역 한서漢書》(全15권)(2016−2021),《완역 후한서後漢書》(全10권)(2018−2019),《정사正史 삼국지三國志》(全6권)(2019),《십팔사략十八史略》(5권 중 3권)(2013−2014) 등은 모두 원문을 수록하고 국역한 저술이다. 또《사기인물평史記人物評》(1994)과《사기강독史記講讀》(1992)은 사마천의《史記》를 공부하려는 史學徒를 위한 저술이다.

철학·사상과 관련하여《가부장적 가정교육》(2023),《안씨가훈顔氏家訓》(全2권)(2022),《공자가어孔子家語》(全2권)(2022),《공자성적도孔子聖蹟圖》(2020)의 원문을 수록 국역, 해설하였으며,《논어명언삼백선論語名言三百選》(2018)과《논술로 읽는 논어論語》(2012)는《논어》를 공부하려는 初學者들을 위한 입문서이다. 그리고《중국中國의 토속신과 그 신화》(1996)는 중국학 분야의 기본서로 분류되는 저술이다.

진기환은 고등학교 역사 교사로 중국사와 중국문학과 철학을 공부하며 관련된 고전 국역과 집필을 계속하였다.「내 키만큼 내 책을〔等身書(등신서)〕」출간하겠다는 인생 목표를 2022년에 달성하면서 자서전《도연근학칠십년陶硯勤學七十年》을 출간하였다.(비매품)
이에 앞서 개인 문집인《도연집陶硯集》을 2008년에 출간하였고, 2009년 2월에 서울의 大東세무고등학교장으로 교직 생활 40여 년을 마감하였다.

에세이 ESSAY 모음

배움 學

_____

초판 인쇄 2025년 2월 1일
초판 발행 2025년 2월 5일

지은이 진기환
발행자 김동구
디자인 이명숙 · 양철민
발행처 명문당(1923. 10. 1 창립)
주 소 서울시 종로구 윤보선길 61(안국동)
　　　 국민은행 006-01-0483-171
전 화 02)733-3039, 734-4798, 733-4748(영)
팩 스 02)734-9209
Homepage www.myungmundang.net
E-mail mmdbook1@hanmail.net
등 록 1977. 11. 19. 제1~148호

ISBN 979-11-94314-13-4 (03810)
25,000원